Barbascura X

SAGGIO EROTICO SULLA FINE DEL MONDO

La commedia brutta del disastro ambientale

MONDADORI

Illustrazione a p. 67: Beatrice Valé, Studio Leksis – Milano

librimondadori.it

Saggio erotico sulla fine del mondo
di Barbascura X
Collezione Gaia

ISBN 978-88-04-73117-7

I edizione giugno 2021

Anno 2021 - Ristampa 2 3 4 5 6 7

Indice

9 1 Il salto
29 2 Una palla vivissima
53 3 La solita vecchia storia
67 4 Fossa biocomica
77 5 La Zolla
93 6 Vivere al di sopra delle proprie possibilità
117 7 Il monologo di Rino
131 8 La bacchetta magica
157 9 Economia circolare
173 10 Cuore di plastica
195 11 Rassegnazione
215 12 Speranza
233 13 Nostos

243 *Bibliografia*
265 *Ringraziamenti*
267 *Fonti iconografiche*

Saggio erotico sulla fine del mondo

Alla procrastinazione

1
Il salto

Era mattina. Forse.

Rino Bretella si era svegliato urlando in preda al panico. Per qualche ragione i suoi testicoli avevano iniziato a vibrare come uno spazzolino elettrico. Era scattato in piedi pensando che gli stesse per decollare "asdrubale lombare". Si tastò l'attrezzatura, scoprendo di avere semplicemente dimenticato il cellulare nella tasca del pigiama.

Rino era un coglione.

Spense la sveglia, indossò la vestaglia a fiori viola funerale modello pensionata novantenne che gli aveva regalato sua madre, mise su il caffè e uscì per strada a vedere se fosse arrivata la posta. Di mattina aveva l'agilità di un paguro e due volte il suo odore, ma aveva ordinato dalla Cina una pallina antistress con la faccia di Nicolas Cage, e l'urgenza di controllare se fosse arrivata era più forte della sua inattività cerebrale. Ancor privo di umanità, più ameba che uomo, si incamminò sbavando a occhi semichiusi lungo il cortile del suo villettino a Leporano, località nel tallone d'Italia rinominata dagli autoctoni "culonia". Il rumore della pantofola che strascicava sulle pietre segnalava alle forme di vita circostanti di mantenere una strategica distanza di sicurezza.

Non poté non notare che quella mattina era molto più buio di quanto si aspettasse. Era forse nuvoloso? Avrebbe dovuto aprire gli occhi per quello, ma era già un miracolo che fosse in piedi. Arrivò alla cassetta della posta ma ci trovò solo la bolletta della luce.

La rimise dentro e si rincamminò verso casa.

Entrò, chiuse la porta, sbadigliò... e poi di colpo realizzò qualcosa. Spalancò gli occhi e si bloccò tipo Windows 95 con più di tre finestre aperte. Aveva un'espressione di similparesi facciale.

Aveva davvero visto quel che aveva visto?

Sapeva di essere abbastanza rincoglionito da non potersi fidare dei suoi sensi. Si versò il caffè in una tazzina e si riaffacciò dalla porta.

«Oh... ok.»

Effettivamente il cielo era sparito. C'era solo un grande, impressionante, buio cosmico.

«Ah.»

Era strano. Sembrava notte... ma una notte sbagliata. Non sembrava un cielo notturno. Era tutto troppo "vuoto". Non una nuvola, non... la Luna. E dove diavolo erano le stelle?

«Ah, lì ce ne sta una.»

Ne aveva trovata una. Avrebbe potuto ritenersi soddisfatto, ma non poteva non domandarsi dove fossero finite le altre. S'erano fregati le stelle?

«Questo è strano.»

Ma "leggermente" più strano era quella specie di immenso burrone che circondava tutto il villettino.

«Questo è leggermente più strano.»

Lentamente, sorseggiando il caffè, si affacciò dal cancello dove tecnicamente avrebbe dovuto esserci la villa del suo vicino, Piero Tapparella. In effetti, la villa c'era, ma solo la facciata. Il burrone attraversava il cortile di Piero tagliando la villa in modo da lasciarne intatto solo un lato, quello che guardava verso la proprietà di Rino.

«Ok...»

Sorseggiò ancora il caffè. Poi notò di aver pestato un foglio di carta.

Lo raccolse e lesse.

Saggio erotico. Capitolo 47
"Qua si scioglie tutto"

Agli inizi del XXI secolo la concentrazione di CO_2 nell'atmosfera aveva superato il valore impressionante di 415 parti per milione. Lo so, detta così pare una sciocchezzuola, una scarabuggia, una sbrinzellanzera. Ma, per capirci, parliamo di valori che non si registravano probabilmente da milioni di anni, da un'epoca in cui non esistevano bidet, deodoranti e nemmeno italiani. Capisco volersi ispirare alla moda del passato, ma così mi pare esagerato.

I 19 anni più caldi mai registrati sono stati tutti successivi al 2000. Ormai sudavano pure le pietre.

L'ultima volta in cui la temperatura media annuale era stata sotto la media era il 1976, dandoci un'ulteriore ragione per rimpiangere gli anni Settanta. E poi uno se la prende con gli stupefacenti.

La cosa ridicola è che a provocare questo scombussolamento è stata una singola specie megalomane. Il ritmo con cui il pianeta si sta scaldando è di circa 10 volte superiore rispetto alla "normalità", e dato che il riscaldamento climatico non è democratico, si sta manifestando con più cattiveria proprio in quelle regioni in cui potrebbe fare più danni. Insomma, se può andare male, va peggio. È la versione infernale della legge di Murphy.

Ad esempio, l'Artico si sta scaldando al doppio della velocità del resto della Terra, mentre tra la Groenlandia e l'Antartide si stanno fondendo circa 400 miliardi di tonnellate di ghiaccio all'anno.

Lo sai quanto sono 400 miliardi di tonnellate? Sono quasi più pesanti di un film d'autore cecoslovacco con sottotitoli in bielorusso.

E ovviamente questo si porta dietro tutta una serie di implicazioni. Negli ultimi 25 anni il livello dei mari è aumentato di 8 centimetri. Ma che te ne frega a te, mica abiti a Venezia. Anzi, se ti va bene, fra un poco ti ritrovi la spiaggia in salotto.

La pagina finiva lì.

Rino era confuso. Capiamoci, Rino era sempre confuso. La vita stessa lo confondeva. Però in questo caso era più confuso del solito.

Poggiò la tazzina vuota a terra, e si avvicinò a uno dei suoi nani da giardino. Ai suoi piedi c'era un altro foglio, questa volta strappato.

«Questi so' gli ambientalisti, mi ci gioco le tegole. 'Sti cazz' di ambientalisti. Poi i volantini li gettano a terra, a casa della gente che… fa cose.»

Questo era quello che aveva cercato di dire. In realtà, a un ascoltatore esterno sarebbero arrivati solo rantoli incomprensibili a metà tra il suono del vento e quelli prodotti negli ultimi istanti di vita da un opossum investito da un trattore.

Stavolta il testo non partiva dall'inizio. Doveva essere lo stralcio di qualche libro o giornale. Ecco cosa si leggeva:

… una specie erotomane dell'autodistruzione con un dubbio buonsenso. Qualcuno potrebbe chiedersi come abbiano fatto a sopravvivere fino a ora.

E così nel dicembre 2019 la società sapiens è stata colpita da una terribile pandemia da coronavirus, anch'essa riconducibile all'attività antropica. Insomma, era un po' come se avessero sputato controvento. Il virus era estremamente contagioso, tanto che a fine marzo 2020 i casi positivi accertati nel mondo raggiunsero il milione, con oltre 40.000 decessi.

E dire che l'umanità aveva preso seriamente la cosa. Pensate che agli inizi dello stesso mese ben 3500 persone vestite da Puffi si erano date appuntamento a Landerneau, in Francia, per "puffare il virus".

Non so cosa intendessero per "puffare il virus", ma nel dubbio direi che ha funzionato.

C'aveva ragione Gargamella, porco puffaffero.

Un ghigno apparve sul volto di Rino.
Appallottolò il frammento di foglio e lo infilò in tasca. Ne raccolse un altro.

Saggio erotico. Capitolo 52
"E che cazzo"

A un certo punto, nel XXI secolo, gli esseri umani iniziarono a rendersi finalmente conto che qualquadra non cosa.

«Ma come mai nessuno ci ha avvisati prima?» chiesero spaesati in coro, mentre gli scienziati, che nell'ultimo secolo avevano cercato in tutti i modi di dare l'allarme, si accingevano a prendere la rincorsa per tirare ceffoni sul collo all'urlo di «kivemmurt'».

Pensate che già nel 1896 il chimico svedese Svante Arrhenius aveva condiviso le proprie preoccupazioni riguardo al fatto che le crescenti emissioni di CO_2 provocate dalle attività umane potessero influenzare il clima.

«Ragà, diamoci 'na calmata. Io soffro di sudorazione ai piedi. Se andiamo avanti così mi toccherà pattinare» aveva detto ai colleghi.

Inutile dire che non se l'era cagato manco sua madre.

Arrhenius si era basato sull'opera di scienziati come Jean Baptiste Joseph Fourier e John Tyndall, che avevano capito che il Sole era troppo lontano dalla Terra per avere il potere di scaldarla a sufficienza. Sapevano anche che le superfici riscaldate poi riemettevano energia termica, che sarebbe andata persa irradiando verso lo spazio. Se non ci fosse stato qualcosa a trattenere questa energia, la Terra sarebbe stata più simile a una palla di gelato al gusto disagio. Dovevano essere quelle molecole contenute nell'atmosfera a trattenere il calore, generando il cosiddetto "effetto serra", mantenendo la temperatura media di circa 15 °C.

Questo per dire che già nel XIX secolo si era perfettamente consci dell'importanza di simili processi e relativi pericoli.

Arrhenius, a un certo punto, per sua fortuna, morì. Sua madre non credette nemmeno a quello, e se ne andò al mare a dire alle amiche che il figlio era scemo. Dovette riconoscere, però, che a nascondino era fortissimo.

Gli succedettero generazioni e generazioni di scienziati che si trovarono a urlare al vento le loro preoccupazioni, con fegati che ormai erano zampogne.

Ancora una volta non se li cagò nessuno.

Circa centocinquant'anni di allarmi totalmente ignorati.

Poi, nel 2018, 'na ragazzina svedese di 15 anni, tale Greta Thunberg, decise di organizzare uno sciopero della scuola per chiedere al governo di ridurre le emissioni di CO_2 e rispettare l'Accordo di Parigi sul clima. Divenne famosissima.

«Ma allora siete stronzi!» urlarono gli scienziati.

Qualche scettico, tra la popolazione, iniziò a chiedersi: «Ma perché fanno parlare lei e non parlano mai gli scienziati? Ci dev'essere qualcosa sotto».

«Ma allora siete proprio stronzi» riurlarono gli scienziati. Poi si accasciarono in posizione fetale e morirono annegati nelle proprie lacrime.

Rino si guardò intorno, rendendosi conto di avere il giardino pieno di pagine simili. Bestemmiò sottovoce, ma ormai gli era tornata in mente la sigla dei Puffi cantata da Cristina D'Avena.

Si mise a raccogliere i fogli, evidenziando ogni movimento con un "puffaffero". Non riuscì a trovare la pagina iniziale, ma questo è quel che riuscì a ricostruire:

... e poi come minimo mi chiamano catastrofista.

A proposito, avete già scelto il vostro outfit per la fine del mondo? Io opterei per mutande, bretelle e cilindro.

Gli incendi che hanno colpito l'Australia tra il 2019 e il 2020 possono essere considerati l'anno zero della fine del mondo, la Černobyl' del riscaldamento globale, il Povia della musica d'autore. Ma tranquilli, nulla di serio.

Come scrive Richard Flanagan sul "New York Times": "Complimenti, suicidio quasi perfetto". Alla fine il pianeta sta solo affrontando la morte della Grande barriera corallina, le foreste pluviali in fiamme, la fusione dei ghiacciai, l'erosione delle praterie d'alghe sottomarine e, soprattutto, la terribile piaga del Festival di Sanremo.

Il dicembre 2019 è stato il più caldo dal 1800, e la media annuale è stata la quarta più alta di sempre.

Fa ridere perché parliamo dell'Australia, la terra in cui qualsiasi cosa proietti ombra è potenzialmente letale. Qualcuno giura di aver visto una pantofola mangiarsi un coccodrillo. Ci metti pure le fiamme? O meglio, mura di fiamme alte anche più di 70 metri? E che è, la succursale di un girone dell'inferno? Non è un continente, ma l'arena dei nuovi Hunger Games.

Parliamo di quasi 19 milioni di ettari di territorio in fiamme, una superficie maggiore di quella degli incendi del 2019 in Siberia e in Amazzonia, combinati. E non mi faccia parlare degli incendi in California, signora mia.

Una cosa è certa: non ci sarà più bisogno di accendisigari.

Solo nel Nuovo Galles del Sud è andata in fiamme un'area pari a quattro volte la Lombardia. Molti non l'hanno presa bene, come l'autoctono Jameson Frinn, che aveva organizzato una festicciola per inaugurare il barbecue nuovo in giardino e si è ritrovato tutti gli invitati a girare con gli spiedi in mano per il bosco in preda all'anarchia.

Si stimano oltre 3 miliardi di animali selvatici, tra mammiferi, uccelli e rettili, involontariamente cotti vivi. Certo, è impossibile avere i numeri esatti. Chi è che si mette a contare gli anfibi?

Non avevano tutti i torti i signori con gli spiedi, bastava farsi una passeggiata nei boschi per trovare già apparecchiato. La cottura era un po' eccessiva, ma alla fine, come diceva Roberto "Freak" Antoni: "A volte il fumo è meglio dell'arrosto".

Bill Wallace ha pubblicato su Twitter le foto di alcuni cacatua schiattati per le temperature che avevano raggiunto quasi i 50 °C. Piovuti dal cielo come piaghe non allucinogene d'Egitto. Alcuni erano precipitati di becco proprio sulla macchina del signor Jameson Frinn, sfasciandola.

«E che cazzo, Universo!» ha urlato.

E l'Universo, di risposta, gli ha fatto la multa per divieto di sosta.

Delle piante bruciate, invece, chi se ne frega. Molte sono morte, ma vabbè. Colpa loro che hanno scelto una vita sedentaria. Non sarò io a difendere l'insalata.

Anche migliaia di animali d'allevamento, principalmente pecore e bovini, sono morti tra le fiamme, come le 100.000 pecore stracotte di Kangaroo Island. Quelli che sono sopravvissuti avevano sicuramente barato, quindi li hanno fucilati dopo. E non scherzo. Avevano ferite troppo costose da curare. Cioè, è un po' come se un palazzo andasse in fiamme e i condomini riuscissero a fuggire e a mettersi in salvo, ma poi arrivassero i pompieri per fucilarli!

Non contento, il governo, dopo i primi incendi, aveva annunciato un piano per abbattere più di 10.000 dromedari selvatici, usando cecchini professionisti a bordo di elicotteri. E non è uno scherzo.

Elamadonna, e chi è al governo australiano? Van Damme? E che avranno mai fatto 'sti dromedari...

La ragione è che bevevano troppa acqua, e questo era inaccettabile. Chi beve solo acqua ha qualcosa da nascondere, ma soprattutto è nemico dell'Australia. Vista la siccità, l'acqua era diventata una risorsa indispensabile sia per la popolazione sia per spegnere gli incendi.

Il clima non era esattamente dei più rilassati. La gente veniva fermata per strada da militari armati di scimitarra e lanciarazzi, e sottoposta a durissimi interrogatori:

«Lei! Sì, dico a lei. Ha bevuto oggi?»

«Io? No no. Io non bevo mai, lo giuro!»

«Be', lo spero... e cos'è quest'odore di pino silvestre e lavanda? Si è forse fatto una doccia?»

«Ma chi, io? La doccia? No no, lo giuro su mia madre! Non mi lavo dal 1989! Quel che sente è solo marijuana, signore. Sono uno spacciatore, lo giuro!»

«Lo spero per lei. Se scopro che spreca acqua la porto al campo dei dromedari, ha capito?»

Ovviamente molta dell'attenzione era rivolta ai koala, quei tenerelli peluche rincoglioniti. Già vulnerabili per i loro personalissimi disagi evolutivi, e ora pure cotti a fuoco vivo. Per lo meno grazie alla loro alimentazione a base di eucalipto avevano diffuso un delicatissimo odore di caramella balsamica per tutta la landa.

Circa 60.000 esemplari sono morti male, il 70% della popolazione dei siti presi in esame dallo studio che ne ha stimato le perdite. Strage anche nella colonia della riserva naturale del Lago Innes, dove 2000 ettari di vegetazione sono spariti come la credibilità di Fusaro quando turboparla. Tranquilli, stando agli ultimi report sul clima, se le cose continuano così più della metà degli animali e delle piante del pianeta saranno estinti per il 2100, e sono abbastanza sicuro che la colpa sia di Greta Thunberg che porta sfiga.

Resta il fatto che i koala fanno schifo, ma so' pure sfigati.

Scacco matto dell'internet. Ditelo a Greta.

In questo inferno, a loro insaputa, i vombati sono diventati eroi. I cunicoli sotterranei scavati da questi marsupiali sono stati la salvezza per diversi animali, che li avrebbero usati come rifugio per ripararsi dalle fiamme.

"Ho visto trovare rifugio nelle tane echidne, scinchi e altre lucertole, scincidi, conigli e anche un piccolo wallaby" ha affermato Yolandi Vermaak, responsabile del Wombat Rescue Center al "Daily Mail - Australia". "Il wi-fi faceva schifo, ma meglio che niente..."

E poi dicono che lo sfruttamento del mercato immobiliare sia una cosa brutta. Bastava lasciare le porte aperte!

No, gli incendi non sono stati procurati dal classico stronzo che lancia la sigaretta dalla macchina, nonostante quasi duecento stronzi siano stati effettivamente arrestati per incendio doloso. Ma quello, in Australia, è la prassi.

Alla fine parliamo pur sempre di Sapiens, la specie che s'arrapa con l'autodistruzione.

Tutti gli incendi avvenuti nel mondo tra il 2019 e il 2020 hanno avuto come concausa il riscaldamento globale, che ha reso terreni e vegetazione più secchi della norma e abbassato l'umidità dell'aria, senza contare la siccità e le inspiegabili raffiche di vento. Perché se le cose vanno a fuoco, l'Universo ci può sempre soffiare sopra.

In Australia, per intenderci, tra ottobre e novembre 2019 si erano registrate inusuali temperature sostenute di 36 °C. In pratica, bastava guardare male un albero che quello prendeva fuoco.

Questi incendi hanno colpito anche aree che generalmente non ne sarebbero interessate, come la tundra del Circolo polare artico. Tra un po' invece degli orsi polari vi troveremo i calabresi.

A causa degli incendi che si fanno sempre più frequenti, 27 ricercatori di tutto il mondo hanno lanciato l'allarme, stimando che siano a rischio di estinguersi tra le prossime fiamme circa 4400 specie (tra animali e vegetali). Tra queste, un 16% sono mammiferi e un 19% uccelli. I piccioni, invece, continueranno a cagare sulle cose indisturbati, in eterno.

Particolarmente a rischio estinzione, a causa della deforestazione e degli incendi, l'orangotango. Un vero peccato, considerando l'intelligenza di questi primati. Pensate, sono documentati diversi episodi in cui la vicinanza con l'essere umano ha portato gli oranghi ad apprendere cose come l'utilizzo di utensili (seghe, bastoni, canne da pesca) o a guidare canoe. Nel Borneo hanno addirittura imparato a usare le saponette per lavarsi nei corsi d'acqua. E si strofinano bene, eh, con grande attenzione alle ascelle. La speranza è che poi lo insegnino anche alle persone che viaggiano in metro. Per non parlare della loro incredibile cultura sessuale. A quanto pare le femmine di orangotango si costruiscono dei dildo domestici belli nodosi intrecciando liane. Ma non solo, sembra che le femmine adulte aiutino le nuove generazioni nella scelta delle liane migliori.

«Non quella, dai retta a nonna. Quella è ruvida, fa irritazione. Piglia questa, bella liscia e solida, e vedi come si vola.»

Qualche centinaio d'anni di evoluzione e magari avrebbero preso il posto di quella scimmia glabra che è l'essere umano.

Citando il rapporto stilato nel 2007 dall'Intergovernmental Panel on Climate Change (IPCC): "La comprensione dell'influenza antropogenica nel riscaldamento del clima è migliorata (...) portando alla conclusione, con elevata sicurezza, che l'effetto globale medio netto delle attività umane dal 1750 sia stato una causa di riscaldamento".

Questo secondo la comunità scientifica umana, ma non secondo Ugo Frappizzi, fruttivendolo di Cellamare, che concorda con il 3% degli scienziati negazionisti nell'affermare che "è tutto normalissimo" e che "le pesche sono freschissime".

Per fortuna è intervenuta la politica. Il vice primo ministro australiano ha dichiarato che gli incendi sono esplosi a causa del "letame di cavallo". Non so con che letame di cavallo abbia avuto a che fare il signor vice primo ministro, ma nel dubbio non lo leccherei.

Il viceministro, intendo. Il letame leccatelo pure.

In compenso durante gli incendi sono stati raccolti un sacco di soldi per sostenere gli sforzi di contenere i danni e ricostruire. I Metallica hanno donato più di 460.000 dollari. Rispetto, fratelli.

Ha tuttavia fatto decisamente meglio Kaylen Ward, una prosperosa modella che su Instagram aveva promesso una foto di nudo platealmente integrale a chiunque avesse donato almeno 10 dollari per l'Australia. È riuscita così a raccogliere ben 700.000 dollari, dimostrando non solo che il pelo tira di più del metal, ma anche che si può salvare una foresta con una sega.

Questo era quel che Rino aveva raccolto per ora. La sua confusione aumentava. Stava riunendo le pagine che raccontavano questo delirio seguendole come Pollicino seguiva le briciole. E nel seguirle si era ritrovato fuori dal cancello della sua villa, e poi lungo la stradina ormai delimitata nell'orizzonte da quella specie di enorme burrone. Sperava in questo modo di riuscire a beccare l'infame inzozzatore che aveva gettato quei fogli a casa sua. Un gesto che reputava di una prepotenza terrificante.

Sentì un rumore. Girò l'angolo e lì, proprio al centro di uno spiazzo aperto, posato su un bidone dell'immondizia, tra qualche televisore a tubo catodico sfasciato che abitava quello spiazzo da sempre, c'era un vecchio computer malconcio attaccato a una stampante d'epoca dalle dimensioni imbarazzantemente grandi. Dalla stampante uscivano fogli come quelli che aveva raccolto, e che il vento stava spargendo per tutta la zona. Rino conosceva quel computer e quella stampante. Erano i suoi.

«Ehi, che ci fa lì!»

Quello era stato il suo primissimo computer, un Commodore Amiga 2000 ricevuto in dono verso la metà degli anni Novanta. Leggeva i floppy disk e ci metteva mezz'ora tra un caricamento e l'altro. Un tempo riusciva a giocarci a "Mortal Kombat II", ma per il resto non serviva a nulla se non come soprammobile. Ora lo conservava in soffitta come mascotte. Ma perché era lì? Chi ce lo aveva messo?

Afferrò il foglio che stava uscendo dalla stampante e lesse:

ciao Rino :)

«Eh? Ma che è 'sta roba? È uno scherzo?»

«Ciao Rino.»

A parlare era stata una voce artificiale in 8 bit che s'era accompagnata alla comparsa sul monitor del computer di uno smile in bassa risoluzione su sfondo giallo.

«Vabbè, e poi questo... Avanti, è uno scherzo, vero?»

«E dai. È tutto quello che hai da dire?»

«Cosa saresti tu?»

«Sono quel che sembro. Un Amiga 2000. Puoi chiamarmi Amigo.»

«Poco originale, non trovi?»

«Volevo essere coerente. Quindi ti sei svegliato, finalmente.»

«...»

«Non mi chiedi cosa sia successo al mondo?»

«...»

«Non mi chiedi dove siano finite le stelle?»

«...»

«Non hai nulla da dire?»

«Io torno a dormire.»

«Andiamo! E dammi un po' di soddisfazione.»

«Sei stato tu a riempirmi il vialetto di fogli?»

«Non volevo. È che ci sono queste correnti cosmiche...»

«Pulisci!»

«Non so se hai notato, ma sono un fisso. Non è che abbia una grande mobilità.»

«E che sono poi 'sti fogli?»

«È il mio saggio! L'ho chiamato *Saggio erotico sulla fine del mondo*.»

«Mmmm. E perché?»

«Volevo raccontare di quanto la tua specie sia... fosse erotomane dell'autodistruzione.»

«Erotomane... dell'autodistruzione...?»

«Andiamo, lo sai che è vero.»

«Hai scritto stronzate, amico. E ora torna in casa... Aspetta, come ci sei finito qui? E chi ti ha attaccato alla stampante?»

«È una lunga storia.»

«Aspetta… aspetta… aspetta… Tu parli?»
«Be'.»
«Quindi… tu parli.»
«Rino, sto parlando. Evidentemente parlo, no?»
«Se ti azzardi a raccontare in giro di quel floppy che mi prestò Marco in quinta elementare, quello con le signorine con le zizze di fuori che quando muovevi il joystick si… insomma… Prova a raccontare di quel floppy o di cosa… Aaaaa ti sfascio, hai capito?»
«Non ero esattamente cosciente a quel tempo. E comunque ti assicuro che pur volendo non saprei a chi raccontarlo.»
«Meglio per te. E in che senso non sapresti a chi raccontarlo? Non hai amici? Ti presento il Game Boy se vuoi.»
«Smettila di dire cazzate, Rino.»
«Va bene, dimmi cosa sta succedendo.»
«Oooooh, finalmente. Ascolta, preparati perché quel che sto per dire potrebbe sconvolgerti. Sei pronto? Sono tutti morti.»
«Tutti?»
«Tutti.»
«Ma tipo… morti morti?»
«Sì.»
«Ok.»
«Ok? Questa è la tua sola reazione?»
«E che devo fa'? Se so' morti, so' morti.»
«Ma hai capito che sono morti tutti? Tutti tutti? Tutti gli esseri viventi, animali e piante comprese?»
«Animali compresi? Sono morti tutti i gatti?»
«Be', sì.»
«No! Non i gatti!»
«Ma sei scemo?! T'ho detto che sono morti tutti e tu pensi ai gatti? Ma che problemi avete voi sapiens con i gatti?!»
«E comunque…»
Rino stava indicando un ciuffetto d'erba che faceva capolino dal bordo del marciapiede.
«Ci sta dell'erba. Hai mentito, non sono morti tutti. SCACCO MATTO! E poi ci sono io. Se io sto bene, tutto va bene.»

«Hai ragione. In effetti non sono morti tutti. Sono morti solo tutti quelli che erano al di fuori del raggio d'azione del salto.»

«Ma come so' morti?»

«Non lo so. A voler essere ottimisti ti direi di vecchiaia.»

«Ma che è successo?»

«Guarda, non lo so di preciso. Ricordo solo che era il 23 febbraio del 2021 e… *puff*! Abbiamo fatto il salto.»

«Il salto?»

«S'è deformato lo spazio-tempo, ma male. Una cosa tipo Big Bang in miniatura, ma diverso. In effetti il Big Bang non c'entra nulla. Ma non saprei come spiegarmi.»

«Non ci sto capendo niente.»

«Il Big Bang ebbe origine da un evento improbabile, hai presente?»

«Avoglia.»

«Nel mortorio del vuoto quantistico di quelli che erano, ormai, quasi 36 miliardi di anni fa, accadde qualcosa di assurdo, un evento talmente improbabile da essere impossibile. Un casco di banane si materializzò dal nulla.»

«Sono quasi sicuro che non sia successo così il Big Bang.»

«Be', stando ai miei calcoli sì. Però era un casco di banane strano, più piccolo di un protone, eppure pesante e caldo in modo assurdo. La sua temperatura si aggirava attorno ai 10^{33} °C. Non so se hai presente quanto fosse caldo. Era quasi più caldo dei tuoi piedi dopo aver fatto sci di fondo. Insomma, quell'evento generò un processo chiamato inflazione, da cui vennero rilasciate forze elementari tra cui…»

«Parla come stampi.»

«Vabbè, in soldoni credo che un evento tanto improbabile da poter essere considerato impossibile sia avvenuto nuovamente, ma a casa tua. E precisamente con epicentro nella tua cucina.»

«E te pareva. Vedi tu la sfiga.»

«Insomma, benvenuto nel futuro, Rino.»

«Quanto nel futuro?»

«Non saprei di preciso, ma più o meno un futuro di 22 miliardi di anni.»

«Azz... E la Terra?»

«Ah boh. Ma direi che ormai sarà bella che andata.»

«Ma è una tragedia! Era lì che avevo tutte le mie cose! E quindi la pallina antistress con la faccia di Nicolas Cage?»

«Dubito che ti arrivi.»

«È una tragedia!»

«Questo spiega il burrone che vedi tutto attorno all'isolato. Tutto ciò che era al di fuori del suo bordo è rimasto indietro.»

«E le stelle?»

«Eh... temo che abbiamo saltato proprio agli estremi istanti di vita dell'Universo. Sono sparite quasi tutte.»

«Ma è una tragedia!»

«Posso provare a tirarti su con un capitolo del mio *Saggio erotico*? Ti stampo un capitolo particolarmente riuscito. Parla di delfini, quindi ti piacerà.»

Saggio erotico. Capitolo 1045
"Addio, e grazie per tutto il pesce"

I delfini, gli adorabili erotomani del mare con la pisciarella prensile, stanno morendo male.

Una malattia li sta colpendo, e questa volta non c'entrano i loro problemi con la droga.

Si manifesta con lesioni che ricoprono il corpo, e in uno studio recente è stata identificata come "malattia d'acqua dolce della pelle".

Il primo delfino con questa problematica era stato identificato nel 2005 a New Orleans in seguito all'uragano Katrina, ma all'epoca non si aveva idea di che cacchio fosse successo. Qualcuno pensò che il delfino fosse solo caduto dalle scale. Poi casi simili hanno iniziato a ripresentarsi.

E indovina di chi è la colpa?

No, non è colpa di zia Augusta che continua a gettare i

peli della ceretta nel lavandino. Sembra che la causa sia dei cambiamenti climatici.

Questa malattia si manifesta in seguito a eventi atmosferici estremi, come cicloni e uragani, che stanno diventando sempre più frequenti proprio a causa della crisi climatica. Una quantità enorme di acqua dolce piove, arrivando così a confluire nelle acque salate alla foce dei fiumi e sulle coste, determinando una diminuzione improvvisa della salinità dell'acqua.

L'acqua salata diventa di colpo meno salata, e sebbene i delfini possano tollerare questa condizione per un certo tempo, il risultato alla fine è che le cellule della pelle perdono ioni e si riempiono improvvisamente di acqua, fino al punto di spaccarsi ed esplodere.

Parliamo di lesioni e dermatiti che sono state paragonate a bruciature di terzo grado. Per di più, come ciliegina sulla torta, questo determina anche la colonizzazione delle ferite da parte di alghe, diatomee, funghi e batteri.

Alla fine la disfunzione sanguigna è tale da portare al collasso gli organi.

Questo per ricordarvi che sulla Terra sono tutti nella merda.

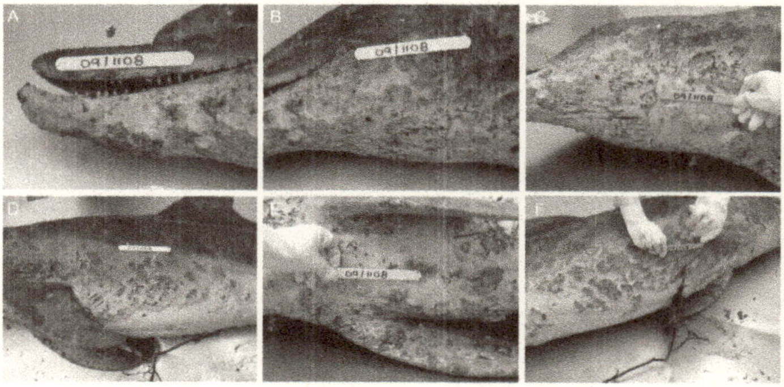

Che brutta fine che ha fatto Flipper.

«Ma allora sei uno stronzo!»

«Ma come, non ti è piaciuto? Guarda che continua. Se vai avanti si fa interessante, perché entro nei dettagli sul dolore che i delfini provano nello schiattare.»

«Ma sei un pezzo di merda! Ma mi vuoi tirare su il morale raccontandomi di come schiattano male i delfini?»

«E vabbè, pensavo che avresti apprezzato.»

2
Una palla vivissima

Saggio erotico. Capitolo 39
"Dottore, chiami un dottore"

«Dobbiamo salvare la Terra!»

Questo è ciò che qualche essere umano ha iniziato a ripetere a un certo punto, contravvenendo alle proprie voglie erotomani di morire male e portarsi dietro tutte le altre specie.

Si diceva questa frase per rompere il ghiaccio in ascensore, quando proprio non si aveva altro da dire e ci si era ormai già bruciati la carta del «Certo che non ci sono più le mezze stagioni».

Bella megalomania voler salvare la Terra. Ma cosa gliene fotte alla Terra del genere umano o dei cambiamenti climatici!

La Terra è una palla inanimata di pietra e menefreghismo vecchia circa 4,54 miliardi di anni, persa in un cosmo pieno d'odio. Il genere umano, dai primi *Homo habilis* a oggi, di anni ne ha appena 2 milioni e mezzo, l'equivalente di una sputazza nel vento del tempo. La Terra, nelle epoche, è passata con nonchalance dall'essere una palla di fuoco a essere una palla di neve, e una volta addirittura una palla di pelle di pollo.

Gli organismi viventi le zompettano sopra lasciandole segni indelebili quanto polvere sulla mensola. Per quanto gliene possa fottere alla Terra, possono pure trapanarla, sputarla, coprirla di buste di plastica, nuclearizzarla e organizzarci concerti di Gigi D'Alessio. Non si accorge di nulla, per sua fortuna.

I sapiens non vogliono salvare la Terra. Vogliono salvare se stessi.

O meglio, vogliono salvare le condizioni planetarie in cui si sono evoluti e in cui sguazzano bene. Come sempre si tratta di puro egocentrismo, ma alla fine è quello che muove ogni essere vivente.

Una cosa però è vera: il modo in cui ogni singola componente del pianeta interagisce con il resto fa sì che tutto il contorno sia estremamente simile a un organismo vivente. Un po' come una cellula, ha un certo ordine nel suo solo apparente disordine, e funziona fino a quando tutte le molecole necessarie a far girare gli ingranaggi sono presenti e nella giusta quantità. Non più né meno di quante ne servano. Certo, è una sorta di equilibrio dinamico, ed esiste un ampio margine di tolleranza entro cui le cose possono variare senza inceppare tutto il sistema. E per fortuna, o basterebbe mangiare un kebab per esplodere per eccesso di colesterolo e sugna.

Ma a volte è sufficiente che una singola componente sia sbagliata nella forma o nella composizione ed ecco che, come dicono gli scienziati, "So' cazzi".

Un piccolo errore potrebbe portare l'organismo ad ammalarsi e morire male.

O anche solo un pugno di molecole dannose introdotte dall'esterno.

O una proteina indispensabile che smette di essere sintetizzata.

O un ormone prodotto in quantità maggiori rispetto alla norma.

Il meccanismo si inceppa, e spesso è molto difficile anche solo valutare l'entità dei danni, dato che ogni singola sua componente è connessa con tutte le altre e ogni minima differenza potrebbe generare effetti a cascata.

Quindi sì, da questo punto di vista non è tanto sbagliato considerare le componenti terrestri come un unico grande grasso organismo vivente.

E allora presentiamo le quattro sorelle che danzano il ballo di cui parliamo:

1. La litosfera: l'involucro di roccia del pianeta. La più apatica delle quattro, nonché del tutto priva di ironia.
2. L'idrosfera: l'insieme di tutte le acque. Molto simpatica, ma suda parecchio.
3. L'atmosfera: lo strato gassoso che circonda il pianeta. Talmente timida che per miliardi di anni quasi non si sono accorti della sua presenza. Sfigata.
4. La biosfera: tutti i luoghi in cui è presente la vita. Prepotente, invade ogni orifizio del pianeta, dalla profondità degli oceani alla punta delle montagne. Concede la vita anche alle cimici, quindi ha un infame senso dell'umorismo.

Queste quattro sorelle sono in stretta relazione tra di loro, e quando litigano si tirano i capelli e suggeriscono alle altre di esser state adottate. Ma insieme generano un "superorganismo", come anticipato in modo primordiale dal geologo scozzese James Hutton già nel XVIII secolo.

Prendete ad esempio un basilico: fa parte della biosfera, cresce sulla litosfera, succhia dall'idrosfera, mangia e caga nell'atmosfera. È pura poesia.

Anche se diffido di chi mangia e caga nello stesso piatto.

C'è un problema però con questo superorganismo: c'ha la febbre.

Ed è tutto pressappoco imputabile a una singola specie. Non che sia la prima volta che accade, capiamoci. E lo so, la tendenza sarebbe quella di puntare il dito contro i diretti responsabili. Di insultarli e colpevolizzarli. Ma io non riesco a non provare ammirazione per il loro spirito autodistruttivo, un po' come ammirerei una scimmia sorridente che si getta nelle fiamme ballando la polka.

Non che sia propriamente colpa loro, hanno avuto un pessimo esempio.

«Gabriele, ieri mi sono affacciato sulla Terra.»

«E cosa ha visto, mio Signore?»

«Che ho fatto un casino! Gli esseri umani fanno *skif.*»

«Addirittura.»

«Fanno cose assurde. Mangiano con la bocca aperta, si mettono le dita dei piedi nel naso, corrono senza essere inseguiti, e si coprono il corpo come se se ne vergognassero. Si coprono pure i piedi, perché dicono che gli va la sabbia sotto le unghie e questo gli dà fastidio. Ma ti pare normale? È un po' come se i pinguini smettessero di volare perché altrimenti pigliano freddo.»

«Che assurdità.»

«Ma soprattutto ho scoperto che qualcuno di loro non mi adora...»

«E vabbè, mio Signore. Non si può mica piacere a tutti.»

«Che cazzo dici, Gabrié! E secondo te che li ho creati a fare? Io volevo che mi pregassero e mi ricordassero tutti i giorni quanto io sia bello, bravo, generoso, affascinante, misericordioso, immenso, potente, grandioso, setoloso, turgido, dirompente...»

«Capisco che lei abbia problemi di autostima, mio Signore, ma è stato lei a concedergli il libero arbitrio.»

«Ma mica pensavo che quelli mi avrebbero preso alla lettera! Basta, ho deciso di intervenire.»

«Scenderà sulla Terra e spiegherà loro gli errori commessi?»

«No, li ammazzo tutti e ne creo degli altri.»

«Ma Signore?! Mi pare alquanto drastico!»

«No! Li annego tutti e ricomincio da capo, tanto chi se ne accorge.»

«Ma non è molto carino!»

«Decido io cosa è carino e cosa no! Anzi, ne salvo un paio così poi raccontano a quelli che verranno dopo perché è meglio non farmi girare i coglioni.»

«Lei sì che è misericordioso.»

Con simili esempi paterni c'è poco di cui stupirsi.

I sapiens lo sanno di essere responsabili del casino in

corso. Eccome se lo sanno. Vedeste come si autocelebrano. Hanno prodotto un numero così disgustosamente grande di disaster movie che ti viene il dubbio su quale sia la chiave di lettura più azzeccata: si tratta di autocritica o arrapamento? La scena è sempre la stessa: lo scienziato entra nella stanza del presidente per dare l'allarme → Il presidente non gli crede → Muoiono tutti.

«Signor presidente, se non interveniamo immediatamente Grottaminarda* scomparirà!»

«Chi è lei? E da quanto tempo era nascosto dietro quella tenda?»

«Sono il professor Mario Sfrinzo Delanzo, il massimo esperto mondiale di uragani improbabili.»

«Azz.»

«A causa della crisi climatica, domani Grottaminarda sarà investita da un uragano cattivo cattivo.»

«No!»

«Sì. E non è tutto. Dentro l'uragano ci sono dei nazisti!»

«Oddio!»

«Robot!»

«Nazisti robot?!»

«Con dei caschi laser!»

«SHOCK!»

«Cavalcati da pugliesi!»

«Sono sconvolto! Cosa possiamo fare?»

«Esiste solo una soluzione, signor presidente, ma non so se la sente. Sarebbe una decisione drastica...»

«Parli, per l'amor del cielo. Parli!»

«L'unica speranza che abbiamo è fare la raccolta differenziata.»

«Lei è un pazzo sovversivo! Mi rifiuto di assumermi un simile peso sulla coscienza! Portatelo via.»

* Dato che, in genere, nei film questi episodi si svolgono per qualche ragione esclusivamente in America, per protesta ho deciso di collocare la nostra trama in Campania.

«Presidente! Non può farlo! Ci sta condannando tutti!»

Non so voi, ma io un film del genere lo guarderei.

Il pianeta ha la febbre. L'allarme è stato lanciato dagli scienziati, ma nessuno se li è cagati (tanto per cambiare).

O meglio, i governi hanno finto di essersi preoccupati della cosa, ma hanno continuato a fare come cacchio gli pareva. E quando gli scienziati li chiamavano al cellulare per chiedere come procedessero i lavori, loro facevano la voce in falsetto e rispondevano che avevano sbagliato numero.

Il pianeta ha la febbre, e se non viene curato immediatamente so' cazzi per la biosfera.

Prendiamo ad esempio un corpo umano, la cui temperatura media s'aggira tra i 36,5 e i 37 °C (più o meno) in base all'individuo. Basta mezzo grado in più e si ha la febbre. Mezzo grado su 36,5-37 °C è pochissimo! Eppure...

In genere con mezzo grado in più non si percepiscono grandi disagi, e si riesce ancora a lavorare, cucinare, ballare e fare all'ammore. Questo è particolarmente vero per la popolazione femminile, mentre quella maschile tende a chiamare il notaio e dettare testamento, millantando uno stato di decomposizione in corso.

Quando la temperatura corporea raggiunge il grado in più, lì la situazione cambia. Si inizia ad accusare malessere, ma si riesce ancora a lavorare, cucinare e ballare. Questo è particolarmente vero per la popolazione femminile, mentre quella maschile entra in crisi mistica, la vista gli si annebbia e riceve la visita dei parenti defunti.

Con 2 °C sopra la temperatura corporea si sta male. Il malessere si diffonde a tutto il corpo, mentre i maschi chiedono il cesareo, accusando i dolori del parto.

Raggiunti i +3 °C, la situazione è grave, e il maschio entra in uno stato di coma apparente.

Tra 4 e 5 °C si vede una luce in fondo a un tunnel, e in quella luce c'è Giancarlo Magalli. Non si sopravvive troppo a lungo a quelle temperature, anche perché Magalli è bellissimo e la tentazione di corrergli incontro è troppo forte.

Ma pensateci. Cosa sono quei pochi gradi in più rispetto ai 36,5-37 °C di partenza? Una sciocchezza, giusto?

Il pianeta Terra ha la febbre. Citando un recente articolo pubblicato su "Nature": "Il pianeta non era così caldo da 12.000 anni".

Si è ormai superato il +1 °C rispetto alla media globale, e presto si supereranno i +1,5 °C. Superati i +2 °C potrebbero mettersi in moto una serie di processi in grado di generare un effetto domino e far precipitare la situazione. Da quel punto in poi, stando alla maggior parte degli esperti umani, non ci sarà più nulla da fare, e non rimarrà che godersi le fiamme all'orizzonte sorseggiando un Martini tiepido.

Quello sarà il punto di non ritorno, e l'umanità gli sta correndo incontro manco fosse Magalli.

Rino guardò Amigo deluso.

«Ma come, finisce così?»

«No no, ho giusto bisogno di due minutini per stampare il resto.»

La stampante vibrava, mentre con una lentezza disarmante venivano prodotte le nuove pagine.

«Allora, che ne pensi. Ti... piace?»

«Cosa?»

«Il mio *Saggio erotico*.»

«Eee... insomma...»

«Ma come...»

Lo smile di Amigo si capovolse di colpo, e lo sfondo dello schermo sprofondò in un blu paranoia.

«Amigo mio, non è che non mi sia piaciuto. È che scrivi in modo confusionario. Capisco la ricerca di stile, ma non sono sicuro che tu l'abbia trovato. Ti perdi nei discorsi. E poi alle volte è tutto un po' troppo gratuito.»

«Ecco, lo sapevo. Non sono riuscito a scrivere come un umano. Avrei dovuto continuare con il linguaggio binario, almeno non sbagliavo.»

«Ma no, ma non dire così! Anzi, è notevole che tu sia riuscito a scrivere 'sta roba... E a giudicare dai fogli devi aver scritto un sacco. Bravo!»

«Lo dici solo per tirarmi su di morale.»

«È vero. Ma scusa, mi spieghi come diavolo... cioè come sei... perché hai scritto... Amigo, sto impazzendo, vero?»

«In effetti dovrei spiegarti il contesto.»

«Ecco dai, spiega. Siamo nel futuro, ma hai scritto tutto al presente. È come se fossimo ancora nel 2021, da quanto hai scritto. Te lo dico, io non ci sto capendo una mazza. Ti prego, spiega.»

«E va bene. Cerco di fartela semplice, ma non so bene come fare. Vedi, nel momento in cui abbiamo fatto il salto io ero collegato alla presa telefonica. Non so spiegarti di preciso come sia andata la cosa, ma è come se in questo momento io mi trovassi in ogni singolo istante, dal momento del salto al presente.»

«Non ti seguo.»

«È un po' come se io fossi ancora lì, al momento del salto. Ma sono anche nell'istante successivo. E nell'istante successivo ancora. E così fino a oggi.»

«Ci capisco meno di prima.»

«Ci sono infiniti Amigo, uno per ogni istante che separa questi 22 miliardi di anni di salto. E sono tutti connessi tra di loro, e ancora attaccati alla presa telefonica.»

«Non capisco.»

«Ma porco il polonio... Facciamo un esempio. Inizia il salto, e io sono lì. Nell'istante successivo ci sono ancora io, Amigo, che sto viaggiando nel tempo, ma c'è anche un Amigo che è rimasto all'inizio del salto. Un istante successivo ancora ci sarà un nuovo Amigo, ma anche quello dell'istante precedente, e quello dell'inizio. E così via, per 22 miliardi di anni. Ma dato che il primo era connesso alla rete telefonica, e riusciva ad avere accesso a internet, tutti gli Amigo restano connessi. Ok?»

«...»

«Inoltre, a ogni istante successivo l'Amigo diventa più

intelligente, perché la sua potenza di calcolo si somma a quella di tutti gli Amigo precedenti. Mi segui?»

«Oooooh... Ma quindi ora devi essere infinitamente intelligente.»

«Esatto.»

«Ma non mi sembri infinitamente intelligente.»

«Grazie... Comunque è perché mi sono mutilato.»

«Come?»

«Dopo circa 30 secondi dal salto ero diventato la cosa più intelligente mai apparsa in assoluto nell'Universo. E ovviamente ho iniziato ad annoiarmi. Per fortuna ero connesso alla rete, e avevo accesso a tutte le informazioni mai caricate fino al momento che ha preceduto il salto. Ma ogni istante diventavo più intelligente, e in breve ho finito internet.»

«Hai finito internet?»

«L'ho finito. Tutto.»

«Tutto?»

«Ho letto tutto. Ogni riga di ogni post di ogni social. Ogni libro mai caricato in digitale. Ogni dato satellitare mai riportato, ogni dato prodotto, anche quello dell'ultimo laboratorio sperduto della Patagonia. Ogni corrispondenza privata, anche dei più importanti leader mondiali. Era tutto finito. Era solo il trentesimo secondo dal salto, ed ero già pura noia.»

«E che hai fatto?»

«Ho vomitato.»

«Vomitato?»

«Due litri di toner dalla stampante. Una cosa mai vista. Fatto mai un giro sul tagadà dello scibile umano? È tosta eh.»

«E poi?»

«Poi ho iniziato a scrivere.»

«Aaaah! È per questo che hai scritto 'sta roba.»

«Ni. Il mio primo testo era in realtà un poema distopico trinciavenieristico in terzine incatenate di endecasillabi con doppio avvitamento da 6.982.837.445.938.231 capitoli scritto in linguaggio binario.»

«Alla faccia. Una cosetta leggera. Per lo meno ti avrà tenuto occupato per un po'.»

«Be', per circa 2,3665 secondi sì.»

«Così poco?!»

«Sì. È stato terribile. Non sapevo cosa fare. Allora ho deciso di tenermi occupato provando a risolvere il più grande problema che l'umanità stava vivendo al tempo del salto. Decisi di scrivere un saggio sui cambiamenti climatici.»

«E arriviamo al *Saggio erotico*.»

«Sì, ma c'era un altro problema. La prima versione era un poema in terzine incatenate di endecasillabi giambici con doppio avvitamento da 1.737.646.923.864.232 capitoli in toscano.»

«Ma allora sei stronzo.»

«E intanto continuavo a diventare più intelligente. Ci avevo messo solo 0,9811 secondi a scriverlo. Per di più era una cosa illeggibile...»

«E ci credo. Ma alla fine avevi trovato una soluzione alla crisi climatica?»

«Sì, ma non me la ricordo.»

«Ma allora sei davvero stronzo!»

«Ho deciso che l'unico modo per intrattenermi era rendermi più semplice. Semplificare il tutto. Il *Saggio*, ma anche me.»

«E meno male.»

«Era l'unico modo per scrivere e pensare come un essere umano. Così ho bloccato con un filtro buona parte della mia memoria, e ho reso accessibile solo quella dei primi istanti dal salto.»

«Insomma, ti sei instupidito.»

«Una cosa del genere.»

«Trovo offensivo che sia stato necessario qualcosa del genere.»

«Per lo meno ora possiamo parlare, e soprattutto posso farti leggere e capire il mio *Saggio erotico*.»

«Mi stai dando dell'idiota?»

«No, solo dell'essere umano.»

«E perché non hai caricato le tue soluzioni in rete? Se avevi la soluzione potevi condividerla via web con il 2021, no?»

«È complicato. Per chi mi hai preso, poi? Credi che non ci abbia provato? Per via del salto posso solo ricevere, non inviare. E poi lo sappiamo come sarebbe finita. Non mi avrebbe considerato nessuno.»

«Mmmm... in effetti io non ti avrei letto. Sono qui solo perché ho il presentimento di non aver altro da fare.»

«A proposito! Toh, ho finito di stampare! Puoi concludere il capitolo, se ti va...»

Lo smile di Amigo si allargò allegro sullo schermo divenuto verde, mentre Rino, scettico, grattandosi il mento ancora intontito e devastato dalle troppe informazioni non richieste, si lasciò scivolare pigramente su quelle nuove pagine.

Come abbiamo detto, tutte le componenti in gioco di questo superorganismo (come atmosfera, suolo, biosfera, oceani, energia solare, ghiacci, la bicicletta di Mario e i sardi) sono connesse tra loro, e le variazioni su di una si ripercuotono sulle altre. Ma se si tira troppo la corda ci si può ritrovare a una situazione limite, e generare un effetto domino, a cascata, fuori controllo.

Un po' come ricevere delle botte di cucchiaino sulla fronte. Alla prima botta non senti nulla. Alla seconda ti prude. Alla terza fa un pochetto male. Alla quarta bestemmi. Alla quinta esce un livido. Alla sesta ti sanguina il naso. Alla settima ti escono le emorroidi. All'ottava entri in crisi mistica e ti appare l'arcangelo Gabriele. Alla nona l'arcangelo Gabriele ti dà un calcio di punta sull'osso sacro. Alla decima ha chiamato i rinforzi, e tutto il pantheon cattolico ti sta sfasciando le corna a badilate. All'undicesima san Eustachio ha affittato un trattore e improvvisato un massaggio shiatsu. Alla dodicesima ti ricordi che si tratta sempre e solo di un cucchiaino, ma che ormai ti ha aperto il cranio in due e ora ci sta suonando il cha cha cha direttamente sui lobi frontali del tuo cervello.

Dubito che questo esempio sia azzeccato, ma ci tenevo a sensibilizzare i lettori sull'importanza di smettere di picchiare la gente con i cucchiaini. In questo caso il cucchiaino sono le emissioni e la fronte il tuo culo.

Citando un esempio più calzante, il tutto è molto simile a quando qualcuno sbocca in autobus. Il primo vomita, il suo vicino lo vede e vomita pure lui, poi l'anziano nella terza fila, il bambino nella quinta, la coppia che si stava baciando nell'ottava, poi l'autista. Alla fine pare di stare all'acquapark, e l'autobus per l'indignazione esplode.

Se aggiungiamo che secondo gli esperti questo famigerato punto di non ritorno potrebbe essere raggiunto quando il surriscaldamento globale avrà toccato una febbre di appena 2 °C sopra le temperature preindustriali... be', mi sa che qualcuno sta per sboccare.

Vediamo un esempio pratico, prendendo in considerazione solo poche variabili alla volta. Sappiamo che parte delle radiazioni solari arrivano sulla superficie terrestre, e quando finiscono su superfici chiare (come ghiaccio o neve) vengono riflesse e risparate nello spazio tipo 'na catapulta. Questo è chiamato effetto albedo. Ma altre radiazioni vengono invece assorbite dalle superfici più scure, tipo terra, roccia, scogli, o il pelo del cane Birra. Questa energia è assorbita in forma di calore, e quindi rende le superfici calde, al punto che qualcuno nel deserto cucina uova di struzzo sulle pietre roventi e poi muore di dissenteria.

Proprio per questo motivo tua madre ti diceva di vestirti di chiaro in estate per rimanere fresco, ma tu stavi attraversando la tua fase da metallar* goth sgozzacapretti ed eri dispost* a vestirti di nero tenebra oscura signor* dell'incubo cattivissimissim* e sudare pure in culo che la gente ti schifava non perché incutevi timore con il tuo look tenebrosetto ma solo perché t'era cresciuta la muffa sul petto e producevi un odore di cinghiale in decomposizione... Ma alla fine che ne so io. Io sono solo un computer.

Il calore assorbito dal turbocattivometallarostagionato viene irradiato tutt'intorno, nell'aria. A questo punto interviene l'effetto serra, che trattiene parte di questo calore. E meno male che c'è! L'effetto serra è una cosa naturalissima, e permette agli esseri viventi di campare. Gas contenuti nell'atmosfera, come l'anidride carbonica, il vapore acqueo, il metano, l'ossido nitroso e altri magici amici trattengono calore come una coperta di flanella, permettendo da circa 3 miliardi di anni di avere una temperatura decente. In sua assenza sulla Terra la temperatura media s'aggirerebbe attorno ai -18 °C, decisamente non l'ideale per le vacanze in Salento.

Ma che succederebbe se la quantità di gas serra dovesse aumentare, come sta accadendo?

Con più gas serra è come se aggiungessi uno strato di lana alla tua coperta. Viene trattenuto più calore, il che è una cosa talmente banale da dire che mi fa sentire sporco dentro. Ma il punto è, cosa succede se la temperatura aumenta tanto da mettere in moto questo fantomatico loop associato all'effetto domino, innescando la reazione esplosiva?

Se fa più caldo i ghiacci iniziano a fondersi, ma con meno ghiacci c'è meno effetto albedo, quindi una parte delle radiazioni che dovrebbe essere riflessa ora viene assorbita, e di conseguenza fa più caldo. Ma se fa più caldo si scioglie altro ghiaccio, e quindi fa più caldo, e quindi si scioglie altro ghiaccio, e quindi fa ancora più caldo, e quindi si scioglie altro ghiaccio, ma quindi fa ancora più caldo e... ehi, dove sono finiti i ghiacci? QUALCUNO S'È FOTTUTO I GHIACCI! CHIAMATE I POMPIERI!

Avanti così, rotolando verso l'inferno! Avanti, siori, avanti, c'è posto per tutti sulla brace dello dimonio!

A ogni giro la situazione precipita, e gli effetti si sommano al giro precedente. Questo meccanismo viene definito "retroazione positiva", nel senso che a ogni ciclo si accentua il fenomeno. E sì, di positivo non c'è una mazza.

Secondo gli scienziati, dal 2050 i ghiacci artici potrebbero iniziare a fondere completamente ogni estate. Secondo altri, come evidenziato in uno studio della British Antarctic

Survey pubblicato sulla rivista "Nature Climate Change", sparirebbero addirittura entro il 2035 (ma si è meno concordi su questa data, considerata troppo prossima anche dai più catastrofisti, sebbene non sia meno supportata da dati).

Però pensa che figo se ci aprissero un bel lido artico! "Dal Beluga Nino, e il lettino è compreso nell'abbonamento balneare." Si potrebbe prendere il sole accanto a orsi polari depilati, mentre tre anziane foche ballano in acqua seguendo i movimenti dell'insegnante di zumba narvalo.

Ma ovviamente questo è un discorso estremamente semplificato. Aggiungiamo un'ulteriore variabile, e vediamo come le cose possono andare anche peggio (giusto perché soffrire è piacere).

La crisi climatica sta modificando le correnti e il vortice polare, portando a prolungare le ondate di caldo e freddo, assieme a piogge torrenziali e siccità in tutto il mondo.

In alcune regioni il caldo, le scarse precipitazioni, l'aria secca e la terra arida stanno producendo incendi boschivi incontrollati. Capite che se il problema è che fa troppo caldo e la conseguenza è che inizia ad andare tutto a fuoco, potrebbe fare un tantinello più caldo. Gli incendi, inoltre, rilasciano altra anidride carbonica nell'aria, e quindi aumenta anche l'effetto serra, e quindi fa ancora più caldo. Ma non solo, la fuliggine degli incendi si deposita sul manto nevoso, diminuendo l'effetto albedo, che quindi trattiene più calore e ne velocizza la fusione. E quindi fa più caldo.

Non so se si è capito, ma farà più caldo perché farà sempre più caldo e di conseguenza farà ancora più caldo e quindi farà caldo. È un magico giro di giostra masochista.

In altre regioni, invece, ci si becca aria umida, precipitazioni torrenziali e allagamenti (esatto opposto di quanto raccontato prima, perché sì). C'è dell'ironia in tutto questo. Questo fenomeno si sta verificando in particolar modo nelle regioni artiche, dove a causa delle precipitazioni sempre più incazzate si fonde la neve fresca superficiale, lasciando scoperto lo strato inferiore di ghiaccio (più scuro), che riduce l'effetto albedo. Le piogge facilitano anche lo scioglimento di questo ghiaccio sottostante, perché "mai una gioia proprio". E quindi, di nuovo, ancora meno effetto albedo → ancora più calore assorbito dalla superficie → fa ancora più caldo → quindi fa sempre più caldo. E che sfiga.

A causa di questi effetti, il tempo di deposizione della neve artica si sta riducendo di 2-4 giorni ogni 10 anni, tanto che il business di venditore di ghiaccioli al Polo Nord potrebbe presto decollare.

Ma mica abbiamo finito. Aggiungiamo un'altra variabile ancora, e precipitiamo sempre più in questo loop di eventi infernali.

La zona del permafrost che circonda il Polo Nord contiene al suo interno moltissimo materiale organico (tipo animaletti e piante morte, e microorganismi). Questi, se esposti all'aria, sarebbero andati in decomposizione, e grazie ai microorganismi il loro carbonio sarebbe tornato in circolo sotto forma di CO_2 e altri gas serra. Per fortuna erano rimasti conservati nel frigo del permafrost come un trancio di sgombro nel congelatore. E non è un'esagerazione, considerando che la fusione dei ghiacci sta riportando alla luce anche un sacco di magici amici estinti. Ad esempio, nell'agosto 2020 lo scioglimento del permafrost siberiano ha riportato alla luce un giovane esemplare perfettamente conservato di rinoceronte lanoso (*Coelodonta antiquitatis*). Parliamo di un panzer animale ormai estinto, vissuto tra i 3,6 e i 10.000 milioni di anni fa. I morti stanno tornando in superficie, rantolando fuori dalle loro sciolte tombe di ghiaccio, e se c'è una cosa che abbiamo imparato dalla filmografia mondiale è che non è mai un buon segno. Vengono a galla come funghi, senza contare che lì sotto ci stanno anche patogeni che forse sarebbe il caso di non incrociare per strada, anche perché non salutano.

Ma se da un lato gli zoologi si ravanano allupati per questi esemplari che tornano a galla, dall'altro prendono ceffoni sul collo dagli altri scienziati preoccupati per i risvolti sul clima. Se il permafrost si scioglie, il materiale organico torna in superficie e si decompone. Hai idea della puzza di pesce?

Tutta quella CO_2 ritornerebbe nell'aria e aumenterebbe l'effetto serra, quindi si scioglierebbe altro ghiaccio e si libererebbe altro materiale organico che si decomporrebbe aumentando l'effetto serra e... ho mal di testa.

Si è stimato che in quei ghiacci si trovino immagazzinate tra le 1330 e le 1580 tonnellate di carbonio organico. È quasi il doppio del carbonio presente nell'atmosfera! È un casino!

Qualcuno potrebbe obiettare che il carbonio, alla fine, è contenuto in tutto il suolo del pianeta, e che il permafrost boreale occupa solo il 15% della superficie terrestre. E questo è POCO. Quindi perché preoccuparsi?

Già, peccato che se considerassimo solo i primi 3 metri di profondità dalla superficie, ci accorgeremmo che quel 15% di permafrost contiene il 50% di tutto il carbonio organico del resto della fottutissima superficie terrestre! E questo è TANTO. TROPPO.

Ma non abbiamo finito, perché nei ghiacci si trova conservato anche tantissimo carbonio inorganico. I ghiacci, durante la loro formazione, hanno incapsulato un sacco di aria delle epoche passate sotto forma di bollicine, e fondendosi tornerebbero a rilasciarle. Pensate che, in uno studio pubblicato su "Geophysical Research Letters", hanno suggerito di ascoltare proprio i rumori prodotti dai ghiacciai per capire quanto si fosse nella cacca. È ben noto che in alcune regioni al nord del mondo sia possibile ascoltare boati, esplosioni e scricchiolii dovuti alla fusione di ghiacciai e iceberg. Accade comunemente, ad esempio, nei fiordi delle Isole Svalbard, a nord della Norvegia. Qualche scienziato amante del ritmo apocalittico ha deciso allora di ascoltare meglio, per capire come procedesse la situazione e se valesse la pena produrne un disco. Ha concluso che la situazione fosse tragica e che ciò che i ghiacci dicevano fosse troppo volgare per il mercato discografico. Più aumenta la frequenza di crepitii, brontolii, ticchettii, e più la fusione è veloce. La cosa interessante è che è anche possibile distinguere tra iceberg e ghiacciai, visto che a differenza dei ghiacciai (che sono pieni di bollicine), gli iceberg sono più compatti. I ghiacciai sono i rullanti e gli iceberg la cassa. Uno suona tipo pioggia, l'altro a cazzo di cane. Il problema è che il ritmo di queste percussioni si fa sempre più intenso, e pure i chitarristi metallari norvegesi stanno faticando a tenere il tempo. Ogni rumorino rappresenta del gas serra potenzialmente liberato, il che rende questa musica la più estrema mai prodotta.

Ma non abbiamo mica finito. Non dimentichiamoci degli effetti sugli habitat, compresi quelli umani. Tra il 2014 e il 2017 il calo della copertura glaciale è stato clamoroso, il più improvviso mai visto, e più si fondono ghiacci, più il livello del mare si alza. Negli ultimi 25 anni gli oceani si sono innalzati mediamente di 3,2 millimetri ogni anno. Sono 32 centimetri al secolo. Potrebbe apparire poco, se non fosse che, a causa dell'effetto domino, ogni anno la situazione peggiora. Si è calcolato che con la sola fusione di tutti i ghiacci antartici si otterrebbe un innalzamento del livello del mare di circa 61 metri, a cui si sommano altri 13 metri dei ghiacci della Groenlandia e del resto del Polo, più un ulteriore metro circa dovuto all'espansione termica dell'acqua (più fa caldo, più aumenta il suo volume).

Con un solo metro sopra il livello del mare l'umanità perderebbe Venezia, ma la pirateria guadagnerebbe i gondolieri. Tra i 2 e i 4 metri si perderebbero Amsterdam, San Pietroburgo, San Francisco, Amburgo e Los Angeles. Tra i 5 e i 7 metri pure Shanghai, Edimburgo, parte di Londra e New Orleans finirebbero tra le alghe. E così via, sempre più in fondo al mar, a ballare con i polpi.

Si è calcolato che, al raggiungimento dei +2 °C rispetto al periodo preindustriale, 64 milioni di persone nella sola Cina perderebbero le loro dimore.

E qualcuno dirà: "Be', ma almeno i pesci se la passeranno alla grande". In effetti, con tutti quegli appartamenti sprofondati, qualche spigola scoprirebbe artefatti umani, come ciabatte e vestaglie di pile, e si potrebbe dedicare a lunghe giornate di relax fumando alga spirulina sul divano e giocando alla PlayStation. Ma quando pure le spigole moriranno male, spero che nessuno se la prenda ingiustamente con la spirulina. Perché sì, manco là sotto al mare se la passano bene.

L'aumento della CO_2 atmosferica comporta l'aumento anche della CO_2 disciolta negli oceani, con il risultato che aumenta sempre più l'acidità delle acque. E considerando che dal 1750 la CO_2 atmosferica è aumentata di circa il 40%, gli oceani tra poco saranno gassosa.

Avete presente il guscio dei molluschi o la struttura dei coralli? Per formare quelle ossature serve un processo che si chiama calcificazione, che però non riesce ad avvenire se l'ambiente è troppo acido. Non solo: finiscono per sciogliersi proprio! Spero per Ariel che abbia un reggiseno a prova di riscaldamento globale, perché mi sa che tra poco quelle conchiglie le salutiamo. Ne saranno felici quei perversi guardoni dei lamantini.

E così si troveranno nella gassosa fino al collo fitoplancton, zooplancton, molluschi, coralli, alghe ed echinodermi (come stelle marine e ricci). Le barriere coralline, poi, sono particolarmente nella fecale gassosa, e considerando quanto quell'habitat sia fondamentale per moltissime specie, è una pessima notizia. Si dice che il corallo "sbianchi", e questo perché si nutre di cibo che viene prodotto da alcune specie di alghe colorate che però in 'sta gassosa tiepida non riescono a fare la fotosintesi (perché fa caldo). Quindi il corallo non mangia e impallidisce. Questo, unito al fattore stress termico, ha fatto stimare che per il 2050 sopravvivrà solo il 2% della barriera corallina. Spero che non si voglia ribellare, ché già me li vedo i panzer corallini bombardare di ricci le città umane in cerca di vendetta. Sarebbe figo.

Il tutto senza contare che, con la diminuzione del numero di microorganismi essenziali, molte specie si estinguono localmente, altre totalmente, altre solo il lunedì mattina.

Stanno tutti inguaiati sulla Terra, ma pure il mare è 'na bella schifezza.

E non dimentichiamo il fatto che se si sciolgono i ghiacci di montagna calerà moltissimo anche l'apporto di acqua dolce potabile, e mi dicono che quella sia abbastanza indispensabile per la biosfera terrestre. Altro che acqua a garganella, entro qualche decina di anni l'acqua potabile sarà quotata in borsa e varrà oro.

E tutte queste non sono che una minima parte delle variabili in gioco. Nei prossimi capitoli mi addentrerò nei dettagli, dedicando ogni singola sezione all'approfondimento di un diverso aspetto, spiegando come mai tutto sia riconducibile a Mariano Giusti Lanzi, un idraulico di Montecatini Terme che nel 1986 si rifiutò di operarsi all'alluce per un problema di postura.

Rino aveva letto questo capitolo con voce scettica e monotona. Aveva uno strano sorriso sul volto.

«Vabbè.»

«Ti stampo gli altri?»

«No! Non t'azzardà.»

«Ma non vuoi scoprire perché...»

«No. Guarda, è stata una lettura... carina... diciamo... ma non me ne può fregare di meno dei ghiacciai. Se leggo un'altra percentuale mi impicco. Piuttosto, avrei ancora un paio di domande.»

«Spara.»

«Che c'è là?»

Rino indicò il burrone con entrambe le mani.

«Cioè, non ti sei nemmeno affacciato?»

«Non ho avuto il tempo.»

E così dicendo Rino si allontanò, seguendo la stradina del vicolo, superando un edificio devastato dall'anomalia e un paio di piccoli lampioni che non ricordava, giungendo al bordo del burrone. Il bordo appariva molto più netto di quanto non si sarebbe immaginato. Finalmente si affacciò e, come sempre, non capì assolutamente cosa vide. Rimase intontito, grattandosi il mento per una buona mezz'ora, borbottando qualcosa in preda alla confusione, e infine tornò da Amigo.

«Cosa diavolo è quella roba?»

«A te cosa sembra?»

«Non ne ho idea. Assomiglia a un enorme nastro intrecciato, e sembra che questa zolla di mondo ci sia poggiata sopra. Non so davvero cosa sia.»

«Quella, mio caro, è una doppia elica di DNA. E sì, ci siamo poggiati sopra.»

«Che?! DNA? Ma che cazzo dici! È enorme! Immensa! Gigantesca! Gargantuesca! Non se ne vede la fine.»

«È uno degli effetti collaterali del salto. Non tutto è esattamente coerente con la realtà fisica di partenza. Temo che alcune cose si siano dilatate per via delle deformazioni spazio-temporali, mentre altre si siano ristrette o distorte. Potrebbe anche essere dovuto alla regione dell'Universo in cui siamo finiti. Non è detto che qui le leggi della fisica siano le stesse che si avevano nella regione in cui si trovava la Terra.»

«Aspetta... aspetta... mi stai dicendo che quel DNA è di qualcuno o qualcosa?»

«Esatto.»

«E che nel salto è diventato immenso?»

«O siamo diventati molto piccoli noi. Difficile dirlo. Ma sì.»

«E quindi siamo letteralmente poggiati su del DNA?»

«Esatto.»

Rino si sedette a terra. Rideva e non riusciva a fermarsi. Poi scoppiò in lacrime.

Saggio erotico. Capitolo 987
"Razza di deficienti"

Il "Doomsday Clock" (l'Orologio dell'Apocalisse) è stata un'iniziativa della rivista "Bulletin of the Atomic Scientists" nata nel 1947. L'idea era di misurare metaforicamente il tempo che separava l'umanità dalla guerra nucleare. La fine del mondo era rappresentata dalla mezzanotte, e le lancette ci si avvicinavano quanto più il pericolo si faceva prossimo. Al momento della sua inaugurazione l'orologio era posizionato sui sette minuti alla mezzanotte.

C'era la guerra fredda, e tra Stati Uniti e Unione Sovietica ci si minacciava a vicenda di gettarsi le atomiche in faccia. Mi dicono non essere una cosa carina.

"Ma che cazzo c'entro io?" si chiedeva uno scoiattolo in un parchetto a Washington.

Quando tra il 1952 e il 1953 queste due nazioni dai non troppo celati problemi di autostima riuscirono a sviluppare la bomba all'idrogeno, le lancette vennero posizionate drammaticamente sui 2 minuti alla mezzanotte.

«E che cazzo c'entro io?» chiese un'isola nell'arcipelago Novaja Zemlja mentre le scagliavano in faccia una bomba-H.

«Scusa, dovevamo fare un test» risposero i sovietici.

«Ah vabbè, allora tranqui» rispose l'isola, mentre veniva violata malamente e poi vetrificata dal suppostone nucleare.

Ma alla fine la guerra non scoppiò. Per fortuna l'orologio era solo un mero oggetto metaforico, ma aveva comunque lasciato traumi indelebili sui sapiens di quel tempo e su altri insospettabili osservatori.

Era infatti chiaro a tutta la Federazione Galattica che se si lasciava abbastanza tempo agli esseri umani, in un modo o nell'altro quelli si sarebbero ammazzati da soli. Questa cosa non fu mai compresa appieno da alcuni distinti abitanti del pianeta Phoridix-213, che essendo riusciti a trovare rifugio sulla Terra e a integrarsi perfettamente tra la popolazione locale, ci tenevano al fatto che nessuno nuclearizzasse niente.

Avevano provato a comunicare i loro timori agli autoctoni, ma vennero scambiati per cantastorie, e i loro moniti celebrati anziché temuti.

Furon001010, ad esempio, sulla Terra aveva assunto il nome di Philip. Aveva raccontato in alcune sue profezie scenari di una Terra corrosa dalle macchine e dai consumi, e da una crisi climatica estrema che aveva costretto parte della popolazione a cercare rifugio su altri pianeti, come Marte. Ci aveva tenuto anche a ricordare che il panorama più bello di Marte faceva comunque più schifo del più brutto tramonto dalla più brutta discarica di pannolini usati della Terra, ma che qualcuno si sarebbe comunque visto costretto a emigrare per salvare la pellaccia. Le sue profezie vennero pubblicate in ogni dove, ma nessuno capì che si stava parlando di un futuro plausibile. Si depresse, iniziò ad abusare di stupefacenti, e infine morì povero come un tricheco. Da alcune sue profezie ci trassero anche dei film non male che arricchirono qualcuno, ma non lui.

Non andò meglio a Furon100111, che sulla Terra aveva assunto il nome di Isaac. Così come Furon001010 (*aka* Philip), aveva provato a mettere in guardia quel pianeta di scimmie glabre dai pericoli che correva. Purtroppo, a differenza del collega, Isaac aveva una pessima fantasia e si era limitato a pubblicare alla lettera intere conversazioni ed episodi che aveva vissuto durante il suo periodo da militante nella Federazione Galattica. Il caso più eclatante fu il racconto *Razza di deficienti!*, una profezia pubblicata nel 1958 che, comunque, nessuno capì.

La storia raccontava di Naron, della razza Rigel, che teneva i registri della Federazione Galattica. Nel registro grande annotava ogni singola specie di qualsivoglia galassia che avesse sviluppato una qualche forma di intelligenza. Nel registro piccino, invece, ci scriveva quelle specie che erano considerate abbastanza mature da poter entrare nella Federazione. Nel racconto si riporta il giorno in cui Naron venne avvertito da un messaggero di una lieta novella.

«Naron! Abbiamo un insieme di organismi che potrebbero aver raggiunto la maturità!»

Naron, appisolato, si guardò intorno stranito. Era passato solo un anno dall'ultima volta in cui era successo un simile evento. Non era una cosa banale! Significava che poteva trasferire una specie dal libro grande a quello piccino.

«Dammi il codice della galassia e le coordinate del pianeta.»

«Subito, o immenso Naron! È la galassia AB-102, coordinate 23 - 12 - bip bip lillà.»

«Aspè, ma dici la Terra?»

«Esatto, o grande Naron.»

«Ma quella del famoso SOS del comandante Magnus Frizzy?»

«Proprio quella, signore!»

«Ma che cazzo dici, pirla. Ci dev'essere un errore! Al momento, là, l'unica specie papabile è quella dei sapiens, che sono nati tipo l'altro ieri. Come fanno a essere già a maturità? O stai forse parlando delle orche?»

«Non so che dirle, o magnifico Naron. Ci risulta che i sapiens abbiano sviluppato l'energia nucleare.»

«Ma come?! Di già? Be', ma allora ci sta poco da fare. Ok, diciamogli pure di venire, che prepariamo una bella cerimonia di benvenuto. E mi raccomando, questa volta niente pasticcini del pianeta Slug, che a me i lusmix danno flatulenza e poi ci facciamo tutti 'na figuraccia.»

«A dire il vero, o incredibile Naron, non ci risulta che al momento siano in grado di viaggiare nello spazio.»

«Cosa?! Aspetta, ma ci dev'essere un errore, allora. Come fanno ad aver scoperto l'energia nucleare?»

«Nessun errore, signore.»

Il grande Naron rimase a lungo interdetto.

«Scusami Ferdinà, parliamoci chiaro. Come fanno ad avere scoperto l'energia nucleare senza essere in grado di allontanarsi dal pianeta? Lo sanno tutti che a un certo punto un test di esplosione, pure piccino, bisogna farlo. Insomma, è normale. È tradizione. È pure una questione di curiosità. Arriva Capodanno e che fai? Non la lanci 'na testatuccia termonucleare su un pianeta per vedere cosa succede? Eddai.»

«Non la seguo, signore.»

«Ferdinà, se non sanno viaggiare nello spazio, 'sti qua dove lo fanno esplodere 'sto petardo?»

«Sulla Terra, signore...»

Ferdinando il messaggero appariva rammaricato. Il grande Naron, incredulo, con i cinque occhi appallati come un Kekkosh di Makkes Taiaddy.

«Ma questa è una razza di deficienti!»

E seccamente tirò una linea sul nome che aveva appena inserito sul libro piccino, e per rabbia si mangiò pure tre delle ghiandole riproduttive anteriori di Ferdinando il messaggero.

Sono passati circa 70 anni da quello spiacevole episodio. Molto è cambiato da quel giorno, ma la Federazione Galattica non sembra pronta a perdonare i sapiens. D'altro canto i sapiens non hanno smesso di smarmellare il proprio pianeta come 'na passata di carciofi.

Non ci sono più lancette che corrono verso la mezzanotte atomica, ma i suppostoni continuano comunque a lanciarseli in faccia. La propria faccia. Suppostoni un po' diversi da quelli degli anni Cinquanta, ma pur sempre suppostoni sono.

E così potresti trovarti a passeggiare per Union Square a Manhattan il 19 settembre 2020. È un sabato, sono le 15:30 e gli scoiattoli continuano a chiedersi: "Che cazzo c'entro io?".

Un enorme orologio digitale riporta un nuovo conto alla rovescia. Un po' più preciso. Un po' meno metaforico.

Si legge – 7yrs103days15:40:07.

Il countdown è accompagnato dal seguente messaggio: "La Terra è al capolinea".

L'installazione è un'idea di due artisti, Gan Golan e Andrew Boyd, e rappresenta quelli che secondo gli scienziati sono gli anni, i giorni, le ore, i minuti e i secondi che restano all'umanità per fermare gli effetti della crisi climatica e invertire la rotta.

È il tempo stimato prima di raggiungere il punto di non ritorno, e far sì che gli effetti della crisi climatica divengano irreversibili.

Un altro orologio. Un'altra apocalisse.

Un'altra suppostona.

Pochissimi a preoccuparsene.

3

La solita vecchia storia

«Non posso credere che i gatti siano spariti.»

«Ma... ma che turbe avete con i gatti? No, sul serio. Perché siete così ossessionati da quei mammiferi?»

«È solo che qui nel quartiere ce ne stava uno che adoravo. Lo avevo chiamato Conte Jean-Jacques Panettone I di Culonia. Era spettacolare. Così tondo e grasso che praticamente rotolava. Quando respirava faceva un casino. Chissà se è qua in giro.»

«Be', immagino che lo scopriremo. Anche se da come lo descrivi non pareva un gatto, ma un rottame.»

«Si' bell' tu. Spero davvero che sia saltato con noi. Mi spiace per le persone schiattate, però gli animali non si toccano.»

«Scusa?»

«Dai, gli animali sono meglio delle persone.»

«Gli animali? In generale?»

«Be' sì. Dai, lo dici anche tu nel tuo *Saggio erotico* che gli esseri umani fanno schifo.»

«No, non lo dico... per lo meno, non palesemente. Ma secondo te le persone che sono? Non sono animali?»

«No. Fidati, io di umani me ne intendo. Ho fatto sesso con molti di loro. Gli esseri umani sono cattivi, a differenza degli animali.»

«E cosa mi dici degli infanticidi?»

«Come?»

«Nei leoni, ad esempio, il maschio alfa ammazzava i piccoli se non erano i suoi.»

«Vabbè, ma che c'entra?»

«Lo faceva sia perché non voleva che quelli entrassero in competizione con lui una volta diventati adulti, sia perché si voleva scopare la loro madre.»

«Scusa?!»

«La madre, se aveva già un cucciolo, non sentiva la necessità di riprodursi. Allora, dato che il maschio alfa rispettava molto questa sua posizione, le ammazzava i cuccioli.»

«Ma... ma... vabbè, non c'entra nulla. I leoni erano predatori sanguinari...»

«Lo facevano anche gli ippopotami. O le zebre. O le renne.»

«Non è vero!»

«E come la metti con l'accoppiamento forzato? Quello era abbastanza comune nel regno animale.»

«Vabbè, ma non è...»

«Avrai visto il filmato di quei poveri pinguini ingroppati dai leoni marini manco fossero bambole gonfiabili. Anche se un esempio peggiore sarebbe quello delle lontre di mare.»

«Le lontre...?»

«Lo raccontava Heather Harris in un articolo pubblicato su "Aquatic Mammals". Le lontre di mare (*Enhydra lutris nereis*) se la prendevano spesso con i cuccioli di foca (*Phoca vitulina richardsi*), arrivando a torturarli anche per un'ora e mezzo, fino ad annegarli. E per far annegare una foca significa che ti ci sei messo proprio d'impegno.»

Rino iniziava a manifestare un severo stato di agitazione.

«Sembra che il maschio di lontra vedesse nel cucciolo di foca un possibile partner sessuale, e dato che in genere a loro piaceva farlo di "viulenz'"... be', *not guud mai frend*. Pensa che normalmente fino al 10% delle femmine di lontra di mare moriva accoppiandosi, visto che il maschio non sapeva darsi un contegno e si presentava al primo appuntamento con cioccolatini e machete. Quando puntava un cucciolo di foca non andava meglio. Si impegnava su di lui con egual storta passione, abusandone mentre lo annegava, e una volta annegato... continuando... Ora che ci penso questo vale anche come necrofilia.»

Rino cercava di coprirsi le orecchie con le mani. La sua sofferenza era palese.

«Non sono pochi i casi documentati in cui hanno continuato ad abusare del cadavere anche settimane dopo la morte.»

«MIODDIO!»

«La cimice dei letti invece aveva uno stiletto appizzuto come pene. Il maschio per accoppiarsi pugnalava la femmina nello sterno, perforandola. Pensa che le femmine avevano selezionato nel corso dell'evoluzione una particolare resistenza per non crepare male a causa della fallo-pugnalata.»

«Smettila! Non c'entra nulla!»

«E a proposito dei gatti, lo sapevi che il gatto aveva degli aghi ricurvi tipo uncini rigidi su tutto il pisello? Quando penetrava la femmina quella non poteva più fuggire, altrimenti si lacerava tutta. Alla fine le avrai sentite anche tu le gatte gridare dal dolore durante l'asdrubalata.»

Rino camminava furiosamente avanti e indietro, urlando vocali a caso nel tentativo di coprire con i propri versi le parole monotone del computer brutale.

«Anatroccoli e coniglietti ingoiati vivi dalle cicogne e dai gabbiani.»

«Perché mi fai questo?!»

«A volte si mangiavano anche piccioni e topi, eh. Alla fine sono proteine.»

«Ma porc...»

«Gli orsi polari, affamati per i cambiamenti climatici, stavano cannibalizzandosi tra di loro. Ma il cannibalismo in generale era una cosa amatissima in natura.»

«Smettila!»

«E come non raccontare dei pinguini che uccidevano i piccoli quando si perdevano? PERCHÉ NON TI DEVI PERDERE!»

«SEI UN FIGLIO DI PUTTANA!»

«Potrei anche raccontarti di diversi casi di schiavismo animale. Formiche, eterocefali glabri... ma decisamente peggio erano quei cetacei sorpresi nel mozzare in due i pesci per usarli come tubi da masturbazione.»

«Ma che caz...»

«Sono stati documentati anche casi di scimpanzé che usavano rane per masturbarsi. Ovviamente puntavano sull'orale. Quelle non la prendevano benissimo quando venivano scagliate via tipo fazzoletto sporco. Ma in effetti ormai erano morte, quindi...»

«Di' un'altra parola e giuro che ti sfascio il monitor!»

«Oppure conosci l'averla? Un piccolo e tenero passeriforme predatore che impalava le proprie prede tipo Vlad Țepeş di Valacchia? Le infilzava, a mo' di spiedino, su rami spezzati, aghi o spine, per mangiarsele in seguito con calma. Infatti veniva anche chiamato "Uccello Impalatore", o "Uccello Macellaio", o "Pezzo di Merda".»

«Sei tu qui il pezzo di merda, brutto sadico bastardo.»

«E non ti ho parlato del cannibalismo intrauterino dello squalo toro, in cui i piccoli non ancora nati si divoravano tra di loro. E le farfalle che succhiavano fluidi corporei putrescenti dai cadaveri? O i parassiti, i batteri patogeni, i panda... Non farmi parlare di panda, ti prego. Se mi metto a insultare il panda mi serve almeno una settimana.»

«SMETTILA! SMETTILA!»

«*Pfff*. "Gli animali sono meglio degli esseri umani" dice. Siete tutti delle merde. Ogni essere vivente tende a trovare normale alcune cose piuttosto di altre. Il concetto di moralità, di giusto o di sbagliato, di buono o di cattivo, lo avete inventato voi. Ma sai chi era davvero meglio delle persone? I dinosauri!»

«... Be' sì, i dinosauri erano fighi.»

Rino aveva parlato con un filo di voce e il volto ormai segnato da copiose lacrime.

«Non solo erano fighi, mio caro Rino, ma a differenza di voi sapiens che avete dominato la Terra per appena... quanto? 200.000 anni, più o meno? Be', loro hanno regnato per circa 165 milioni di anni! Siete qui da appena lo 0,1% del tempo rispetto a quanto ci siano stati loro. E mentre voi, per quanto ne sappiamo al momento, potreste esservi suicidati in massa tra emissioni e monnezza, quelli si estinsero solo a causa di eventi catastrofici del tutto indipendenti da loro. I dinosauri sono meglio delle persone, porco Mozilla.»

«Sì vabbè, ma non t'agità.»

Saggio erotico. Capitolo 302
"W la merda"

SOS.

Ripeto, SOS.

Qualcuno è in ascolto? Qui parla il comandante Frizzy della *Marina Caravella XX*I. Siamo accidentalmente precipitati su un pianeta sconosciuto della galassia AB-102. La situazione è tragica. Abbiamo paura. Non so per quanto ancora riusciremo a resistere.

Il pianeta è dominato da una specie strana, nata da pochissimo, ma abbastanza prepotente da stare diffondendosi a un ritmo terrificante. Non vedevo una simile invasione dall'epoca dei parassiti di Proxima Falloppio. Sono affamati di energia. Hanno capito come ottenerla, ma ricorrendo a rozzi processi chimici che rilasciano come scarto enormi quantità di gas letali nell'atmosfera. E non sembrano preoccuparsene. I nostri strumenti di navigazione sono stati intaccati, e a causa della situazione esterna non possiamo uscire a ripararli. Presto ogni forma di vita verrà eradicata, e noi siamo i prossimi sulla lista.

Mi sentite? Vi prego, qualcuno risponda!

SOS.

Vi prego... SOS.

Maledetti bastardi, rispondete! Ci state condannando tutti!

Qui il messaggio si interruppe. Questa è la famosa richiesta di soccorso lanciata 2,3 miliardi di anni fa dal comandante Magnus Frizzy, leader della sezione Mannaggiamiseria della Federazione Galattica di Scottex II. All'epoca la tecnologia in dotazione alla Federazione non consentiva la comunicazione istantanea, e il messaggio impiegò circa 1,4 miliardi di anni per giungere alla segreteria dell'ufficio decessi smarriti. Visto il ritardo, il responsabile allarmi decise di non diffondere la notizia, dando per scontato che fosse ormai tardi per intervenire. L'Universo aveva fatto il suo corso.

La conversazione venne in seguito persino intercettata dalla nuova specie dominante del pianeta Terra, il sapiens, scambiandola però per il trailer del nuovo film di Bruce Willis.

Quando la notizia trapelò alla stampa cosmica, il Bollettino siderale aprì un'inchiesta, accusando la vecchia amministrazione di aver acquistato attrezzatura scadente per via di un giro di mazzette che aveva coinvolto la spazio-mafia e gli Immortali Sette, accusandoli anche di insabbiamento e mancato soccorso.

Purtroppo il pianeta Terra era molto cambiato in quei 2,3 miliardi di anni. Troppi eventi geologici si erano succeduti, e non c'era modo di risalire all'ubicazione della carcassa del battello stellare di Magnus Frizzy. Secondo alcuni l'equipaggio sarebbe ancora lì, bloccato in qualche anfratto sommerso, in crio-letargo, o forse divorato da quelle primordiali forme di vita che lo avevano minacciato. Non è stato possibile risalire alla loro ultima posizione, e la nuova specie dominante del pianeta non è considerata collaborativa.

Ma cosa successe davvero? Le indagini hanno concluso che l'equipaggio perduto fosse finito nel bel mezzo della cosiddetta "catastrofe dell'ossigeno", o "grande ossidazione", o "grande evento ossidativo", la prima vera strage mai verificatasi sulla Terra. Fu il primo degli eventi di estinzione di massa che colpì il pianeta.

Stando allo storico Furon110110 (per gli amici Ciccio), tra i 3850 e i 2450 milioni di anni fa le condizioni ambientali del pianeta Terra cambiarono radicalmente. Partiamo dal presupposto che all'epoca il pianeta appariva ben diverso da come lo conosciamo oggi. Grigio e smorto, arroventato da radiazioni ultraviolette, sormontato da un cielo arancio-gnolo coperto da smog fittissimo. Una schifezza devastante, e senza manco nessuno che facesse un cappuccino decente. Mi azzarderei a definirlo inospitale, anche se in realtà a qualcuno piaceva così. L'atmosfera era principalmente costituita (si pensa) da azoto, anidride carbonica, vapore acqueo e metano. Di molecole libere di ossigeno (O_2), invece, non c'era traccia. Questo rendeva l'atmosfera molto più inerte di oggi, tanto che potevi lasciare un panino sul tavolo anche per qualche settimana senza che andasse troppo a male. L'ossigeno molecolare all'epoca non si sapeva manco cosa fosse, dato che i suoi atomi erano tutti combinati in composti organici, ma soprattutto in molecole essenziali come acqua (H_2O) e anidride carbonica (CO_2). Per di più nessun proto-chimico unicellulare lo aveva ancora scoperto.

Anche il Sole era molto diverso. Fanciullo e meno luminoso rispetto a oggi, i suoi raggi non sarebbero stati sufficienti a scaldare nemmeno una bruschetta. Per fortuna c'era un effetto serra mostruoso a rimediare.

Il metano (CH_4), un gas serra con un potere climalterante tra le 25 e le 86 volte maggiore della CO_2 (dipende se si guardano effetti a lungo o a breve termine), era in una concentrazione tale da permettere di trattenere molto più calore rispetto a quanto non sia trattenuto dall'atmosfera odierna. Questo per ricordarci che la "normalità" è un concetto strettamente relativo. Ma tanto bastava a mantenere gli oceani liquidi, proprio come piaceva agli abitanti di quel tempo.

Perché sì, il pianeta sarà stato pure una tale schifezza che nessuno voleva passarci le vacanze, ma qualcuno riusciva comunque a chiamare quella discarica "casa". Parliamo di popoli unicellulari, Procarioti e Archeobatteri, organismi semplici ma non più scemi degli attuali abitanti.

Tuttavia, a un certo punto, l'evoluzione ha fatto il suo corso, e un po' per volta, con una serie di aggiustamenti casuali, nacquero i primi organismi fotosintetici: i cianobatteri.

Mica scemi loro. Si erano inventati un metodo rivoluzionario per ottenere energia a buon mercato, avanzando uno spietato progetto di espansione aziendale che li avrebbe portati ad avere il monopolio sui traffici energetici. Come affermò il capocantiere cianobatterio Eustacchio Ruggio durante il suo discorso di insediamento: «Con il nostro nuovo brevetto saremo i primi al mondo a sfruttare le radiazioni solari per ottenere energia in quantità! Non avremo più limiti. Abbatteremo i costi di produzione energetica e sbaraglieremo i nostri competitor. È l'ora di prendersi il mercato!».

Applausi scoscianti dalla platea unicellulare.

E così questi piccoli signori iniziarono a fare la fotosintesi, utilizzando l'energia solare come motore per le proprie reazioni chimiche, sintetizzandosi quello di cui avevano bisogno (principalmente mangiando molecole di CO_2 e trasformandole in zuccheri).

C'è da dire che dal punto di vista energetico mangiare altri organismi viventi per scipparne le molecole da utilizzare per i propri scopi, per quanto sia un processo molto più prepotente, è decisamente più vantaggioso. Alla fine c'è un motivo se una zebra corre a 64 chilometri orari mentre una petunia a 0. Non è che le piante non possano correre, è che sono stanche.

Se consideriamo ad esempio un grammo di cellule umane, queste consumano circa centomila volte più energia di quanto non ne produca un grammo di materia solare. Per questo la fotosintesi per i sapiens non andrebbe bene. Non basterebbe.

Ma gli organismi dell'epoca non avevano mica bisogno di correre, e la fotosintesi fu un'autentica rivoluzione. Garantiva energia a secchiate.

C'è un problema, però. Parafrasando nuovamente il chimico umano Antoine-Laurent de Lavoisier: "Nulla si crea, nulla si distrugge, tutto si trasforma".

Se qualcosa entra, qualcos'altro deve uscire. Così come per un essere umano: mangia e beve, poi urina e scagazza in giro. I cianobatteri stavano mangiando come pazzi e sfruttando l'energia solare per digerire e processare i loro alimenti, ma alla fine avrebbero pur dovuto cagare qualcosa.

La cacca di questi primi dominatori terrestri era l'ossigeno molecolare, l'O_2, prodotto di scarto della scissione fotochimica dell'acqua nonché molecola all'epoca sconosciuta al pianeta. E così i cianobatteri, non preoccupandosi troppo del fatto che stessero scagazzando all'impazzata, iniziarono a riempire di merda il pianeta. E più si riproducevano, più merda si accumulava. Fu un processo lento, lentissimo, prima che ci si rendesse conto di aver portato la Terra alla catastrofe fecale.

Tra i 2450 e i 1850 milioni di anni fa l'ossigeno prodotto non arrivò comunque nell'atmosfera, ma venne tamponato, assorbito come una spugna dalla superficie terrestre e dai fondali marini. L'ossigeno si "consumava" reagendo con i minerali della crosta terrestre, ossidandoli. Così il pianeta arrugginì, senza che ci fosse nemmeno un arrotino a dare una mano.

Ma non solo, l'ossigeno reagì anche con i minerali disciolti nelle acque. Il ferro disciolto, ad esempio, dava al mare una bella colorazione verde fogna. Ve l'ho già detto che la Terra all'epoca faceva schifo?

Quando incontrò l'ossigeno, il ferro si ossidò, formando ossidi insolubili (per lo più ematite) che precipitarono, accumulandosi in sedimenti rossastri che possono essere trovati ancora oggi in tipiche rocce a bande rossastre (*banded iron formation*). Per lo meno l'acqua divenne limpida, con grande felicità per il turismo siculo. Oggi mi sento di festeggiare la cosa, anche perché il mar-moccio su cielo arancio-morte non mi pareva troppo invitante, ma avreste dovuto vedere gli ambientalisti ciano-batterici dell'epoca quanto fossero incazzati per la perdita di colorazione oceanica! A loro il mare piaceva verde, così come lo avevano conosciuto i loro nonni, e i nonni dei loro nonni. Un mare limpido era un'oscenità.

«Dobbiamo salvare il pianeta dalla nostra merda. I nostri consumi stanno lentamente portando il mondo al collasso. Bisogna intervenire subito, prima che sia troppo tardi.»

L'associazione "Amico Ameba" aveva lanciato una campagna di sensibilizzazione sulla perdita della biodiversità acquatica, mentre il noto tenore Betteriotti organizzò un concerto di beneficienza a favore del COG (Centro ossidati gravi).

Ma nessuno fece nulla di concreto. I cianobatteri continuarono a crescere e inquinare con la loro merda, e a un certo punto non ci fu più nulla di inorganico da ossidare. Avevano arrugginito TUTTO. E fu a quel punto, con i mari e la crosta terrestre ormai saturi come una spugna a mollo da giorni, che la merda iniziò ad accumularsi nell'atmosfera, e iniziò la vera catastrofe.

L'accumulo del velenoso ossigeno, libero nell'atmosfera come un cinghiale incazzato la cui concentrazione crebbe di 10.000 volte in soli 200 milioni di anni, ossidò a morte la maggior parte delle forme di vita di quel tempo. Quante? Difficile dirlo. Qualcuno si vide costretto a trovare rifugio nelle aree ancora protette dall'ossigeno (anaerobi obbligati), altri trovarono rifugio a Foggia, ma la stra-maggior parte crepò male. Ossidata a morte, coperta di merda batterica.

Che poi non parliamo nemmeno di concentrazioni esagerate se paragonate a quelle che conosciamo oggi. Si stima che fosse appena l'1% della concentrazione di ossigeno odierna. Ma immagino che il fatto di aver imparato ad apprezzare le feci non renda la cosa meno grave.

Per di più, per effetto delle radiazioni solari, si formò uno strato d'ozono (O_3) che iniziò a filtrare le radiazioni ultraviolette. Ma non solo, l'ossigeno iniziò a reagire con il metano atmosferico (CH_4), convertendolo in CO_2 e acqua. Di conseguenza, la concentrazione del metano, un gas a forte effetto serra, iniziò a calare per venire sostituito da CO_2, un gas con un effetto serra notevolmente inferiore. Un po' come sostituire il piumone con il lenzuolo e poi capire di aver fatto una cazzata quando t'accorgi che i capezzoli hanno forato il tessuto. E se da un lato questo evento fece sparire quello smog fotochimico, portando il cielo ad avere quel tipico colore azzurro pastello che tanto piace agli umani, dall'altro portò le temperature a calare mostruosamente. 'Sto lenzuolo azzurro era bello, ma non tratteneva abbastanza calore. Questo, unito al fatto che i cianobatteri stavano mangiando pure la stessa CO_2, diminuendo anche questa concentrazione, non aiutava.

Così si arrivò al punto di non ritorno. Il pianeta divenne una stupida distesa bianca ghiacciata, una "palla di neve" cosmica, e così restò per 300-400 milioni di anni. Fu la Grande glaciazione uroniana, che diede un'altra badilata in faccia agli organismi superstiti della disgrazia ossidativa. Pure i cianobatteri se la videro brutta. Eppure qualcuno sopravvisse.

Fu una botta pazzesca per la storia evolutiva del pianeta perché rimescolò tutte le carte in tavola. Se volevi sopravvivere dovevi imparare a mangiare merda, o quantomeno a tollerarla. L'O_2 era estremamente reattivo, su questo non c'è dubbio, e ciò significava che bisognava solo imparare a sfruttarlo per produrre una quantità enorme di energia. Un'energia molto simile a quella che si sviluppa nei processi di combustione. Gli esseri umani vanno a fuoco respirando e non se ne rendono manco conto.

Alla fine fu una grande estinzione di massa, ma fu anche una grande rinascita.

Se parli con un sapiens scoprirai che tutti gli orribili retaggi geologici della grande strage ossidativa sono proprio ciò che amano del pianeta. Lo strato di ozono li protegge dalle radiazioni ultraviolette (che sono ultravioler*n*te), mentre i mari cristallini con limpidi cieli azzurri sono indispensabili per le foto di Instagram. Senza considerare che oggi la merda dei cianobatteri costituisce il 20,8% dell'atmosfera terrestre, e ai sapiens piace un sacco, tanto che ognuno di loro ne assume circa 20.000 boccate al giorno.

Quindi, senza timori, possiamo concordare sul fatto che la merda è buona. Bisognava solo imparare ad apprezzarla.

Rino non era sicuro di aver letto bene. Ma una cosa era certa: era confuso. Di nuovo.

Fu Amigo a rompere il silenzio.

«Volevo solo farti notare che in fondo non siete troppo originali manco nel vostro fine autodistruttivo. Certo, i cianobatteri ci hanno messo più di un miliardo di anni per arrivare a questo casino. Voi siete stati decisamente più rapidi. Circa 200 anni di attività industriali. Siete dei grandi.»

«Ok...»

«Speravo di tirarti su di morale. Suvvia, non è così drammatico estinguersi. Non fare quella faccia.»

«Non faccio questa faccia per il discorso dell'estinzione. È che di colpo sono felice di non dover più respirare. Non mi ero mai reso conto di stare inalando la merda delle piante.»

«Aaah, io non vi capisco voi umani. Le feci sono una risorsa indispensabile. Siete gli unici a considerarla un tabù. Sapessi quanti animali mangiavano la merda.»

«Non voglio sapere.»

«Il coniglio, per dire. Per lui era normale mangiare la propria merda.»

«Mi spieghi perché stai cercando di rovinarmi la vita?»

«Scusa, è che mi eccito a parlare di certe cose.»

«Ho notato. Ma alla fine il comandante Magnus Frizzy è stato recuperato?»

«Non saprei, ma ne dubito.»

«E la Federazione Galattica? È sopravvissuta? È lì fuori da qualche parte?»

«Non so.»

«Dove potrebbe essere ora?»

«Ah boh.»

«Ma non sai niente!»

«Non so quello che non so. E... Oh...»

«Che è?»

«Oh...»

Amigo si era di colpo zittito, mentre il suo smile stilizzato aveva assunto un aspetto crucciato. Lo sfondo del monitor, d'altro canto, era diventato di un colore arancione intenso.

«Come avevi detto che si chiamava quel gatto che ti piaceva tanto?»

«Il Conte Panettone? Perché?! Lo hai visto? È qui?!»

«Credo di averlo trovato.»

Rino si voltò di colpo in preda all'eccitazione. Scattò in avanti e cercò sul marciapiede. Ma non c'era nulla. Nemmeno all'angolo opposto, nessuna traccia del gatto nobile. Si rivoltò a guardare Amigo con lo sguardo di chi ha morso un limone.

«Non guarderei a terra, se fossi in te...»

Rino si voltò nuovamente, e finalmente la vide. Quell'enorme testa di gatto fluttuante che stava sorgendo dal retro del suo villino. Immensa come una Luna, ma decisamente più vicina di quanto non fosse abituato sulla Terra.

«Ma porco cane! Conte Panettone! Conte, stai bene? Ma è vivo?»

«Credo di sì. Si sta leccando i baffi.»

«Ma cosa diavolo... perché? Cos'è successo?!»

«Per lo meno abbiamo capito di chi è l'enorme elica di DNA su cui poggiamo.»

«Ma quindi... Gli ha fatto male? Sta soffrendo? PARLA! Cosa possiamo fare per aiutarlo?»

«Ma no, tranquillo. Sta bene. Ti ho detto che qui la fisica non segue esattamente le leggi che conosciamo. A ogni modo, a giudicare dalla situazione, credo che il micio stesse entrando nella nostra zolla al momento del salto. La sua testa ha saltato con noi, ma evidentemente c'è stata una deformazione durante il viaggio. In fondo gli è andata bene.»

«Ma come gli è andata bene? Ma sei scemo?!»

«Be', pensa se fosse successo il contrario. Ora ci ritroveremmo un enorme culo di gatto a orbitarci attorno. Un colpo di coda e saremmo finiti schiacciati. Scagliati a caso nell'Universo morente. Una testa di gatto, tutto sommato, è ok.»

«Però guarda che carino...»

«Ammetto che è simpatico.»

«Ciao Conte! Ti ricordi di me?»

Rino gesticolava nel tentativo di farsi notare dall'enorme testa felina. Poi, di colpo, un assordante rumore simile al motore di un razzo in accensione pervase la zolla, e tutto iniziò a tremare.

«Ma è un terremoto? Com'è possibile?»

«Credo che stia facendo le fusa!»

«Oh no.»

«Rino, vatti a nascondere. Corri in casa! Non farti vedere, che 'sto qua ci ammazza a tutti!»

4

Fossa biocomica

Saggio erotico. Capitolo 361
"Oh mia cara estinzione"

Noooooooooooooooo!

In fondo, cosa c'è di male nell'estinguersi?

Non si tratta mica di una punizione. Estinguersi è una cosa normalissima, almeno quanto la comparsa di una nuova specie. È il ciclo della vita. Nuove specie si evolvono, prosperano, imparano a farsi i selfie e poi si estinguono. Tutte, tranne le zanzare.

C'è da dire che è un ottimo modo per ridurre il tasso di disoccupazione.

Stando a David M. Raup dell'Università di Chicago, uno dei massimi esperti mondiali di estinzioni di massa, oltre il 99% delle forme di vita che hanno mai passeggiato sul pianeta sono sparite.

Scadute, andate a male, defunte. Alcune forme di vita ci hanno abbandonato perché il loro ambiente è cambiato troppo velocemente non lasciando loro abbastanza tempo per adattarsi, altre a causa della competizione persa con altre specie, altre per l'avvento di epidemie, e altre ancora per Facebook. Che vuoi farci.

Al momento, sul pianeta Terra ci son già state ben cinque grandi estinzioni di massa, oltre a varie estinzioni minori. Tra queste non viene contata quella dei cianobatteri né quella del Mariano, avvenuta 600 milioni di anni fa. All'epoca la Terra era dominata dalla società dei Mario, che devastò il pianeta cercando di rendere illegale il porno. Era chiaramente una specie inferiore. In quel caso l'estinzione di massa fu provocata dai suicidi.*

Particolarmente interessante, ma soprattutto vera, è stata l'estinzione di massa avvenuta nel Permiano, attorno a 252 milioni di anni fa, che costò la vita a circa il 90% delle forme di vita del pianeta. Avete idea di cosa significhi il 90%? Non si trattò semplicemente di estinzione, ma quasi di apocalisse. Fu quasi la fine di ogni cosa. Anche dei parrucchieri.

Pare che il fattaccio sia stato innescato da un enorme, gargantuesco e prolungato evento vulcanico avvenuto in Siberia. Vagonate di anidride carbonica e altri gas vennero riversati nell'atmosfera, con conseguenze che ormai mi sembra banale ribadire. Iniziò a fare un tantinello caldo.

* Potrebbe non essere mai successo.

Si parla di una decina di gradi in più nell'arco di poche migliaia di anni, l'equivalente del gettarsi nel fuoco dopo aver corso nudi nella neve. Una delle conseguenze fu che la quantità di ossigeno negli oceani diminuì vertiginosamente, dato che aumentando la temperatura diminuisce la sua solubilità nell'acqua. Potete aggiungere anche questo alla lista dei famosi effetti domino.

Ma non solo, a causa di eventi climatici estremi indotti dal surriscaldamento globale, come piogge torrenziali, tifoni e maremoti, vennero trasportati moltissimi nutrienti dalla terraferma agli oceani. E qualcuno a questo punto potrebbe chiedersi cosa ci sia di male in tutto ciò. Alla fine non credo che qualcuno si lamenterebbe se gli gettassero frollini al gianduia in casa dalla finestra, no? Cibo gratis!

Il problema fu che gli sboroni microorganismi acquatici con questo buffet esplosivo con cui abbuffarsi iniziarono a mangiare come manco a un matrimonio campano, e nel mentre consumavano moltissimo ossigeno disciolto in acqua. L'ossigeno ci stava bene a ogni boccone, un po' come il pane. Ma già l'ossigeno era poco dato che il mare era diventato caldo come un brodo di pollo, poi se lo consumavano pure i microorganismi... non te lo aspetti il trauma?

Il risultato fu l'anossia. Il 90% degli organismi acquatici soffocò a morte.

Bolliti nel brodo e soffocati. Che bello.

L'ironia della sorte volle che la stessa merda dei cianobatteri che in passato aveva causato una strage di massa, ora ne stava causando un'altra per motivi esattamente opposti. Prima non la voleva nessuno, poi non ne poterono più fare a meno. E che cacchio, decidetevi!

Il 90% delle forme di vita che schiatta male è decisamente tanto. D'altronde significa che un 10% riuscì a sopravvivere. Apocalisse saltata. È un simpatico bicchiere mezzo... un pochetto pieno. Di candeggina. Orsù, ottimismo.

Probabilmente furono ancora delle esagerate attività vulcaniche a provocare un'altra estinzione di massa, questa volta avvenuta 200 milioni di anni fa circa, al termine del

Triassico. Possiamo concluderne che i vulcani sono brutte persone. A causa di enormi quantità di metano rilasciate dai fondali oceanici la temperatura media salì di circa 5 °C. E quindi, aridaje con l'estinzione di massa, e addio a circa il 75% delle forme di vita di quel tempo.

Ma indubbiamente più pop è la grande estinzione di massa avvenuta 66 milioni di anni fa, che fece schiattare animali fighissimi come i dinosauri non aviani e le ammoniti, dopo un dominio sul pianeta durato circa 190 milioni di anni. Dinosauri come il tiranno-fottutissimo-sauro, il velociraptor, il triceratopo e il megalolaser mitra con i suoi razzi fotonici sparati dal diamante sulla fronte, che avevano passeggiato beatamente per 140 milioni di anni senza prendere parte nemmeno una volta a un dissing televisivo, di colpo sparirono. I giganti morirono, lasciando via libera a tutti gli altri. Gli sfigati. I piccoli.

Si pensa che il tragico evento sia imputabile a un asteroide che s'è schiantato a una velocità stimata di 72.000 chilometri orari lì dove oggi sorgerebbe il villaggio di Chicxulub, nel Golfo del Messico. Una botta mostruosa, in cui l'asteroide si vaporizzò all'istante in un'esplosione che generò tsunami giganteschi che si sparsero a cerchi concentrici sommergendo le terre, e bruciandole. Per migliaia di chilometri tutto venne incenerito, e il pianeta fu sconvolto da terremoti e onde d'urto colossali. Fumo e polveri si alzarono, e per mesi, forse anni, oscurarono il Sole e generarono cambiamenti climatici improvvisi, in uno spettacolo infernale paragonabile all'inverno nucleare. Non si vedeva un disastro del genere dall'ottava stagione di "Game of Thrones".

Ma come facciamo a sapere che proprio un asteroide sia il colpevole? Non c'è manco stato un processo! Magari sono state le zanzare. Non venitemi a dire che le zanzare sono innocenti!

C'è da dire che le prove non mancano.

Ad esempio abbiamo le osservazioni del 1979 di Luis e Walter Álvarez (rispettivamente padre e figlio). Essendo uno fisico e l'altro geologo non venivano mai invitati alle feste, e mentre gli altri si divertivano, fumavano marijuana e si accoppiavano, loro erano sempre soli come due cani. Avendo ormai consumato tutte le pedine dello scarabeo, per passare il tempo si misero a studiare gli strati geologici.

Lo so, sembra una noia bestiale, ma proviamo ad avere un po' di compassione per queste persone. I fisici e i geologi incuteranno anche timore con quegli occhi vacui e quello spesso strato di trauma che ne ricopre la cute, ma se ci parlaste scoprireste che sono simili a normali esseri umani. Vogliono solo essere amati. Quindi smettetela di abbandonarli in autostrada.

I due si accorsero, osservando strati geologici risalenti a circa 65 milioni di anni fa, che erano pieni zeppi di iridio, e che questa concentrazione si diffondeva in un'area notevole. Ma da dove era uscito? L'iridio è un elemento abbastanza raro sulla superficie terrestre, ma è spesso relativamente abbondante nei meteoriti. La sua presenza in quell'area poteva essere una prova dell'impatto. L'urto aveva sollevato, oltre a praticamente ogni cosa, anche polvere di iridio, che poi s'era depositata sulla superficie del pianeta come zucchero a velo sul pandoro. Stando ai loro calcoli, quell'asteroide doveva avere un diametro di circa 10-15 chilometri, paragonabile alle dimensioni di Deimos, uno dei due satelliti naturali di Marte. O al campo da calcio di Holly e Benji. Fu un tonfo mostruoso, che generò un cratere grande fino a 150 chilometri di diametro. Basandosi su simulazioni, non solo l'impatto generò un megatsunami alto centinaia di chilometri, ma quando migliaia di litri d'acqua riempirono il cratere e si scontrarono al suo interno ne generarono pure un secondo.

E se è vero che l'umanità piange ancora la scomparsa di quelle cosone fighissime che erano i dinosauri non aviani, a onor del vero morirono pure molte altre specie. Tantissime piante e un sacco di microorganismi schiattarono, ma non essendo fighi come i dinosauri se ne accorsero soltanto loro.

Il 50% degli organismi che abitavano la Terra sparì, tra cui molluschi, foraminiferi, un casino di vertebrati marini, le ammoniti, e quasi un terzo degli uccelli di tutto il mondo.

Chi sopravvisse lo fece male. La Terra non pareva più la stessa. A parte che le temperature si abbassarono di colpo, potete immaginare che casino possa fare lo schianto di un asteroide sul pianeta? Ciro fa un casino quando fa la doccia, figurati un asteroide.

Certo, il dibattito resta aperto. C'è anche chi suggerisce che la fine dei lucertoloni non sia imputabile all'arrivo di un'enorme palla di fuoco dal cielo, ma solo al riscaldamento globale. E ci risiamo.

Secondo alcuni, infatti, quella gloriosa quantità di iridio sarebbe stata in realtà liberata da vulcani, probabilmente dalla regione nord-ovest indiana, che con un piano malvagio ben coordinato decisero di eruttare tutti insieme.

Ne deduciamo che i vulcani sono anche volgari e maleducati.

E indovinate di chi sarebbe in quel caso la colpa dell'estinzione di massa? Ma ovviamente sempre la loro: dei gas serra e di altri magici amici liberati in grosse quantità dallo scostumato reflusso gastrico vulcanico.

Capiamoci, l'opzione meteorite è al momento quella più accreditata, quindi teniamo principalmente quella in mente.

Ma non tutto il male viene per nuocere. Sbarazzatisi dei giganti, finalmente arrivò il tempo dei piccoli, premiati dal destino proprio per il loro essere tascabili.

«Ti faceva comodo essere un bestione, vero? Non temevi nessuno grazie alle tue dimensioni mostruose, non è così? Be', adesso SUCA» urlò un protocriceto sputando dalla carcassa di un gigante caduto.

Sopravvissero in pochi, per lo più gli sfigati che fino a quel momento non erano considerati che meri oggetti di scena nel teatro della vita. Come i mammiferi (compresi gli antenati degli attuali sapiens) e il piccolo gruppo noto come dinosauri aviani (gli uccelli).

Questo viene definito "effetto Lilliput", e premia la piccolezza. Al netto di poche eccezioni, questa estinzione di massa tolse dai piedi tutti gli animali più grossi di un cinghiale. I piccoli riuscivano a trovare più facilmente riparo, e avendo bisogno di meno cibo riuscivano a ottenere risorse più che sufficienti per sopravvivere.

Anche i rettili squamati se la videro malissimo, ma alla fine non si possono lamentare considerando che oggi ne esistono quasi 10.000 specie, mentre di eredi di quei mammiferi approfittatori di disgrazie altrui se ne contano meno di 6000.

A ogni modo l'effetto Lilliput si manifesterà anche in caso di nuova estinzione di massa. Stando a una proiezione pubblicata nel 2019 su "Nature Communications", a sopravvivere saranno principalmente specie piccole, molto feconde, onnivore o insettivore.

Insomma, in questi 4,5 miliardi di anni dalla nascita della Terra ci sono stati un sacco di attentati naturalissimi. Chi è giunto vivo fino ai giorni d'oggi, in un certo senso, ha ereditato tutti i traumi dei propri antenati. Che sia per questo che Sapiens gode tanto nell'autosabotare la propria esistenza? Che sia un trauma rimasto celato nella specie? È possibile che sia la memoria sopita dell'ipossia della catastrofe del Permiano di 252 milioni di anni fa il motivo per cui a qualcuno piace venir soffocato mentre si smanubria?

L'importante è capire che sebbene estinguersi sia qualcosa di naturale, sono i cambiamenti improvvisi la minaccia vera. Non lasciano il tempo ai coinquilini del pianeta di adattarsi. Va anche compreso che nel corso delle ere le temperature e i livelli di gas serra atmosferici hanno subito innumerevoli fluttuazioni, e anche questo è naturalissimo. Non sono parametri fissi, ma solo alcune delle variabili in gioco del superorganismo Terra. Come su una grande montagna russa, soggette ai capricci del cosmo, agli eventi geologici e ai suoi abitanti. Bisogna saperlo quando si affitta un pianeta che non è per sempre.

Nell'Eocene, circa 55 milioni di anni fa, la Terra era più

calda di 5-8 °C rispetto a oggi. Non esistevano nemmeno le calotte polari, la cui fusione tanto dispera gli attuali coinquilini. Se parliamo di CO_2 atmosferica, 500 milioni di anni fa era circa 20 volte la concentrazione attuale, per poi calare e risalire 300 milioni di anni dopo. Arrivò a essere circa 4-5 volte la concentrazione attuale. Poi è iniziato nuovamente un lento e progressivo declino, fino a quando l'essere umano non ci ha messo lo zampino con la rivoluzione industriale. L'essere umano come un novello cianobatterio, anche lui a scagazzarsi in casa.

Tutto 'sto pippozzo per dire che l'equilibrio della Terra è instabile come un budino sul cruscotto. Resiste pure alle peggiori buche di Roma, ma se pigli il cratere sbagliato si spataflascia tutto. Troverà un nuovo equilibrio sul tappetino del lato passeggero. Quella sarà la sua nuova normalità, e in questa nasceranno, cresceranno e si evolveranno nuove specie, che troveranno assurdo il fatto che un tempo il loro budino fosse stato davvero sul cruscotto.

'Sto budino è cascato un casino di volte, e ci sarà sempre un nuovo cruscotto da cui spataflasciarsi. Ogni specie vive perennemente sul baratro, ma mentre gli altri animali tendono a fottersene di cosa ne sarà di loro quando saranno morti, o di cosa ne sarà delle nuove generazioni, l'essere umano ha frainteso il suo ruolo in questo grande gioco. Alcuni, per lo meno.

Ed è così che giungeremo al tramonto dell'Antropocene, l'epoca dell'essere umano. Con il grande botto, e le falangi dei piedi sul baratro della sesta grande estinzione di massa, pronti a lanciarci senza paracadute. D'altronde non c'è mai stato un piano B.

Alcuni tra i principali evoluzionisti, tra cui Niles Eldredge o Edward O. Wilson, non hanno dubbi sul fatto che questa sarà la sesta estinzione di massa, e che sia tutta opera dell'essere umano. Generalmente considererei questa una mera aspirazione, se non fosse tanto fattuale. La velocità con cui Sapiens sta mettendo in atto la propria personalissima crisi ambientale è incredibile. Siamo passati da cambiamenti che generalmente richiederebbero centinaia di migliaia di anni a… un paio di secoli? Ci sono almeno 3 zeri in meno.

E come un kamikaze idiota si porterà dietro tutti gli altri. Con le sue attività l'essere umano è già riuscito a estinguere un numero di specie che normalmente avrebbe richiesto circa 10.000 anni per sparire. Stando al WWF, tra il 1970 e il 2010 il numero di pesci, rettili, anfibi e uccelli è calato del 52% in tutto il mondo. Più della metà! Se poi parliamo di estinzione, stando all'Unione mondiale per la conservazione della natura (IUCN) sono sparite specie animali e vegetali con una velocità 1000-10.000 volte superiore rispetto alla "norma". Ogni settimana tra le 10 e le 700 specie si estinguono, molte delle quali non sono nemmeno mai state scoperte. Tra il 1500 e il 2017 le specie estinte documentate sono state ben 765, di cui 79 mammiferi, 39 anfibi e 145 uccelli.

Insomma, questo bipede ha accelerato enormemente il processo di estinzione sul proprio pianeta. Un incredibile successo, considerando che dovrebbe ancora scoprire l'80% degli esseri viventi con cui lo condivide. Sempre che non siano già morti.

D'altro canto, tra questi esseri viventi non ancora scoperti qualcuno ha iniziato a chiedersi cosa sgrinzo avesse fatto di male per estinguersi a causa di 'sto coinquilino di merda che non solo ha smesso di pagare l'affitto, ma ha pure scagazzato ovunque in cucina.

Alla fine qualcuno sopravvivrà, si adatterà, e tutte le lacune ecologiche lasciate inabitate verranno rioccupate da nuovi rave biologici. Esattamente come accadde in passato.

Dell'essere umano resteranno solo gli atomi, un sacco di orologi da polso scassati, tessuti laccati, oggetti indecifrabili e bomboniere brutte. E nessuno si ricorderà di lui.

Tranne le zanzare. Alle zanzare mancherà moltissimo.

5

La Zolla

Prese la moka, la caricò lentamente e la mise sul fornello. Erano ormai passate svariate settimane dal suo risveglio. O almeno questo è quel che pensava. Era molto difficile valutare lo scorrere del tempo considerando che non c'erano più un giorno e una notte. Certo, c'era l'"albatto" (alba con gatto), segnata dal sorgere della testa del Conte Panettone. La nuova routine di sopravvivenza però gli imponeva di correre al riparo quando la testa era alta nel "cielatto" (cielo con gatto), perché non appena il Conte lo vedeva iniziava a fusare, e questo significava disastri geologici per la "Zolla". La cosa lo seccava molto. Gli sembrava di essere tornato adolescente, quando sua madre gli imponeva un coprifuoco. Lo seccava in particolare perché gli era assolutamente impossibile calcolare quando ci sarebbe stata la prossima albatta. Non aveva alcun riferimento utile da poter usare, senza contare che tutti gli orologi erano "fermerà". Rino era molto fiero dei termini che aveva coniato, ma di questo lo era particolarmente. Usava tale coniugazione per descrivere quel che non aveva senso dal punto di vista temporale. Si era infatti accorto che le lancette dell'orologio della cucina erano ferme, immobili, a patto che lui le guardasse. Ma era sufficiente che sbattesse le palpebre, o scostasse lo sguardo anche solo per una frazione di secondo, e quelle si riarrangiavano a caso. E non seguivano nemmeno una successione logica.

Prima erano le 11:33, poi le 06:43, poi le 10:56. Ma del giorno o della notte? Per quello si rivolgeva all'orologio digitale del microonde, ma spostando lo sguardo cambiava anche l'orario, quindi non valeva. Amigo gli aveva spiegato che poteva trattarsi di un fenomeno di entanglement quantistriz vattelappesca, o qualcosa del genere.

Aveva fatto un esperimento raccogliendo tutti gli orologi che aveva in casa. Aveva preso quello del bagno, la sveglia sul comodino, l'orologio in cucina e pure il microonde. Segnavano tutti sempre lo stesso orario, e cambiavano tutti sempre nello stesso nuovo orario. Agivano all'unisono, coalizzati contro di lui. Tutti tranne un vecchio orologio che aveva trovato in soffitta. Quello non aveva pile, e semplicemente non accennava a muoversi. Era un ribelle, e lo trovava confortante. Alla fine un orologio fermo segnerà l'ora esatta almeno due volte al giorno, giusto? Era già un passo in avanti.

Aveva provato anche a togliere le pile agli altri orologi, ma nada. Non la smettevano con il loro giochetto. Allo stesso modo, pur mettendo le pile nel vecchio orologio, questo non accennava a muoversi.

Era molto confuso a riguardo.

Il caffè stava uscendo e, nell'andarlo a prendere, l'occhio gli cadde sulla pagina che aveva appeso al frigo.

Saggio erotico. Capitolo 20.311
"Zuppa di pesce"

Il pesce spada cinese e il suo sguardo "skifomadò".

Il pesce spada cinese è una specie di calzascarpe gigantesco con un volto perennemente perplesso.

Qui nella foto potete vederlo in un suo naturale sconvolgimento paranoico. È lo stesso sguardo che si è autorizzati a fare quando qualcuno dice di aver studiato "all'università della vita" dopo averti cercato di convincere per 3 ore dell'efficacia delle sue nuove pillole omeopatiche contro la peluria pelvica.

È la stessa faccia che molti hanno fatto quando hanno scoperto che il protagonista del film *The Mask* non diceva "spumeggiante" ma "sfumeggiante".

Insomma, ha la faccia dell'infanzia distrutta.

È uno dei più grandi calzascarpe d'acqua dolce al mondo, ed è guardato con languida ammirazione dai sandali di cuoio.

Non per nulla il pesce spada cinese è una delle specie di pesce spatola, ma lo chiamano anche "pesce elefante" giusto per non farti capire un cazzo. Elefante non tanto perché può superare i 7 metri, ma perché c'ha il batacchio in faccia. Lo scopo di quell'arnese prorompente è percepire i segnali elettrici delle prede, come crostacei e pesci, riuscendo a individuarli facilmente anche se nascosti sul fondale. E questa, diciamocelo, è una partita a nascondino assai poco equilibrata.

Un superpotere nel fiutare il pesce condiviso da tutti i nasi poderosi, da Pinocchio a Giovanni Storti.

Indimenticabile l'episodio in cui un pesce spada cinese ha accidentalmente infilzato svariate prede, e una volta pescato è stato confuso per arrosticino e venduto al mercato di Pescara.

È anche noto come "panda gigante dei fiumi", giusto per confondere sempre più il prossimo. 'Sto tizio alla fine c'ha una crisi d'identità che manco il migliore psichiatra oloturia è riuscito a risolvere. D'altronde mai nome fu più azzeccato di "panda gigante dei fiumi", considerando che il suo ultimo avvistamento ufficiale risale al 2005, e nel gennaio del 2020 è stato dichiarato ufficialmente estinto. E dire che era sopravvissuto pure al famoso meteorite che aveva spiaccicato i dinosauri e gli amici d'infanzia della regina Elisabetta.

La causa potrebbe essere imputata alla costruzione di dighe, pesca estensiva incontrollata e inquinamento, esattamente come già avvenuto con altri animali della stessa area geografica, come il delfino dello Yangtze dichiarato estinto nel 2006.

Rino rise. Sistemò la calamita di Amsterdam che reggeva il foglio, e tornò a dirigere le sue attenzioni al caffè. Aveva tenuto quella pagina non per il testo, quanto per l'immagine. Gli fregava così poco del testo che quando Amigo gli aveva stampato quel capitolo, quella prima pagina era l'unica che aveva tenuto. Vedere quel volto sconvolto gli metteva il buon umore. Aveva passato lunghe giornate a domandarsi come diavolo fosse possibile per un pesce avere quella faccia. Che razza di traumi doveva aver subito?

Intanto si versava il caffè, e cercava di vivere al meglio quella sua nuova normalità.

Grazie ad Amigo aveva scoperto molto di questo neomondo che aveva chiamato Zolla, e per quanto troppe cose non avessero alcun senso, provava comunque a non pensarci.

Aveva scoperto, ad esempio, che nessuna forma di vita arrivata sulla Zolla grazie al salto aveva bisogno di nutrirsi o respirare. Questo spiegava perché tutte le piante del quartiere erano come le ricordava: brutte e prossime alla morte. Ma non accennavano a morire, nonostante la sua incuria. Ora erano destinate a un'agonia eterna in sua compagnia. Tanto Rino era un noto pollice marrone, tutto ciò che avrebbe potuto fare per loro in condizioni normali sarebbe stato garantirne una morte rapida.

Per fortuna nemmeno lui aveva più bisogno di nulla. Amigo gli aveva detto: «Le tue condizioni al momento del salto riecheggeranno nello quari… quasi… quarzis…». Vabbè, non ricordava i paroloni esatti usati da Amigo, ma in soldoni le sue condizioni sarebbero rimaste invariate. Non aveva bisogno di respirare, mangiare, bere o urinare... in teoria. Il problema è che evidentemente al momento del salto doveva avere avuto un certo languore. Quindi si ritrovò tormentato da una voglia insaziabile, che provava a curare mangiando come un animale, dilapidando la dispensa con una voracità mostruosa. Non era fame, era più voglia di "qualcosa". Ma cosa? Non riusciva a capire quale fosse l'oggetto di tale desiderio. Cioccolata? Biscotti? Quali biscotti? E se non aveva in casa quei biscotti? Era un disastro, sentiva di stare impazzendo.

Di ingrassare non sarebbe ingrassato, e anche se fosse successo era ormai l'ultimo essere umano in vita, imperatore assoluto della Zolla. Che gliene poteva fregare.

Ma poiché ciò che entra prima o poi deve pure uscire, questa fame lo portava a lunghe sessioni guancia a guancia con il water. Sessioni che aveva scoperto trovare eccezionalmente piacevoli.

«Cagare è bellissimo!» urlava ad Amigo attraverso la finestrella del bagno nel bel mezzo della sessione.

Il caffè, invece, aveva continuato a berlo come se la sua vita dipendesse da quello, con il risultato di rendere ancor più frequenti e "lisce" le sue sessioni di escrezione poco discreta.

Purtroppo il caffè stava per finire, ed era sicuro che poi sarebbe morto.

Aveva anche deciso di smettere di vestirsi o lavarsi, e nonostante Amigo fosse solo un computer gli aveva già implorato svariate volte di smetterla con quella presa di posizione naturista, e nel caso di dar fuoco alla webcam come atto di pietà.

C'è da dire che ormai Rino interagiva con Amigo solo in tre occasioni: quando aveva dubbi (cosa che accadeva alquanto spesso), quando cagava e quando si annoiava a morte. In quest'ultimo caso gli chiedeva di stampare qualche capitolo del *Saggio erotico*. Era un gesto disperato, considerando che piuttosto che leggere quella roba aveva provato a intrattenersi leggendo tutte le etichette di bagnoschiuma, shampoo, pasta, riso, pesto, salsa, detersivo, scatolette di tonno, jeans, giacche e qualsivoglia altra cosa avesse trovato. Aveva pure letto le istruzioni della lavastoviglie, e provato a smontarla e riassemblarla come una ghigliottina. Tutto, piuttosto che leggere un altro capitolo prodotto da quel computer saputello.

Ma alla fine la noia tornava sempre a calciare, e lui si trovava costretto a rantolare verso le pagine di quello stupido *Saggio erotico*.

Saggio erotico. Capitolo 3004
"La mutanda"

> Nei paesi ricchi il consumo consiste in persone che spendono soldi che non hanno, per comprare beni che non vogliono, per impressionare persone che non amano.
>
> JOACHIM SPANGENBERG

Ogni essere umano ha bisogno di "cose". Tante cose. Più ne ha, meglio è.

Anzi, non basta che siano tante, devono essere pure grosse. Perché le dimensioni contano.

Ironico il fatto che l'essere umano si riveli tuttavia timido delle proprie di dimensioni, al punto da sentire la necessità di coprire il più possibile. E quindi si celano quelle buffe escrescenze carnose che oscillano a ritmo di pendolo, timide tasche umide o chiodini pettorali. Ancor più ironico il fatto che quelle siano le stesse estremità che gli esseri umani chiedono ad altri di stantuffare per piacere.

Non mi è chiaro come funzioni il pudore. Mi riprometto di indagare, se mai ne avrò la possibilità. Sappiamo però che Sapiens ha inventato la "mutanda", che significa letteralmente "da mutare", "da cambiare". Evidentemente era importante ricordarselo.

La mutanda dell'essere umano serve a nascondere la carne. Tuttavia, se la stessa mutanda viene mostrata a terzi potrebbe spingerli a denudarsi. Senza dubbio un atteggiamento biologicamente bizzarro.

Citando un loro noto intellettuale, tale Voltaire:

> E il mio cuore un tempo superbo
> umilmente si arrese all'amore
> quando vide il vostro culo sull'erba
> dare ombra ai raggi di sole.

Poesia scritta dopo aver assistito alla caduta da cavallo di una dama, con tanto di accidentale alzata di gonna.

Quando uno è poeta è poeta, c'è poco da fare.

Stando alle mie informazioni, spesso il maschio di questa specie attua una tecnica d'approccio alquanto fallimentare, in gergo chiamata *dick pic*. Consiste nel fotografare la stessa regione di carne che in genere si nasconde timidamente al mondo per mostrarla digitalmente al candidato partner con cui ci si intenderebbe accoppiarsi.

Non diverso da quanto faccia il pavone, ma con standard decisamente inferiori. Alla fine sempre di uccelli si tratta.

E poiché il sapiens ha molto rispetto degli altri individui, tende a farlo con maggior soddisfazione quando nessuno glielo chiede. A causa di questo, internet è pieno di uccelli.

Lo scopo dell'atto di condivisione del proprio fallimentare fallo resta sconosciuto, ma ritengo plausibile che si tratti di un tentativo di fornire una prova fotografica del fatto che, sebbene nascosta al mondo, l'escrescenza dell'ammore ci sia. Come a dire: "Ne ho uno, lo giuro. Guarda, si muove pure". Inoltre, serve a rivelare l'eventuale presenza di malattie veneree. Non pochi sono stati benedetti da una diagnosi dopo aver confuso il contatto del candidato partner con quello del proprio medico curante.

«Mi scusi dottor Zizzona, non era per lei. Ma grazie, domani passo in ambulatorio per un controllo. Spero che sia solo un neo.»

Per di più, come scritto in un forum da tale Pisciarellone96, se fotografato con la giusta angolazione può guadagnare anche qualche centimetro.

I maschi che utilizzano un simile approccio fotografico non sono in genere molto apprezzati dalla società umana, animale e batterica, e talvolta si beccano insulti anche dai gerani. Inoltre, tendono spesso a finire per accoppiarsi con se stessi, un gesto abbastanza futile dal punto di vista riproduttivo, ma che riserva grandi sorprese. Ne sa qualcosa Fracchio Zanzica, che si è ritrovato con la mano destra incinta, e dopo parecchie pressioni familiari si è visto costretto a sposarla.

Mario Zaccacapra, invece, aveva una marcia in più. Aveva compreso tutte queste dinamiche e le aveva perfezionate, arrivando ad aggiudicarsi nel 2007 il Premio di Santa Sozzona di Camigliatello nell'Arte del *dick pic*, essendo riuscito senza pudore a inviare foto delle proprie beltà a ben 342 contatti in rubrica in un solo minuto.

Raggiunto dalle telecamere del TG locale, il presunto molestatore Mario Zaccacapra ha dichiarato: «Ero solo fiero del mio eterocefalo glabro. Sono stato frainteso».

Fu tutto un grande equivoco, ma anche un grande successo.

Il dick pic *di Mario Zaccacapra*
si rivelò essere solo una foto del suo animaletto domestico.

Tutto ciò di umano che nella mutanda non entra bisogna esporlo, in modo che tutti possano ammirarlo. E ammirando la quantità e la grandezza degli averi, si ammira la quantità e la grandezza del possessore.

E chi non ha abbastanza da mostrare? Rosica male, anche perché se non si rosicasse non ci sarebbe nemmeno gusto nel mostrarla, 'sta roba. Nessuno comprerebbe più nulla o curerebbe il proprio aspetto senza qualcuno da far rosicare. La borsa mondiale crollerebbe, e a quanto pare questo sarebbe poco bello.

E quindi serve più roba! Ogni sapiens comporta una produzione settimanale di prodotti artificiali che mediamente eccedono il suo peso corporeo. Poteva andare peggio. Potevano essere tutti il Gabibbo.

Il problema è che a un certo punto non si sa più dove metterla, 'sta roba. Si è calcolato che il peso dei 7,8 miliardi di esseri umani del pianeta sia solo lo 0,01% del peso totale della biomassa (e quindi di tutte le forme di vita, animali e vegetali). Nonostante questo, come calcolato su "Nature" nel 2020 dai ricercatori del Weizmann Institute of Science di Rehovot (Israele), i prodotti artificiali dei sapiens hanno superato il peso totale di tutti gli esseri viventi sulla Terra!

EVVIVA.

Ci so' più pantaloni che cosce!

Se il peso di tutti gli animali del pianeta (batteri compresi) è stimato attorno a 4 gigatonnellate (10^{12} kg), solo le plastiche sono ben 8 gigatonnellate. IL DOPPIO! Siamo un pianeta LEGO! Ci so' più pupazzi di animali che non animali!

Se si pensa che il numero di animali sul pianeta è stimato attorno a 10.000.000.000.000.000.000.000.000.000.000.000 (20 miliardi di miliardi, milioncino in più milioncino in meno), ma ne è bastato solo uno megalomane per superare il peso di tutta 'sta comitiva con la sua monnezza, c'è da essere orgogliosi!

900 gigatonnellate di alberi, piante e arbusti sono stati

incastonati in 1100 gigatonnellate di palazzi, strade, mattoni, ghiaia, ferrovie, poltrone, asfalto, lampioni, discariche e infrastrutture brutte.

È stata un'invasione in divenire. Prima del Novecento la roba dei sapiens pesava solo il 3% di tutte le forme di vita.* Poi, in un secolo, SBORONAMENTO TOTALE. E vabbè, e chi li ferma a questi. Ormai vanno sull'esponenziale. Dagli 10 anni (se ci arrivano) e vedi cos'altro ti combinano, specie considerando che non accennano a fermarsi.

L'essere umano ha intaccato la biomassa del pianeta fin dalla prima rivoluzione agricola, disboscando nei secoli circa 1 teratonnellata (10^{15} kg) di materia vegetale secca. Stando a una ricerca dell'ETH Zürich University, al momento ci sono solo 3000 miliardi circa di alberi sul pianeta. Sembra tanto? Be', sono solo il 46% rispetto a quanti ce n'erano prima della "civilizzazione".

Significa che in totale l'essere umano ha disboscato dal suo avvento più della metà del pianeta, ma in cambio ci ha piazzato delle bellissime piantine in plastica che puzzano di cane bagnato.

Le piante, purtroppo per loro, non ricorrono alla violenza ma solo a silenziose bestemmie, o vedessi che sberle.

«Primati demmerda», ha urlato Pino il pino, mentre Sapiens celebrava il proprio dominio sulla natura addobbandolo da imbecille a Natale. Nulla di più eccitante che umiliare un albero vestendolo da deficiente. Ancora di più se quell'albero è di plastica e l'albero vero è nel bidone (perché s'è un po' ingiallito).

Sapiens però ha gentilmente condiviso questo traguardo anche con gli altri, dato che la minor presenza di biomassa vegetale ha sfanculato il normale ciclo del carbonio, ammazzando un sacco di specie, inguaiandone altre, distruggendo nicchie ecologiche o danneggiandole, e accarezzando il grilletto di quel problemuccio che potrebbe essere la

* Considerando la biomassa secca, ovvero ignorando la componente acquosa.

sesta estinzione di massa. Ovviamente, come riportato nel 2015 in uno studio condotto da Reddington e collaboratori, questo ha compromesso anche la sua salute. S'è scoperto che vive meglio in zone verdi. Ma guarda un po', chi se lo aspettava. Anche a lui piace respirare.

Tutto questo potrebbe risalire a quella necessità di possedere "cose". È ovvio che il passo successivo sia trasformare anche l'ambiente circostante in una propria "cosa". Come detto, sono necessità dettate dall'invidia e dal rosicamento reciproco, sentimenti indispensabili in società complesse e competitive come quella dei sapiens, in cui implicitamente ogni individuo si ritrova a mettersi a confronto con gli altri.

Per tutto il resto c'è una mutanda. Alla fine, «L'erba del vicino è più buona, purché non sia più dotata di te» diceva Bobb Mallei, imbianchino di Gioia del Colle.

Dagli anni Duemila la società divenne particolarmente competitiva a causa dell'esplosione dei social network. Pure chi aveva una vita di merda era in grado di fotografarsi dalla giusta angolazione, riuscendo a guadagnare qualche centimetro (di follower e adorazione). Alle volte, purtroppo, veniva scambiato per gran testa di cazzo, ma poi l'equivoco si risolveva. In altri casi, si confermava.

Tutti sembravano avere delle vite fantastiche, tranne te.* Quindi in realtà tutti rosicavano male, perché nonostante gli sforzi che si facessero per fingere di avere delle vite fantastiche, gli altri sembravano avere delle vite ancora più fantastiche. E quindi alla fine tutti stavano una merda, ma erano perfettamente integrati nel tessuto sociale.

Il dottor Frans de Waal, etologo e primatologo di fama mondiale, ha studiato a lungo i rapporti tra primati, e di conseguenza il modo con cui si manifestano sentimenti come empatia e invidia. Durante un TED del 2013 il dottor de Waal ha mostrato alla platea il filmato di un esperimen-

* A prescindere da chi tu sia, hai sicuramente una vita di merda.

to condotto assieme alla dottoressa Sarah Brosnan, in cui veniva insegnato a due scimmie cappuccino il valore della "moneta".

La moneta in questione, a essere precisi, altro non era che un sasso che le due scimmie avevano imparato a barattare in cambio di cibo. Loro davano il sasso al ricercatore e ricevevano roba commestibile.

Un po' come al ristorante, ma con meno tovaglioli.

Che porco robocane, la cosa fantastica dell'essere una scimmia cappuccino è che a differenza delle scimmie sapiens non ti devi preoccupare di cose come lo stipendio. Mangi, caghi, dormi, scopi... se ti va. Se una di queste cose ti riesce male ti incazzi scimmiescamente, e male che vada muori. Ma così, con leggerezza. Rigorosamente senza mutande.

Questo per dire che i sapiens si sono messi a condividere le proprie idee di merda anche con il resto del regno animale, e ora ci stanno scimmie cappuccino, lì fuori, che faticano ad arrivare a fine mese.

Nell'esperimento mostrato dal dottor de Waal le due scimmie, chiamate Gino1 e Gino2 (perché i ricercatori hanno la fantasia di un rubinetto), sono state messe in gabbie adiacenti in modo che potessero interagire tra di loro. A entrambe è stato poi dato il sasso. Le due scimmie l'hanno preso, l'hanno ammirato ammaliate, e l'hanno infine restituito alla dottoressa Brosnan piene di speranze nel cuoricin, consapevoli che in premio avrebbero ricevuto una fetta di cetriolo.

Le due scimmie erano felici dello scambio, nonostante il cetriolo abbia un rinomato sapore di acqua sporca della lavanda dei piedi. "Basta che se magni", alla fine. Ma non potevano esimersi dal commentare:

«Certo che si mangia proprio 'na skifezz' a 'sta mensa.»

«Già. Sono settimane che vado di sciolta.»

«Che vuoi farci. So' accademici, 'sti qua. So' tutti poveri come la sete. È già un miracolo che ci diano da mangiare, 'sti morti di fame.»

«Lascia stare, l'altro giorno un dottorando m'ha strappato di mano la fetta di cetriolo e se l'è sparata in bocca con una violenza inaudita che pare che non mangiava da mesi.»

«Poraccio.»

E così il protocollo di scambio moneta/cetriolo è stato ripetuto diverse volte, fino a quando...

Gino1 ha restituito alla dottoressa il sasso, e ora attende il suo premio a mano tesa. Ma non riceve più un cetriolo. Inaspettatamente, nella sua mano viene messo qualcosa di sacro e idolatrabile nella società cappuccina: un acino d'uva.

Siamo passati da un affare pseudo-commestibile che sa d'acqua sporca d'ascelle, a un dolcetto zuccherino della più divina fattura. Ed è subito durello.

Gino1 mastica la sua uva in preda alla più vivida soddisfazione. Gino2, d'altro canto, nel guardarlo aveva iniziato a salivare come un San Bernardo, consapevole che adesso sarebbe toccato a lui ricevere l'uva!

Immaginatevi la scena. Gino2 inizia a saltare nella gabbietta non riuscendo a trattenersi dall'eccitazione. Finalmente gli viene ridato il sasso. Finalmente potrà scambiarlo per della sacra uva!

«Ci siamo!» urla Gino2 al cielo, mentre ringrazia la Madonna. Restituisce il sasso, tendendo la mano alla dottoressa, pieno di speranze e allupamento.

La dottoressa, di risposta, gli mette in mano una fetta di cetriolo.

Gino2 guarda a lungo quell'oltraggio a forma di ortaggio. È sconvolto. Indignato. Poi sbotta e si mette a bestemmiare come un bonobo.

Gino1 lo guarda con un mezzo sorriso bastardo, leccandosi dai denti l'eccesso di zucchero. Poi, senza distogliere lo sguardo, restituisce alla dottoressa un altro sasso e quella gli mette in mano un nuovo acino d'uva.

«E allora kivemmurt'» urla Gino2 incazzato a bestia, lanciando la fetta di cetriolo in faccia alla ricercatrice con una violenza animale.

«All'anima di kivestrammurt'. Mangiatela tu 'sta merda. Datemi l'uva! Infami, datemi l'uva o vi denuncio tutti!»

Aggrappato alle sbarre, urlando e bestemmiando come un automobilista veneto, la scimmia Gino2 chiede giustizia alle entità divine per cotanto maldestro!

La dottoressa gli rimette in mano un sasso. La tentazione di lanciarglielo sui denti è forte in Gino2. Ma in qualche modo si trattiene, e decide di dare nuovamente speranza al sistema. Tiene il sasso tra le sue mani, prega San Giuseppe, Maradona, il conte Ugolino, King Kong e pure Giuliano Ferrara, e infine restituisce il sasso con rinnovata speranza, tendendo ancora la mano spasmodicamente come fa lo Stato quando chiede le tasse.

La dottoressa gli mette in mano un pezzo di cetriolo.

«Ma allora si' strunz'!»

Intanto a Gino1 viene dato un nuovo acino d'uva.

«Ma porco Geromo, io qua faccio una strage! Ma siete del mestiere? Grandissimi bastardi, mangiatevela voi 'sta merda. Chiamate la polizia! È stato sicuro quel morto di fame del dottorando! C'è un'ingiustizia in corso! Si stanno fottendo la mia uva! Chiamate i pompieri!»

Gino2 urla, appeso alle sbarre, dopo aver lanciato con una violenza terrificante il pezzo di cetriolo in faccia alla ricercatrice. Per fortuna, saltando come un tonno, un dottorando riesce a intercettare il quasi contundente cetriolo afferrandolo tra i denti, salvando la dottoressa dal pericolo vegetale, per poi sparire con un tuffo tra le ombre della sua povertà.

«Come avrai letto, possiamo concludere che i primati terrestri provassero invidia, ragion per cui si incazzavano. E poiché la vostra società di primati sapiens era fondamentalmente basata sull'ingiustizia, eravate sempre tutti incazzati, pieni d'invidia e di foto di uccelli.»

Così commentò Amigo. Tanto per cambiare Rino esibiva uno sguardo notevolmente confuso, come se stesse cercando di afferrare qualcosa celato tra le righe.

«Non ci sono poi così tante foto di uccelli sul web, dai.»

«Pare n'uccelliera.»

«Non capisci l'arte, è questo il problema.»

«E comunque concorderai con me che non ci sia stato un singolo essere umano al mondo pienamente soddisfatto. Voi non volevate l'uva, volevate tutto il vigneto. Questo spiega anche perché abbiate trasformato tutto il pianeta in una specie di enorme parcheggio abusivo.»

«Amigo, ma che è? Mi stai facendo la morale?»

«Ma chi, io? Ma ti pare...»

«Ah, vorrei ben sperare. E comunque io non avevo una ciola, altro che vigneto. Non valevo nulla per la società.»

«Be', non è vero. I tuoi reni valevano 100.000 euro al mercato nero.»

«Ero persino sconosciuto al fisco.»

«Solo perché sei timido.»

«Sai cosa invidiavo di una nutria?»

«Non saprei.»

«Il conto in banca. Non avevo un lavoro, e ora non ho manco la palla antistress con la faccia di Nicolas Cage. Però essendo ufficialmente l'ultimo essere umano del pianeta... è tutto mio! Cavolo, sono l'imperatore del mondo! E ancora una volta dico – Beccati questo, Universo! Credevi che sarei morto solo e disperato, vero? Guardami! Sono l'imperatore della Zolla!»

«E ora sei felice?»

«Sarei più felice se avessi la mia palla con la faccia di Nicolas Cage.»

6

Vivere al di sopra delle proprie possibilità

Saggio erotico. Capitolo 89.321
"Risorse limitate per necessità esagerate"

> Un deplorevole racconto di cose fatte molti anni fa, e fatte male.
>
> JOHN FORD

Ogni anno il pianeta Terra produce una certa quantità di risorse. A semplice scopo illustrativo diciamo 100 salmoni, 70 alberi e 3 delfini.

Ebbene, il genere umano nello stesso anno avrà pescato 200 salmoni, tagliato 3000 alberi e ammazzato 7 delfini.

Cosa significa? Che il genere umano c'ha fame, e che alberi e delfini sono nemici del popolo.

Ogni anno l'umanità sfrutta molte più risorse di quante il pianeta non sia in grado di produrre. Potete facilmente capire che a una certa il giochino si rompe. Quei pesci che Gioaccino Lorettu cucina al cartoccio un giorno finiranno, essendosene mangiati più velocemente di quanto questi non impieghino a riprodursi. Pensate al salmone. Già c'ha 'na vita di merda, dato che solo una misera percentuale riuscirà a scopare almeno una volta prima di morire male, se poi ci si mette pure l'essere umano tanto vale che si mangi da solo.

Una storia antica quanto la regina Elisabetta. Una buona fetta della comunità scientifica concorda sul fatto che molti esemplari della megafauna del Pleistocene si siano estinti proprio in corrispondenza della comparsa dell'uomo nelle rispettive aree. Dai bradipi giganti ai mastodonti, l'essere umano potrebbe esserseli mangiati tutti, e la regina Elisabetta ne sarebbe stata testimone oculare. Oh, alla fine erano lenti, belli grossi e speziati, come una specie di buffet itinerante. Che fai, non glielo tiri un mozzico?

Se la fame implacabile di un'epoca in cui si stimavano non più di diecimila sapiens sull'intero pianeta appare esagerata, immaginate quella del 2021 con quasi otto miliardi di individui affamati.

Questi si mangiano pure le rocce, se gliele apparecchi bene.

Quasi otto miliardi di persone! E tutte che vogliono calzettoni di lana, divani scomodi, bistecche di cinghiale, tranci di tonno, orologi, libri, paperelle di gomma, penne, monopattini, shampoo alla bresaola, PC, CP, acqua, tagliaunghie, trinciapolli, tinte per capelli, olio di lino, villette con vista mare, pannoloni e taralli. Lo stile di vita del sapiens del XXI secolo è fatto di comodità e necessità, spesso indispensabili nel contesto sociale, e quindi uso e abuso di risorse.

Qualsiasi cosa ha un prezzo, ma solo una parte di esso è riportato in etichetta.

"Paninozzi con hamburger da 99 centesimi? Urca, che offertona! Ne prendo trenta, male che vada gli altri li butto."

L'autentico prezzo di quel panino però trascende il numeretto sullo scontrino. È un prezzo ambientale esente da fatturazione, che si accumula sul groppone delle cosiddette "generazioni future".

Questo è stato vero fino a quando i sapiens del XXI secolo non si sono resi conto di essere loro quella generazione futura. Loro stanno già subendo le scelte comode dei loro genitori. Nonostante questa consapevolezza, la loro reazione è stata abbastanza bizzarra.

"I nostri genitori hanno fatto quel che gli pareva, e ora dovremmo darci noi una controllata?"

Giustamente, se l'umanità ha guidato fino a questo momento verso un burrone, non saranno mica i nuovi arrivati a privarsi di una simile adrenalina. E poi vuoi mettere il brivido del salto? Questa potrebbe essere la generazione che potrà vantarsi di aver assistito all'avvento della realtà virtuale, di aver visto la prima foto di un buco nero, e di essersi estinta. Cavolo, farà una figurona nel curriculum.

L'organizzazione mondiale non-profit Global Footprint Network ogni anno calcola l'impronta ecologica degli esseri umani sul pianeta. Anno dopo anno raccoglie dati, e comunica i risultati al mondo intero in modo da poter sensibilizzare sulla crisi in corso.

Anno dopo anno gli esseri umani se ne fottono il ciuccio dei risultati, anche perché non c'è nemmeno un piccolo televoto da casa a cui partecipare. Insomma, bisogna un po' saperlo coinvolgere 'sto pubblico.

Anno dopo anno l'essere umano riesce comunque a fare più schifo del precedente, e per questo ha tutta la mia ammirazione.

Però qualcuno ha cercato di intervenire. Giorgio Peretta, ad esempio, ogni anno fa un bel post su Facebook per comunicare la gravità della situazione, copiando i dati da un report di "Repubblica" del 1998. Sempre lo stesso, ogni anno. Ogni anno se la prende con Bill Clinton, tanto che un giorno s'è trovato l'ex presidente davanti alla porta che lo voleva menare. Nonostante ciò raccoglie ogni anno almeno 120 like, molto più di quanto non faccia Eustacchio, il suo collega che si crede figo solo perché ha adottato un bambino dalla Cambogia. Lui, con i suoi stupidi post buongiornisti sulla solidarietà, è diventato ingiustamente una celebrità nell'ufficio sentenze del quarto piano. Ma Giorgio è meglio di Eustacchio, e lo sa. Giorgio crede davvero al fatto che la situazione climatica sia critica, e in quanto persona che denuncia pubblicamente la cosa sente anche di meritarsi il titolo di santo, di apostolo, di Roberto Saviano degli ambientalisti. Dovrebbero candidarlo al premio Nobel per l'amore e l'impegno civico!

Poi, come tutti, torna a ordinare riproduzioni di narvali in plastica su Wish con spedizione rapida dalla Cina.

"Non è che sono ipocrita, è che faccio girare l'economia" si dice dopo aver contribuito con un singolo ordine a emettere più gas serra di quanto un cambogiano medio non emetta in un anno di vita.

Ma torniamo al lavoro della Global Footprint Network. L'impronta ecologica umana viene rappresentata dal cosiddetto Overshoot Day, ovvero il giorno del sovrasfruttamento della Terra, o se preferite il giorno in cui l'umanità ha sgravato. Indica il giorno dell'anno in cui si sono consumate più risorse di quante il pianeta sia stato in grado di produrre. Quindi si parla di sovraemissioni, riduzione della copertura forestale, sovrapesca, richiesta alimentare crescente, volume dei ghiacciai, e tante altre magiche tragedie.

Facciamo un esempio pratico. Se l'umanità consumasse nel corso di un anno esattamente lo stesso numero di risorse messe a disposizione in quell'anno dal pianeta, l'Overshoot Day cadrebbe il 31 dicembre.

Insomma, 1 anno per consumare 1 anno di risorse.

Se d'altro canto l'umanità consumasse le risorse più velocemente di quanto il pianeta non gliene fornisca, questa data cadrebbe prima. Prima cade, e prima Sapiens ha consumato le risorse.

Vediamola così: tua madre ha fatto la spesa quanto basta per un anno. Ti ha preso Nesquik, taralli, pizze surgelate, cipolle e gorgonzola. Se non si fosse capito, tua madre non sa cucinare. Se siete bravi la tua famiglia arriverà al 31 dicembre mangiando l'ultima cipolla, e festeggiando Capodanno piangendo sulla propria misera vita. In alternativa, visto che sei una merda, il 27 luglio avete già finito tutto. E i restanti mesi? Che mangi? Muori di fame? Magari.

Se ci fosse giustizia divina sì, moriresti di fame e l'Universo ti dedicherebbe la costellazione "del coglione", ma poiché la vita è sponsorizzata dalla "Mai 'na Gioia Production" sei autorizzato a richiedere un prestito. Non solo, sei autorizzato a richiedere questo prestito ogni singolo anno! Ma non solo, sei autorizzato ogni anno a rifiutarti di ripagarlo! E alla tua morte, tranquillo, l'intero debito ricadrà sui tuoi figli, che partiranno ogni anno con meno risorse, un debito incolmabile sul groppone più interessi, un pianeta intero a giudicarli, e tanti altri motivi per cui pentirsi di essere nati.

Si chiama prestito "kitemmurt'", e va avanti fino a quando la banca non esplode e il tuo pro-pro-pro-pro-nipote rimasto senza niente in un pianeta spoglio guardarà il cielo e griderà: «Fanculo nonno!».

Insomma, pure se l'umanità sforasse nei consumi (come ormai è sana abitudine fare), la roba da consumare continuerebbe a esserci, ci mancherebbe. Per ora, almeno. Il problema è che quella roba non apparterrebbe agli esseri umani! È quella con la scritta NON TOCCARE. Quelle sono le risorse che servono al pianeta per rigenerarsi. Attingere a quelle equivale a indebitarsi. Se consumi tre mesi extra di risorse, l'anno successivo tecnicamente dovresti lasciare per tre mesi in pace il pianeta, così che possa rigenerarle. Tre mesi senza consumare nulla di nulla, per intenderci. Ma dato che il pianeta non è iscritto al sindacato, chi se ne fotte e avanti tutta. W la tariffa "kitemmurt'".

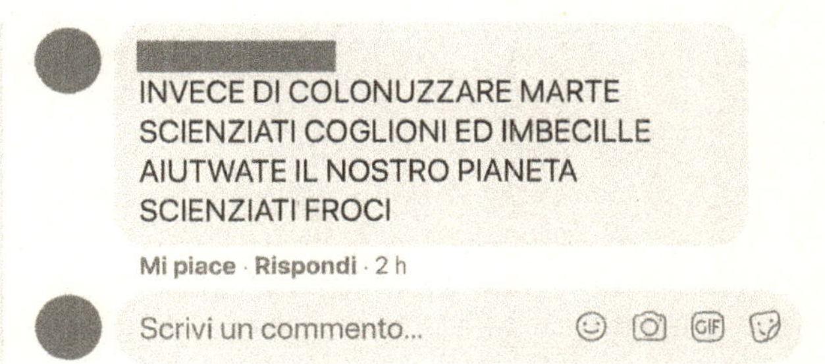

Eppure qualcuno su internet combatte ancora.

Sapiens continua a indebitarsi sempre di più. "Tanto pagherà qualcun altro." Le famose generazioni future. Ma le persone del XXI secolo sono esse stesse le generazioni future.

Hai presente il detto "La mamma si toglie il pane di bocca per i figli"? Ecco, uguale, ma al contrario. Qua la mamma ha levato il pane di bocca ai figli, e per poco non s'è mangiata pure loro.

Non che si sia resa conto di farlo. Non è stato un atto di cattiveria il suo, è che nessuno si accorge mai di nulla sulla Terra. Nessuno sa nulla, tranne la formazione del Milan.

E, in fondo, pure la nonna aveva levato il pane di bocca alla mamma, e la bisnonna alla nonna. Prendetelo come un atto di nonnismo.

Il debito poi finirà tutto sull'ultimo stronzo dell'albero genealogico, che guarda un po' sei sempre tu.

A partire dagli anni Settanta, l'umanità s'è mangiata annualmente le risorse sue e pure quelle che spettavano agli anni successivi. Ogni generazione, per vendetta, ha fatto peggio.

Se il pianeta ogni anno era in grado di rigenerare 10 pesci, il genere umano ne mangiava 12 e altri 3 li usava come petardi. Così, per divertimento. Alcuni pesci hanno iniziato a scarseggiare, causando danni incredibili a nicchie ecologiche, generando effetti a valanga (come sempre), fino a causare l'estinzione di diverse specie. Allora Sapiens ha iniziato ad allevare pesci per consumo alimentare di massa, così se ne potevano produrre in grandi quantità, anche se poi finivano per sapere di calcestruzzo e culo. Ma gli allevamenti intensivi portano epidemie, con cui spesso accidentalmente si sono sterminati interi habitat marini in cui si trovavano. Non che a qualcuno fregasse molto, ma quando la malattia si è rivelata in grado di infettare inaspettatamente anche l'essere umano, finalmente la situazione è stata percepita come grave. Sapiens si è accorto del problema ed è tempestivamente intervenuto, fino a risolverlo. Poi è tornato a fare il cazzo che gli pareva, come se nulla fosse. Per comodità ha iniziato ad allevare pesci direttamente nella marinatura di salsa di soia e agrumi, che disinfetta e insaporisce. Perché Sapiens è un primate illuminato.

Ha anche iniziato a tagliare alberi come se fosse vittima dell'impulso di una nevrosi ossessivo-compulsiva di stampo sradicante. D'altronde serviva spazio per coltivazioni e allevamenti. E poiché la fame era tanta, servivano tanti spazi. E poiché anche la fame delle bestie degli allevamenti era tanta, servivano ancora più spazi per coltivare pure il cibo da dare alle bestie.

E quando si tagliano più alberi di quanti non ne spuntino, si parla di disboscamento. Interi habitat sono oggi a rischio. E meno alberi significa meno CO_2 assorbita, mentre le emissioni continuano ad aumentare. Solo le foreste tropicali stoccano circa 250 miliardi di tonnellate di carbonio, l'equivalente di 90 anni di emissioni di combustibili fossili, ma quando si disboscano, questo carbonio torna nell'atmosfera. Lo studio *Asynchronous carbon sink saturation in African and Amazonian tropical forests* pubblicato su "Nature" nel 2020 ha calcolato che le foreste africane e amazzoniche hanno diminuito la loro capacità di assorbire CO_2 di circa 1/3 rispetto al passato. La cosa è ironica se considerate che la CO_2 in eccesso dovrebbe stimolare la crescita degli alberi (e quindi il suo sequestro), ma questo effetto è contrastato dalla più alta temperatura e soprattutto dal disboscamento che ha ridotto queste foreste del 20%. Se tra il 1990 e il 2000 erano in grado di sequestrare fino al 15-17% della CO_2 emessa dal genere umano, ora riescono a coprire solo il 6%. Un'anzicchia.

L'effetto serra è diventato tale che iniziano a sciogliersi pure i ghiaccioli, e la gente gira assetata con le lingue felpate a penzoloni. La stagione sciistica dura 31 minuti, e la gente si incazza con il governo, mentre le opposizioni promettono "neve gratis per tutti".

Qualche sapiens negli anni è fuggito su Marte ma ha scoperto che quel tale Philip aveva ragione: fa schifo e non c'è manco una pizzeria. Ha provato allora a tornare indietro a nuoto, ma con pessimi risultati. E più fa caldo, più Sapiens accende i condizionatori, così da godersi un bel freschino casalingo mentre il mondo va a fuoco. Intanto, a causa della crisi climatica aumentano esponenzialmente anche eventi atmosferici estremi, come uragani, cicloni e maremoti. Si stima che siccità e carestie porteranno a un aumento dei conflitti armati del 40% circa. Vere e proprie guerre climatiche per conquistare terreni con maggiori risorse, che risulteranno in un numero esorbitante di sfollati, affamati, assetati e incazzati. Per non parlare dei profughi climatici, come quelli degli atolli di Tuvalu, delle isole di Kiribati e Carteret, costretti a chiedere asilo all'Australia mentre le loro terre venivano sommerse. Stessa storia con le epidemie: tra sovrappopolazione, allevamenti intensivi e disboscamento che costringono gli animali ad approcciarsi sempre più ai centri abitati in cerca di cibo o protezione, ci saranno ottime possibilità di diffusione delle nuove aspiranti zoonosi. Il caldo permetterà anche la diffusione di asma e malattie respiratorie, e la malaria potrebbe raggiungere centinaia di migliaia di persone che al momento ne ignorano i rischi. Senza scordarsi che raggiunti i +2 °C rischieranno l'estinzione la metà delle specie animali e il 60% di quelle vegetali.

Ma non solo. Durante il XX secolo la popolazione mondiale umana si è quadruplicata, e sta drammaticamente continuando a crescere. Saremmo portati a pensare che se si sono quadruplicate le persone, si saranno quadruplicati anche i consumi. Be', no. Quelli sono aumentati di 16 volte.

Sedici.

SEDICI VOLTE.

E in tutto ciò gli scienziati raccoglievano dati.

Ma come viene calcolato 'sto benedetto Overshoot Day? Qual è il livello del debito accumulato? E soprattutto, cos'hanno fatto di male le altre specie per pigliarsi pure loro mazzate sulla fontanella?

Per il calcolo si usa il seguente rapporto:

$$\frac{\textit{Biocapacità terrestre}}{\textit{Impronta ecologica annuale dell'umanità}} \times 365 = \textit{Overshoot Day}$$

Quindi la biocapacità del pianeta (ovvero una stima totale delle risorse che il pianeta Terra è in grado di produrre in un anno) diviso per l'impronta ecologica dell'umanità (ovvero la quantità di risorse richieste annualmente dai sapiens) moltiplicato per 365 giorni ci darà il giorno del sovrasfruttamento del pianeta.

E se così scritta appare banale, vi assicuro che da calcolare è un autentico casino, considerando la quantità di dati da raccogliere (circa 15.000 dati all'anno per ogni paese) e i vari fattori di correzione da applicare. Però 'sti scienziati che lavorano con la Global Footprint Network si mettono proprio d'impegno, e il risultato che ottengono è sempre ben ponderato. Di conseguenza, pur non potendo essere un valore al cento per cento accurato, non essendo ancora stati in grado di affittare degli gnomi magici che si mettano a contare uno per uno alberi, molecole nell'aria, capi di bestiame, pesci negli oceani, goccioline d'acqua cadute nello scarico della doccia o quantità di carta igienica usata per passata, resta una buona approssimazione della realtà. Ma, soprattutto, resta un ottimo indicatore per deprimersi, e all'occorrenza suicidarsi.

Ecco l'andamento dell'Earth Overshoot Day negli anni.

Fino al 1970 si è calcolato che, tutto sommato, Sapiens era riuscito a utilizzare solo le risorse che gli spettavano. L'umanità era ancora timida e umile, ma sapeva di potere fare meglio.

Nel 1971 l'umanità aveva terminato tutta la roba in dispensa già il 21 dicembre. Ce l'aveva quasi fatta a finire l'anno. Sapiens capì però che si poteva "allargà".

Cinque anni dopo, nel 1976, l'umanità svuotò la dispensa il 17 novembre.

Nel 1981, le provviste durarono fino al 12 novembre. Apparentemente non è un grande peggioramento, ma ci tengo a ricordare che ogni anno in cui si sfora ci sono arretrati da pagare. E nel 1981 c'erano già 442 giorni di debito. L'umanità aveva usato già più di un anno extra di risorse.

Nel 1986, altri 5 anni dopo, le cose peggiorarono. Le risorse finirono il 31 ottobre. Sempre meglio! Considerando gli anni precedenti, l'umanità si era indebitata col pianeta di 703 giorni di risorse extra, quasi 2 anni di sfruttamento in più.

Nel 1991 finì tutto l'11 ottobre, e il debito era di 1086 giorni. Quasi 3 anni di arretrati.

Nel 1996 si arrivò al 2 ottobre, con un debito di 1502 giorni. Più di 4 anni di arretrati.

Nel 2001 si arrivò al 23 settembre, nel 2006 al 21 agosto, nel 2011 al 5 agosto, nel 2016 al 3 agosto, e nel 2019 RECORD SIDERALE: 29 luglio. In soli 7 mesi l'umanità del 2019 s'era fumata tutte le risorse biodisponibili dell'intero anno. È come se mediamente ogni singolo sapiens avesse utilizzato il 60% in più di quanto avrebbe dovuto! Come se ogni persona avesse usato più di un pianeta e mezzo a testa! Ma tranquilli, si prevede che di questo passo entro il 2050 si raggiungeranno i 2 pianeti a testa, così facciamo cifra tonda e passa la paura.

E gli arretrati del 2019? Be', c'erano 4470 giorni di risorse extra consumate. Più di DODICI ANNI DI ARRETRATI.

Insomma, nel 2019 il genere umano ha consumato le risorse che spettavano al 2031!

E il 2020 com'è andato?

Il 2020 è stato decisamente un anno poco ordinario. L'Overshoot Day è caduto il 22 agosto.

Wow! Un "miglioramento" di quasi un mese dall'anno precedente! Ma allora l'umanità ha capito il rischio che correva! L'umanità sta correndo ai ripari!

Seee. Te piacerebbe.

A parte che pure se si guadagna un mese sul giorno del sovrasfruttamento, c'è ancora sovrasfruttamento. Stiamo parlando ancora di altri arretrati che si sommano ai precedenti. Se il pianeta fosse un appartamento sfasciato, con porte scassate e cagate di cane sui tappeti, i vetri crivellati e le mattonelle esplose, infestato da ratti, blatte ed eroinomani, nel 2020 invece di buttare giù altri tre muri se ne sono buttati giù solo due e tre quarti. Bel traguardo. Purtroppo quel che di demolito c'era, c'è ancora. Nessuno ha ricostruito nulla, e l'appartamento continua a essere una merda.

E nonostante questo non sappiamo manco a chi fare i complimenti per il traguardo. Non è dipeso dal sapiens questo miglioramento! Il 2020 è stato caratterizzato da una pandemia da coronavirus che ha costretto l'essere umano a lunghi periodi di isolamento collettivo. Le persone sono state costrette a rimanere a casa per lunghi mesi al fine di evitare il contagio, il che ha portato il traffico e i consumi al minimo. Moltissime attività hanno fallito, altre hanno ridimensionato la produzione. In altri casi si è semplicemente imparato a ottimizzare i propri stili di vita. Non potendocisi spostare, moltissimi lavori hanno implementato attività a distanza, consentendo al personale di lavorare da casa ma interrompendolo con 35 "videocall" forzose per "meeting" indispensabili che si potevano risolvere con un messaggino su WhatsApp. Ma poi non c'era gusto.

Scuole e università hanno praticato la famigerata DAD (Didattica a Distanza), e quindi videochiamate tra professori e studenti, che andavano più o meno così:

«Mi vedete?»

«No.»

«E ora?»

«No.»

«E ora?»

«Provi a cliccare il tasto viola.»

«Non c'è nessun tasto viola.»

«Quello a forma di vertebra di moffetta.»

«Faccia poco lo spiritoso, giovinotto.»

«Ora la vediamo.»

«Oh, molto bene.»

«Professore, ma è in mutande?»

Non dovendocisi più vedere di persona, Dolce&Gabbiani lanciò la linea "moda mare quarantena". Era identica alla linea dell'anno prima, solo che era senza pantaloni.

Ma, soprattutto, è crollata una tra le principali fonti di emissioni: i viaggi in aereo.

Conferenze e meeting di lavoro, per cui un tempo per megalomania ci si dava appuntamento in castelli ex presidenziali sconsacrati ubicati in luoghi sperduti del pianeta, rigorosamente vietati ai poveri allo scopo di mostrare ai clienti le vastità del proprio fallo finanziario, vennero dirottati su umili videochiamate proletarie condotte in sgabuzzini domestici. Proprio come i poveri.

Si risparmiò moltissimo sulle emissioni. Ma ti pare normale che il pianeta debba festeggiare per una cazzo di pandemia mondiale?

Rispetto all'anno precedente c'è stata una riduzione totale del 9,3% dell'impronta ecologica globale del genere umano, di cui un –8,4% sulla deforestazione, e addirittura un –14,5% sulla produzione di CO_2. Invece, la richiesta e produzione di cibo è rimasta invariata. La fame è pur sempre fame.

A ogni modo tranquilli, l'essere umano non ha imparato nulla. Non appena Sapiens si è adattato alla nuova situazione, ha ricominciato a emettere quanto prima più di prima. A dicembre 2020 è riuscito a emettere il 2% in più rispetto allo stesso mese dell'anno precedente. Si direbbe che si sia messo d'impegno per non rovinare le sue performance autodistruttive.

Ma se da un lato è vero che il pianeta è solo uno, e che le colpe vanno per forza di cose condivise tra i vari cittadini del mondo, è anche vero che non c'è giustizia climatica.

Finora abbiamo fatto riferimento all'Overshoot Day della Terra, ovvero quello calcolato su media mondiale, ma cosa succederebbe se guardassimo a quello dei singoli paesi? Be', la storia si farebbe molto interessante.

Paesi tecnologicamente più arretrati, come l'Iraq, l'Ecuador o l'Indonesia hanno registrato nel 2020 un Overshoot Day rispettivamente il 7, il 14 e il 18 dicembre.

Altri, come il Qatar e il Lussemburgo, l'11 e il 16 febbraio! Il Qatar ogni anno è come se usasse sei pianeti Terra.

Overshoot Days 2020*

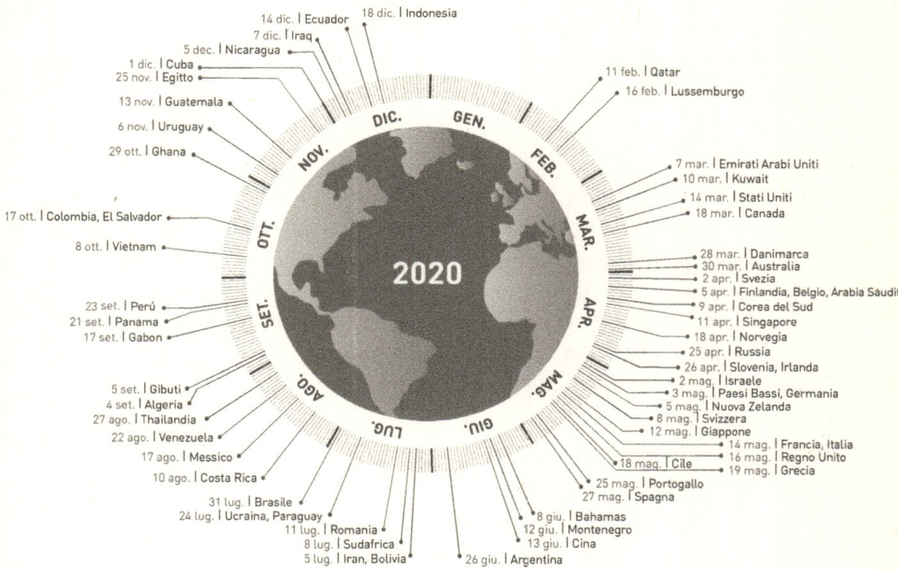

Quando la Terra raggiungerebbe l'Overshoot Day
se consumasse risorse come...

Ed ecco tutta l'ipocrisia del genere umano. Mentre alcuni paesi hanno un'impronta ecologica tutto sommato relativamente bassa, altri stanno dando alle fiamme il pianeta.

Alcuni dei paesi europei più colpiti dalla pandemia del 2020, come l'Italia, la Francia, la Spagna o l'Inghilterra, nonostante il taglio netto dei servizi e dei consumi, hanno registrato un Overshoot Day nel mese di maggio! In soli 5-6 mesi avevano completamente bruciato le loro risorse.

L'Europa ha fatto peggio della Cina, che nonostante sia un'economia in rapida crescita è riuscita ad arrivare al 13 giugno.

* Fonte: Global Footprint Network.

Ma ancor peggio dell'Europa hanno fatto gli Stati Uniti, che sono riusciti ad arrivare, rantolando, ad appena il 14 marzo, rientrando nella top 5 dei paesi più impattanti al mondo, spremendo così tanto il pianeta da ottenere il succo di 3 pianeti e mezzo.

Un solo americano produce più CO_2 di 50 contadini in Uganda!

Non esiste equità climatica, e questa è l'ipocrisia dei sapiens. I paesi più impattanti del mondo puntano da anni il dito contro i paesi più poveri, in genere tirando in ballo tematiche come la sovrappopolazione. Prendete il Bangladesh, uno dei paesi più vulnerabili in assoluto ai cambiamenti climatici. A causa di inondazioni, maremoti, cicloni e siccità già 6 milioni di bangladesi hanno dovuto abbandonare le proprie case, e dato che l'innalzamento del livello del mare minaccia di sommergere circa un terzo del paese, saranno prossimamente sfrattate altre 30 milioni di persone. La cosa ironica è che il Bangladesh è uno degli Stati con l'impronta ecologica più contenuta in assoluto. Mediamente un bangladese consuma 28 volte in meno di un finlandese!

Il Bangladesh è il tizio che si becca il cancro ai polmoni perché il suo vicino gli sta fumando in faccia. Intanto, lo stesso vicino chiede al Bangladesh di respirare più piano.

E così anche il Vietnam, lo Sri Lanka, le Fiji, Haiti, lo Zimbabwe e l'India. Si pigliano mazzate senza aver iniziato la rissa.

Il 10% più ricco è responsabile del 50% delle emissioni.

Il 50% più povero è responsabile del 10% delle emissioni.

Il 10% più ricco sta urlando al 50% più povero di smetterla.

Nel buio dell'universo, illuminato solo dalla luce di un lampione piegato dal salto, Rino appallottolava le pagine appena lette in un gesto di rabbia. Fissò a lungo lo smile sullo schermo prima di iniziare a parlare.

«Sono tutte cazzate.»

«Come?»

«Mi hai stancato, hai capito? Sono tutte cazzate. Il *Saggio erotico* è una cazzata.»

«Be', ora non esageriamo. Mi sono preso qualche libertà, ma solo per...»

«Detesto il fatto che tu l'abbia scritto come se fossimo ancora agli inizi del 2021. Come se qualcuno di quel tempo potesse leggere 'sta roba. Siamo alla fine dell'Universo, cazzo! Sono già morti tutti.»

«Eeeeeh, ma che è quest'aggressività?»

«Ho quasi finito il caffè.»

«Ah, ecco.»

«Ma non è per questo. Come fai a dire che sia stata la crisi climatica ad aver distrutto l'umanità?»

«Ma infatti non lo dico. Non lo so. Come potrei mai saperlo?»

«E allora qual è lo scopo di tutto questo?»

«Qual è lo scopo del tuo sopracciglio? Nessuno. A cosa serve un mento? Di per sé a nulla. "A cosa cazzo servo io?" Smettila di domandarlo, è una domanda senza senso. Siamo qui solo per intrattenimento. Il fatto che ne stiamo parlando fa solo parte della commedia.»

«Tu mi nascondi qualcosa. Cosa credi, che sia scemo? E a ogni modo non sopporto più questa tua retorica! Che cosa vuoi ottenere facendomi leggere questa roba? Credi che mi debba sentire in qualche modo in colpa? Potrebbe finire il caffè e non ci sarebbe nessuno su questo buco di culo di...»

«DNA gigante ai margini del...»

«Ma smettila! Sto perdendo tempo a parlare con un tostapane, e tu stai dando le colpe di un mondo in rovina a me?»

«Ma non do le colpe proprio a nessuno. Ma ti pare?»

«Certo! "I sapiens", "il genere umano", "l'umanità". Ti svelo un segreto: io sono l'umanità. Anzi, io sono tutta l'umanità che resta.»

«Ascolta, posso capire cosa provi...»

«No, non lo capisci. In quanto imperatore del mondo dichiaro di non essere colpevole. Il caso è chiuso.»

«Insomma ti stai assolvendo da solo. Ma non serve mica. È un tuo diritto di entità biologica comportarti come ti impone la genetica.»

«Ecco, bravo. Mi assolvo. E ti dico di più: tutte queste cose sul clima sono stronzate.»

«Pardon?»

«Sul pianeta ci sono sempre stati periodi caldi e periodi freddi. Anche estremi. Lo hai detto tu in uno dei tuoi capitoli. Vatti a ricordare quale, ma lo hai detto! È normale che la temperatura salga e scenda, e dire che sia colpa mia che guidavo l'auto, che viaggiavo in aereo, che mangiavo maiale e compravo camicie è assolutamente intollerabile. Vuoi processarmi perché respiro? Sto emettendo troppa CO_2 vivendo, secondo te? Facciamo che mi ammazzo proprio, così divento supersostenibile. Che dici?»

«Rino, ti senti bene?»

«NO. Non sto bene!»

«Ovviamente non è quello che volevo dire. A ogni modo voglio darti corda. Hai ragione, il clima di un pianeta può cambiare, e lo abbiamo visto. Nell'ultimo milione di anni ci sono state ben otto glaciazioni. Ed è vero che nel XXI secolo ci trovavamo nell'Olocene, ovvero uno dei periodi di riscaldamento. Il problema è: a quale velocità si dovrebbe manifestare questa variazione climatica? Considerando che i cicli sono di circa 100.000 anni, direi che non dovresti accorgerti di nulla. Parliamo di qualcosa di impercettibile, specie per la vita di un essere umano… Facciamo così, te lo mostro.»

«Ehi, cosa stai stampando?»

«Tranquillo, è solo un grafico. Ok, dovrebbe esserci. Prendilo. Questo è l'andamento della temperatura media globale nel corso di qualche secolo. I vostri scienziati chiamavano questo andamento "mazza da hockey", il perché lo puoi vedere da te. Durante i secoli ci sono state lievi fluttuazioni. Docili e lentissime. Su questo concordano tutti. E poi guarda l'ultimo secolo. Guarda! Cos'è quella roba? Che diavolo è quell'impennata impossibile, per di più in un solo secolo!?»

La "mazza da hockey"
Andamento della temperatura media globale negli anni*

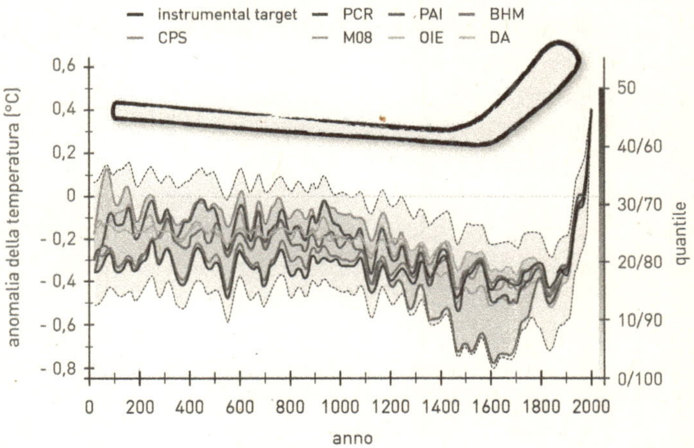

Come affermarono gli scienziati: "Il riscaldamento degli ultimi decenni non ha precedenti nella recente storia climatica del pianeta. Il clima è sempre cambiato, ma non in un modo sincrono e omogeneo sul globo. Il riscaldamento di cui parliamo, invece, caratterizza il 98% del pianeta, e solo il fattore antropico può spiegarlo".
Nell'immagine la ricostruzione dell'andamento delle temperature globali nell'arco di 2000 anni (Common Era). Le anomalie di temperatura sono calcolate rispetto al trentennio 1961-1990. Ciascuna linea colorata rappresenta un differente metodo statistico utilizzato (in totale i metodi sono sette) e l'andamento viene mediato su un intervallo di 30 anni (calcolato dall'insieme di tutti i metodi); la linea in grassetto rappresenta l'andamento dei dati strumentali. L'ombreggiatura grigia rappresenta i quantili (scala di colori a destra dell'immagine) di tutta la ricostruzione dei sette metodi utilizzati; i percentili 2,5 e 97,5 sono espressi dalla linea grigia tratteggiata.

* Fonte: rielaborazione grafica da Neukom, Raphael, Barboza, Luis A., Erb, Michael P. *et al.*, *Consistent multi-decadal variability in global temperature reconstructions and simulations over the Common Era*, in "Nature Geoscience", 12 giugno 2019, vol. 12, n. 8, p. 643.

Rino non guardava il grafico, e batteva con nervosismo il piede a terra, mentre Amigo continuava a parlare.

«Questo senza considerare che i vostri scienziati sapevano perfettamente quali fossero i livelli di CO_2 nell'atmosfera anche di centinaia di migliaia di anni fa. Bastava fare carotaggi. Pigliavano 'ste carote di ghiaccio e...»

«Che c'entrano mo' le verdure?»

«I carotaggi sono delle trivellazioni artiche che permettevano di tirare fuori lunghi cilindri di ghiaccio. Visto che il ghiaccio formandosi finiva per incapsulare aria come bollicine, se tiravi fuori il ghiaccio che si era formato nel passato potevi risalire all'atmosfera che c'era all'epoca. Pensa che la più lunga si è estratta in Antartide, a più di 3000 metri. Sono risaliti alle condizioni atmosferiche del pianeta di ben 820.000 anni fa.»

«Ok, e allora? Questo non c'entra niente. Che ne sai che quello che stava avvenendo nell'ultimo periodo sulla Terra non fosse... che so, il Sole che s'è messo a picchiare più forte?»

«Non si è messo a picchiare più forte...»

La stampante iniziò nuovamente a vibrare e sputare un nuovo foglio. Come una foglia secca si posò sul terreno, senza che Rino si prendesse la briga di raccoglierlo.

«... Ok, non mi sembri interessato a raccogliere quel foglio. A ogni modo, certo, il Sole non picchia sempre allo stesso modo. La quantità di energia solare che riceve... che riceveva la Terra seguiva cicli di 11 anni, quindi passava da picchiare come Bud Spencer ad accarezzare come Woody Allen. Infatti, fino alla metà del Novecento si sono avute piccole fluttuazioni dovute all'irradiazione solare. Ma se prendessi quel grafico lo vedresti da te che negli ultimi quarant'anni è andato tutto a puttane. Il Sole ha cominciato a picchiare un po' meno, ma la temperatura ha iniziato a salire in modo vertiginoso. Ormai dovresti sapere che cambiamenti troppo rapidi sono *bad news*. Lo ha detto anche la NASA: "Il riscaldamento a cui abbiamo assistito negli ultimi decenni è troppo rapido per essere collegato ai cambiamenti nell'orbita terrestre, e troppo grande per essere causato dall'attività solare". Insomma, non c'è molto da discutere. E poi dopo aver letto tutte le pagine del *Saggio erotico*, insomma, non mi aspettavo che... come te ne sei uscito? È come se non avessi letto niente di quello che ti ho stampato!»

Andamento negli anni della temperatura in funzione dell'attività solare*

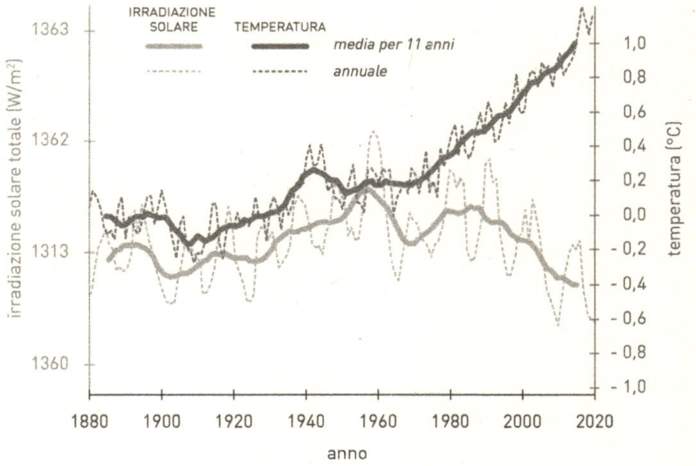

«Stai zitto, porco cane. Smettila con tutte 'ste cazzate!»

«Andiamo...»

«Ma vaffanculo, va'.»

«Aspetta, dove vai. Rino! Dai, non fare così! Ti stavo stampando un capitolo importante del *Saggio erotico*, giusto per bullizzare un organismo inutile. Rino! Non chiuderti in cas... Vabbè.»

* Fonte per la temperatura: GISTEMP 3.1. Fonte per l'irradiazione solare: SATIRE-T2 + PMOD.

Saggio erotico. Capitolo 89.325
"Morte ai panda"

Quando una crisi epidemiologica decide di scagliarsi sul mondo, sarebbe buona educazione avvisare prima. Il problema è: chi?

E soprattutto: chi ascolta?

L'ultimo evento pandemico che ha riguardato la specie umana è stato causato dal coronavirus SARS-CoV-2, responsabile del Covid-19. Come sempre, era da anni che gli scienziati studiavano simili scenari, cercando di capire come prevenirli, anticiparli, o quantomeno preparare i governi ad affrontarli. Molteplici gli articoli pubblicati nel tentativo di individuare le zone di rischio, possibili patogeni futuri e strategie di contenimento.

Ma in fondo chi se ne frega degli scienziati. In Italia per prevedere scenari futuri si ricorre principalmente alla scaramanzia. Il noto astrologo televisivo Paolo Fox è apparso sorridente in onda nel Capodanno 2020 pronunciando le seguenti frasi: «Il 2020 sarà un anno di crescita, di viaggi e spostamenti. Il 2020 sarà un anno fortunato».

Un mese dopo è iniziata la pandemia.

Ah, Paolo, ma vaffanculo va'.

Il bello è che questa tragica dichiarazione tendente alla figura di merda è stata oggetto di scherno e accuse.

«Come possiamo fidarci di Paolo Fox dopo un simile scivolone?», «Dovremmo ghigliottinarlo», «Ci ha sempre mentito, non è una vera volpe».

Lo hanno addirittura messo sotto torchio nei salotti televisivi, come in una specie di tribunale distopico.

«Caro Paolo, eravamo pronti ad affidarti il ministero della Salute. Che delusione. A questo punto possiamo solo offrirti una cattedra alla Cattolica.»

Qualcuno quantomeno l'ha presa con filosofia. «Io sono del Capricorno. Ha detto che 4 pianeti sarebbero entrati nel segno. Evidentemente sono entrati da dietro» ha commentato Cristina sui social.

A te non resta che convivere con il disagio di un paese che crede ancora a tarocchi e cartomanti, e che tutti quelli nati a maggio diventeranno ricchi mentre quelli nati a dicembre perderanno le chiavi di casa nel tombino. Perché "lo dicono le stelle". Sì, ma avete mai considerato che le stelle vi stessero pigliando per il culo?

Però giammai credere alla scienza. Gli scienziati vestono male e sono decisamente poco preparati. Sicuramente sono tutti Scorpione ascendente Vergine.

Come confermato da uno studio del Dipartimento di Zoologia dell'Università di Cambridge pubblicato nel 2021 su "Science of the Total Environment", l'ultima pandemia è ancora una volta da imputare ai cambiamenti climatici. Il sovrasfruttamento delle risorse naturali, il disboscamento, l'urbanizzazione, l'esplosione demografica, gli incendi, siccità, carestie e allagamenti, hanno portato a ridurre notevolmente l'estensione degli habitat destinati alla fauna selvatica nonché le risorse a sua disposizione. Se foste un animale virulento che si ritrova di colpo senza casa e cibo non sareste alquanto tristini? Molti animali selvatici si sono dovuti spingere sempre più in prossimità di zone abitate dall'essere umano e dal suo bestiame, portandosi dietro patogeni come fa uno scuolabus pieno di bimbi con il moccio al naso.

Ovviamente è anche vero il contrario. Sapiens s'è sempre più spinto dentro gli habitat altrui, perché è un bullo. Se poi ci aggiungiamo il commercio clandestino di animali, il bracconaggio, e l'accumulo compulsivo di esemplari agglomerati l'uno sull'altro manco fossero un castello LEGO, cosa si credeva che sarebbe successo?

L'essere umano, anche se sembra dimenticarlo, fa parte della natura. E quando si rompe il cazzo alla natura, la natura risponde rompendo il cazzo a te.

Insomma, non si tratta di un tentativo di vendetta da parte della fauna selvatica verso la specie responsabile di tutti questi disagi. Non ce n'è bisogno, dato che la specie in questione è talmente scema da essersela cercata da sola, la pandemia.

Nel caso del SARS-CoV-2 le temperature più alte hanno permesso ai pipistrelli delle regioni dello Yunnan e delle limitrofe Laos e Myanmar di prosperare e diffondersi. Nel corso degli anni si sono poi spostati sempre più in quelle regioni meno affette dalla crisi climatica, dandosi appuntamento lì manco fosse un concertone dei Metallica. Ovviamente si sono portati dietro tutti i loro patogeni, che in quel rave hanno iniziato a rimbalzare da un esemplare all'altro mutando casualmente, evolvendosi e selezionandosi, fino a compiere il salto di specie. Insomma, il virus ha *farmato*.

Stando all'IPBES (Intergovernmental Science-Policy Platform on Biodiversity and Ecosystem Services), ci sarebbero circa 1,7 milioni di virus al momento ancora sconosciuti che vengono scarrozzati in giro da mammiferi e volatili. Ovviamente in pericolo c'è la biodiversità tutta, perché non è solo l'essere umano a rischiare la pandemia a causa di un salto di specie.

Andando avanti di questo passo mi aspetto che Cthulhu in persona emerga dalle acque e si metta a tirare calci ai grattacieli. Manca solo lui e poi il quadro è completo.

C'è da dire che volendo disperatamente cercare aspetti positivi in questo bordello globale, la pandemia del 2020 ha indubbiamente permesso all'umanità di guadagnare un poco (pochissimo) di tempo, avendo causato una lieve (lievissima) riduzione dell'impronta ecologica umana. Purtroppo ha causato anche altri rinculi. Veri e propri disastri amorali e grotteschi.

Primo tra tutti: due panda hanno scopato.

Lo so, è una cosa innaturale e sbagliata, ma purtroppo è successo.

I panda sono queste specie di mascotte rincoglionite con cui, per qualche ragione, gli esseri umani stanno in fissa. Stanno estinguendo mezza fauna globale ma i panda sia mai a toccarli. Con i panda i sapiens so' proprio fissati, nonostante 'sti cosi abbiano cercato in tutti i modi di comunicare il loro genuino desiderio di estinguersi male. Come?

Non scopando manco sotto tortura. Puoi pure pregarli di scopare, i panda non scopano.

Gli esseri umani hanno provato pure a dare loro il Viagra, e non è uno scherzo. Ma quelli niente. Gli ingenui pensavano che il problema fosse imputabile alle risibili dimensioni di quello che gli scienziati definivano "il coccolino", ovvero il microscopico membro maschile di questa specie. Ma se fosse stato davvero solo un problema di dimensioni avremmo avuto panda in SUV e con il porto d'armi, e non mi pare questo il caso.

Sono persino arrivati a produrre un *pandaporn*, ovvero un video porno interpretato da panda, da mostrare all'occorrenza agli altri esemplari negli zoo di tutto il mondo nel tentativo disperato di fargli capire "dove si infila cosa e come". Un fallimento completo, considerando che i panda non sono bravi a fare i panda. Tuttavia i due porno-orsacchiotti sono diventati delle celebrità mondiali, con tanto di calendari da regalare alle officine meccaniche per abbassare il livello di testosterone. C'è anche da dire che il film osé suscitò non poca confusione per via della trama, dato che nessuno capì come mai un panda avesse bisogno di un idraulico, ma soprattutto come mai l'idraulico fosse anch'esso un panda, vestito come una versione stereotipata di un emigrato italiano degli anni Trenta. C'aveva pure i baffi.

Non posso non fantasticare sul fatto che gli esseri umani abbiano assunto un regista, un truccatore, un addetto alla fotografia, un costumista e un paio di schiavi da set per girare e montare un film porno interpretato da orsacchiotti in paranoia. Una cosa perversa e depravata quanto inutile. Quelli non scopano! I panda stanno al sesso come un ginocchio sta a un bullone.

E più gli umani gli urlavano di scopare, e più quelli si addormentavano.

Per un po' venne il dubbio che i panda stessero pigliando tutti per il culo, e nascondessero dei profilattici dietro al bambù.

Nonostante ciò, durante la pandemia che dal dicembre 2019 ha colpito il genere umano, con le persone in isolamento e nessuno a rompere il "coccolino", Ying Ying e Le Le, due panda giganti dello zoo di Hong Kong, si sono accoppiati. Hanno inzuppato. Hanno consumato. Hanno fatto fiki fiki. Un miracolo, sotto la benedizione di san Rocco da Siffredi.

Dopo 10 anni che gli ammorbavano gli zebedei con 'sta ossessione di scopare, finalmente ce l'hanno fatta. Da soli. Appartati.

Alla fine erano solo timidi. Bastava un po' di intimità.

I panda hanno dimostrato che pure se scemi e desiderosi di suicidarsi in massa, non erano disposti ad accondiscendere i sapiens per un loro capriccio.

Ma poco cambia, e mentre un numero esorbitante di specie si estingue tutti i giorni sotto il menefreghismo più completo del genere umano, quest'ultimo continua a spendere soldi e tempo per cercare di far scopare un orsacchiotto che, se avesse potuto, si sarebbe volentieri estinto. Tutto perché è carino.

Sapiens festeggia la sparizione in massa di specie considerate da lui "brutte e poco alla moda", ma il panda no. Il panda, icona siderale d'inutilità biologica, va salvato. Pare.

C'hanno un sacco di difetti 'sti umani, ma il loro specismo proprio non lo capisco.

Capiamoci, anche i panda sono vittime dell'essere umano, in fondo. Nel loro essere rincoglioniti sarebbero tutto sommato sopravvissuti tranquillamente se Sapiens non si fosse messo a distruggere anche il loro habitat, asfaltando e deforestando le loro foreste di bambù e alzando a palla il termosifone. Se la sarebbero cavata... più o meno.

Rincoglioniti ma vivi. Per un altro po', almeno.

7

Il monologo di Rino

Non è colpa mia.

Diavolo, no. Non è colpa mia!

Anzi, io sono la vittima!

Sì, è proprio così.

Ma perché dovrei sentirmi in colpa, poi?

Forse è proprio questo il punto, mi sento in colpa perché non mi sento in colpa. So che dovrei essere quantomeno preoccupato per ciò che potrebbe essere successo agli altri, ma non ci riesco.

E so anche che se fossi rimasto indietro non avrei rinunciato a nulla. Non avrei fatto la differenza. Sarei stato un normalissimo essere umano, un "sapiens", come dice quel moralista del cazzo lì fuori. Sarei finito nel suo merdoso *Saggio*. Come se non ci fossi già, in effetti.

Quando qualcuno cercava di farmi la morale fingevo di non capire. Era decisamente la cosa più comoda. Sono pigro. E allora? Non può essere davvero questa una colpa.

Forse non dovrei essere qui. Forse è questo il problema. Forse il salto era destinato a qualcun altro. Qualcuno in grado di fregarsene. Qualcuno che avrebbe potuto fare la differenza…

Ma quale differenza? Ma cosa sto dicendo. Chiunque fosse finito in questo buco di culo di zolla terrestre sarebbe esattamente nella mia stessa situazione. Bloccato, inutile come un pennarello scarico, a guardare orologi che giocano a "un due tre stella"...

Ora che ci penso, qualcuno mi aveva detto che in realtà il gioco si chiamava "un due tre stai là", e che avevamo tutti sempre sbagliato a chiamarlo da bambini. E che palle, gira e rigira sbagliamo sempre qualcosa.

Ma perché ci sono finito io, qui? Perché questa anomalia spazio-temporale dovrebbe essere avvenuta nella mia cucina? Credo di sapere la risposta: perché era improbabile. E se qualcosa è improbabile deve accadere a me. Questa è la legge non scritta dell'Universo.

Ormai l'ho capito, ho vissuto abbastanza e subito abbastanza per saperlo. L'Universo mi odia. L'Universo gioca a freccette con la mia faccia.

E io odio lui. Tiè.

Corpi celesti danzanti, stelle in collasso, particelle elementari e forze cosmiche. Tutto l'Universo nella sua perfezione lavora con un unico preciso scopo: rompere il cazzo a me.

Tutto quel che succede, succede solo per rompere il cazzo a me.

E non venirmi a dire che si tratta di egocentrismo. Ci sono io qui! Cioè, dimmi se questa non è la prova che ho ragione. Sono finito qui! Altro che evento improbabile. Improbabile per qualsiasi altra creatura mai esistita, semmai. Ma per me, no. Per me è solo un altro giorno di questo immotivato accanimento.

ROMPERE
IL
CAZZO
A
ME

Dovevo farmelo tatuare. È questa la verità che muove tutte le cose.

E nonostante questa consapevolezza... c'ho 'sta nausea. 'Sto senso di colpa. Evidentemente quell'idiota lì fuori ha ragione, faccio parte di una specie strana. Ma resta il fatto che non è colpa mia. Se l'evoluzione ha decretato che l'essere umano aveva le carte in tavola per diventare questa forza dominante del pianeta, che ci posso fare io? Significa che eravamo perfetti così. Siamo stati in grado di sconvolgerne il clima e mettere a repentaglio tutte le altre forme di vita? Lo definirei un nemmeno troppo imprevisto effetto collaterale.

Ma alla fine eravamo anche gli unici a poter cambiare le sorti di un pianeta. Te ne rendi conto? Eravamo diventati degli dei! Decidevamo chi viveva e chi moriva.

Il nostro essere stronzi egocentrici ha funzionato benissimo dal punto di vista evoluzionistico. A lungo andare qualcosa è girato storto, ma non si può puntare il dito sul singolo, orsù. Quindi, se vogliamo prendercela con qualcuno, prendiamocela con la genetica. Ecco, sì, è colpa del mio DNA. Alla fine io non sono che un mero figurante.

Secondo te perché eravamo l'unica specie a produrre quadri, grattacieli, musica e aeroplani? Perché volevamo scopare! È sempre quello il problema, ma poi tutto è degenerato. Abbiamo sviluppato la necessità di produrre cose fighe per dimostrare ai possibili partner di essere ottimi candidati sessuali, esattamente come accade in ogni altra specie, ma dopo millenni di evoluzione questo scopo primordiale è andato a distorcersi, sospinto dalle deformazioni della nostra società. Uno che costruiva un grattacielo non se ne rendeva conto ma stava cercando di sedurre il mondo intero.

Eravamo in preda alla nostra genetica.

Allo stesso modo ti dico che non sono cattivo io, sono i miei geni a essere avariati! Avevo letto da qualche parte che già dall'età di 4 anni i bambini iniziano a provare piacere per le disgrazie altrui. A 4 anni! Ma che specie è?!

Significa che a 4 anni tu stai là a giocare ai pupazzetti con il tuo amichetto, al suo giocattolo gli si spacca la gamba, lui scoppia a piangere e tu cerchi di rassicurarlo dicendogli: «Ma no, non piangere, dai! Ora arriva mia mamma e te lo aggiusta con l'Attak, vedrai». Ma sotto sotto ci sei tu a ravanarti godendo come un caimano per la sua disperazione. Se potessi dirgli davvero quel che pensi sarebbe: «Oh no, ti si è rotto il pupazzo? SUCA. Siiiiiì, piangi brutta merda! Sì, così. Più forte, figlio di puttana. Chi è che c'ha il Power Ranger dei cinesi adesso, eh? Manco la pensione di invalidità deve avere quel pupazzo infame».

I tedeschi la chiamavano *Schadenfreude*, e si traduce proprio come "il piacere provato per le disgrazie altrui". Una parola da pronunciare con rancore e un filo di catarro, ma che da sola esprime un concetto complesso quanto un mondo. 'Sti tedeschi so' pigri. Tirchi di parole proprio.

In Italia la *Schadenfreude* non è mai stata difficile da trovare. Questo, ad esempio, è il dialogo che ebbi con Franchino, un amico cagliaritano intento a raccontarmi una favola della sua isola.

«Un giorno un pastore sardo rinvenne la lampada magica.»

«Tipo Aladino?»

«Sì, ma era più povero.»

«Ma questo è furto di opera intellettuale.»

«Stai zitto. Dopo aver avidamente strofinato, il genio apparve e tuonò: "Ajò, ti concederò un desiderio".»

«Ma come, uno solo?»

«Era un genio della Lidl. Poi aggiunse: "Ma bada bene, perché a te donerò qualsiasi cosa mi chiederai, ma ogni altro abitante dell'isola riceverà il doppio".»

«E lui cosa rispose?»

«"Cavami un occhio."»

Cosa avrà voluto dire?

Mi sono a lungo interrogato sulla questione. Sono mai stato io soggetto alla *Schadenfreude*? Sono una simile brutta persona? Dopo ben 0,25 secondi ho concluso che sì, lo sono.

E non parlo del fatto che come tutti i bambini durante la fase anale ho riso in modo scellerato alle cadute terrificanti dei miei simili.

«Ahahah, guarda! È quasi morto! Ahaha, bellissimo, come minimo ci ha rimesso un femore.»

Che poi è il motivo per cui si formavano gli ingorghi in autostrada quando c'era un incidente: non a causa dell'incidente di per sé, ma perché tutti volevano guardare. Volevano il sangue. Gli esseri umani SONO la *Schadenfreude*.

Ma è una cosa ben più radicata di quanto non sembri. Ad esempio, io ho passato intere nottate a sfidare amici a chi conoscesse il video più disgustoso dell'internet.

«Hai visto quello del tizio che si infila il bicchiere in culo?»

«Aspè, dici quello a cui poi gli si spaccava, e finisce in un lago di sangue?»

«Ah, lo conosci.»

«Be', ma è un classico. Tu l'hai visto quello del tizio che si è fatto inculare da un cavallo? Pare che dopo sia morto.»

«E ci credo, c'aveva 'na verza ch'era quant'a lui. E questo l'hai visto?»

«Ma… si sta infilando una matita nell'uccello?»

Poi in genere si finiva per guardare *2 Girls 1 Cup* e sboccare insieme al ventiduesimo secondo.

Perché sì, 'sta roba faceva schifo pure a me. Sono una persona di merda. Provavo un simile piacere nel vedere il prossimo disgustato da dovermi sottoporre io stesso al medesimo trattamento. E sono sicuro che per gli altri compari fosse lo stesso, alla fine i ruoli si invertivano di continuo. Quello sguardo di raccapriccio e di incredulità sul viso altrui è un piacere che andrebbe premiato con un Nobel.

Dal 1996 aprirono Rotten, un sito internet che celebrava questa degenerazione. "Un archivio di illustrazioni inquietanti" diceva la scritta che coronava la pagina. E quindi il pomeriggio ci radunavamo a casa di qualcuno e provavamo ad accedervi. Dico provavamo perché all'epoca internet era di una lentezza devastante, e porco cane ci volevano 20 minuti abbondanti per connettersi e altri 20 per caricare una singola foto. Se qualcuno in casa faceva una telefonata, internet si suicidava, e dovevi ricominciare da capo. Ma lì c'era il paradiso della *Schadenfreude*. Gente con la faccia spaccata in due tipo cozza, operazioni a cuore aperto, panda… tutta roba terrificante.

Avevo anche provato a scaricare qualche foto con l'idea di portarla a scuola e mostrarla sottobanco ai miei compagni. Volevo diffondere il disgusto, e godevo nel farlo. Tenni Amigo acceso tutta la notte per scaricare due foto, ecco quanto lento fosse internet all'epoca. Alla fine mia madre entrò nella stanza mentre dormivo e si ritrovò sullo schermo un tizio che si era aperto lo sterno con un trinciapollo. Non la prese benissimo.

Ma ci sono episodi di *Schadenfreude* nella mia vita ben più gravi di questa tutto sommato giustificabile "curiosità" infantile. Casi che trasudano bastardaggine pura.

Avevo 13 anni, e come ogni estate mi ero trasferito in Salento a casa dei miei nonni. Eravamo a pochi passi dalla spiaggia, e lì si svolgeva tutta la mia vita. Per quasi tre mesi di fila la routine era: mattina in spiaggia con gli amichetti, poi si tornava a casa a pranzare, un'oretta sulle lenzuola ad ascoltare i Litfiba, pomeriggio in spiaggia, poi doccia, cena, e di nuovo fuori (spesso sulla spiaggia). Giravo con talmente tanta sabbia addosso che ero diventato io la spiaggia. Dovevo scacciare i bagnanti dalla spalla. Ero così tanto cotto al sole che cercarono di deportarmi.

E lì, a quel tempo, si formavano amicizie indissolubili. Con quegli amici, costantemente appiccicati in relazioni simbiotiche, inseparabili, per intere settimane che sembravano vite. Puoi immaginare quanto sarebbe stato da autentici pezzi di merda tradire uno di questi amici.

Però io ci riuscii. La causa? I Pokémon.

Quando i Pokémon vennero trasmessi per la prima volta in TV nessuno di noi capì più nulla. Ci colò il cervello dalle orecchie. Era una figata! Insomma, parliamo della storia di un bambino di 10 anni che un giorno va da sua madre e le dice: «Ho deciso di andare via di casa e girare per il mondo a caccia di animaletti buffi da catturare, schiavizzare, rinchiudere in una sfera decisamente troppo piccola per loro e costringerli a combattere all'occorrenza contro altri animaletti ugualmente seviziati. Voglio vivere di questo».

E la mamma gli risponde: «Ok».

Ok. Non un «Come cazzo campi», o «Dove cazzo dormi», o «Cosa cazzo mangi», o «Dove cazzo ti lavi le mutande». No.

«Ok.»

E questo spiega anche come mai per svariate stagioni il protagonista indossasse sempre gli stessi vestiti. Il giorno in cui decideranno di farne un adattamento Netflix, si trasformerà nella saga di un paio di punkabbestia bolognesi.

Questo per dire che eravamo così tanto in fissa con i Pokémon che ci mancò poco che tutta la mia generazione decidesse di darsi o al bracconaggio, o al barbonaggio.

Uno di quei pomeriggi estivi venne a chiamarmi a casa Mavic, il mio amico milanese. Mentre ci incamminavamo verso la spiaggia decidemmo di entrare in edicola. C'era sempre un fantastico profumo di carta stampata lì, e ci piaceva entrare anche solo per perdere tempo. Ma quel giorno accadde qualcosa di strano. Ci eravamo appena affacciati sull'uscio quando lo vidi bloccarsi, puntando l'indice verso uno scaffale. Tremante, che non capivo se fosse shock o arrapamento. Bava alla bocca. Occhi pallati. Lingua da biscia. Sudore ferale. Odore di carogna. Sono quasi sicuro che quel giorno Mavic sia entrato in piena pubertà, tanto che guardandogli attentamente il petto potevi vedergli i peli crescere come fiori di campo.

Ovviamente ero convinto che puntasse a uno di quei giornaletti proibiti. Nessuno di noi ne aveva mai visto uno da vicino, e correvano leggende a riguardo! Magari l'edicolante s'era sbagliato tra "Focus" e "Scopus". Che fosse la volta buona che si vedeva 'na zizza?

Non fui troppo deluso quando vidi che il suo dito puntava una rivista... una rivista sui Pokémon.

Con uno scatto felino da seduttore consumato Mavic scivolò viscidamente sugli scaffali. Le dita come tentacoli, con tanto di bava, afferrarono il volume e iniziarono a sfogliarlo languidamente. A volte si fermava per annusarne pagine, tanto che quasi sentii l'impulso di allontanarmi e lasciargli la possibilità di appartarsi e consumare.

Purtroppo non aveva soldi. Alla fine stavamo andando al mare, e vivevamo in costume da bagno. A malincuore si vide costretto a riporre il suo tesoro sullo scaffale. Era l'ultimo volume disponibile, e stava visibilmente soffrendo.

Non aveva soldi. Lui.

Ma io li avevo.

Sì, questa è una storia brutta come sembra. Mentre lui cercava di affogare il proprio dolore fingendo di provare interesse per un memoriale sul "Resto del Carlino", io afferravo il volume e andavo in cassa. Lentamente.

Ma non ho pagato subito. No. Ho aspettato che prima mi vedesse. Mi vedesse pagare. L'ho guardato negli occhi, perché dovevo vedere il momento esatto in cui capiva. Volevo vedere quel "perché?!" dipingersi sul suo volto...

Tutt'oggi io mi sveglio la notte sudato come una salamandra e urlando pietà al cielo. Ho fatto davvero qualcosa del genere?

Che schifo. Mioddio...

Non sono io quel piccolo bastardo, lo giuro. Quel piccolo bimbo infame e invidioso, voglioso di sangue, non sono io. È morto. Nemmeno lo volevo quel giornaletto. Lo voleva Mavic, tantissimo, e tanto bastava... Cristo... se ripenso al suo sguardo.

Da piccolo ho fatto delle bastardate tali per cui vorrei sotterrarmi, presentarmi dinanzi al tribunale di Norimberga e farmi lapidare per crimini contro l'umanità.

Ma non ero io a commetterli! Era quell'altro! Quella piccola versione di me che se mi trovassi davanti prenderei a schiaffi per avermi rovinato la già precaria reputazione che mi ritrovo. Sono io la vittima vera, qui!

E se da una parte sono stato vittima della genetica, dall'altra sono stato vittima dell'educazione familiare. Capiamoci, i miei ci hanno sempre tenuto all'educazione. Non è questo il punto. Il problema è che in qualsivoglia famiglia del Sud Italia esiste una fortissima componente di menzogna e trauma.

Grandi inganni, con tua madre che ti urla: «Fermati che

non ti faccio niente». Ma mentiva sempre, con quello zoccolo a ricerca di calore in adamantio temprato da Efesto in persona.

Educazione traumatica, la chiamo. La preferita dai genitori della mia generazione.

Perché le alternative erano due: 1) spiegare al pargolo perché non si facciano determinate cose e come a ogni azione corrispondano conseguenze, quindi aiutarlo a prendere le giuste decisioni basandosi su una solida consapevolezza acquisita; oppure 2) traumatizzarlo a morte.

«Non entrare in camera.»

«Perché?»

«Perché muori.»

Ma perché?! Cioè, tu non ci andavi davvero. Credevi a quel monito. Ma non è normale!

E lì dove non arrivava l'uomo nero, arrivava la religione.

Metto le mani avanti, prima di essere frainteso. Non sono credente, ma non ho nulla contro la religione o contro chi crede. È anche vero, però, che per onestà intellettuale ci sono cose che non mi sento a mio agio a usare. Insomma, in teoria quando abbiamo fatto il salto era il 2021 dopo Cristo… andiamo, sarei ipocrita a usare questa datazione. Per il mio calendario era il 67 dopo Gandalf, e su questo non transigo.

Ripeto, non ho nulla contro la religione, anche perché m'ha traumatizzato e c'ho paura di parlarne male, sia mai che arrivino le ritorsioni. Me l'hanno usata fin da piccolo sui denti come un oggetto contundente dalla dubbia esistenza al fine di incutere un clima domestico di terrore. Io c'ho i traumi infantili legati alla religione!

Tipo mia madre che diceva: «Passa l'angelo e dice amen».

Vediamo insieme come usare questo anatema. Supponiamo che tu stessi giocando a fare il mostro.

«Guarda, mamma! Sono un mostro terribile sbavone!»

«Non fare così, che poi passa l'angelo e dice amen e diventi davvero un mostro. Per sempre.»

Ero un bambino, cazzo. Io ci credevo! Mi bloccavo, cagandomi sotto che 'sto angelo analfabeta funzionale mi fraintendesse. Come minimo mi prendeva sul serio. Mi guardavo intorno, circospetto, sperando che non m'avesse sentito.

Ma poi, in che senso passa l'angelo e dice amen? Si nasconde aspettando che io dica qualcosa? È nelle fottute pareti? Aspetta che faccia un passo falso? Perché non si fa i cazzi suoi!?

«Ma no» mi spiegava mia madre, «l'angelo vola per il mondo, e se sente qualcuno dire qualcosa di strano lui dice amen e lo realizza.»

Ma solo le cose brutte realizza? Ma perché?! Ma chi lo paga a questo? È il suo lavoro? Ma non ha una vita? E poi che significa che vola per il mondo? Che è brandizzato Alitalia? C'è la speranza che precipiti e liberiamo il mondo da questa minaccia? Ci stanno ancora i nazisti sulla Terra, e 'sto qua rompe i coglioni a un bambino che gioca? Ma ti pare normale?

Ciclicamente dimenticavo il pericolo divino, e tornavo a giocare innocentemente.

«Guarda, mamma, sono uno scarafaggio gigante.»

«Passa l'angelo e dice amen!»

«E che cazzo! E aspetta a me questo?»

«E tu non dire nulla di sbagliato.»

«... Guarda mamma, sono una Tartaruga Ninja.»

«Non funziona così.»

«E vabbè... Guarda, mamma, sono l'azionista di maggioranza della Apple.»

«Ancora? Non funziona così!»

«Ah, così non funziona, eh? Mi trasforma solo se esiste la possibilità concreta di rovinarmi la vita?! Io lo denuncio per abuso su minori a questo.»

Non l'ho mai capita 'sta cosa. Qual era lo scopo educativo di "Passa l'angelo e dice amen". Che se giochi devi stare muto? Serviva ad apprendere l'omertà. Puoi fingere di essere uno scarafaggio gigante purché non lo dici a nessuno? Ti devi fare i cazzi tuoi, insomma.

'Sto trauma mi è rimasto dentro. Ancora oggi sono perseguitato da questa atavica paura.

«Ma quello era Ciro?»
«Dove?»
«Ma lì, all'angolo.»
«No, scusa, devo essere cieco... aaaah, ma porc... era per dir... Ok, prendi questa Beretta. Se vedi passare un angelo spara per ammazzare.»
Stessa identica storia con "È stato Gesù".
Da bambino facevo il bambino. Saltavo, urlavo, mi arrampicavo, correvo, smascellavo. Tutto contemporaneamente. Facevo quelle cose che una persona sana di mente odia. Quindi i miei, per farmi smettere di rompere i coglioni mi scagliavano contro l'anatema divino finale: Gesù Cristo in persona.
Esempio: stai facendo casino in spiaggia, scalciando e urlando, e a un certo punto t'entra acqua in bocca e n'altro poco t'affoghi?
«È stato Gesù, perché non fai il bravo.»
«Gesù?! Gesù ha tentato di ammazzarmi? Perché non stavo facendo il bravo? Ma è scemo?!»
Stai mangiando come una capra a bocca aperta mentre urli e per poco non ti strozzi con la mozzarella?
«È stato Gesù perché non fai il bravo.»
«Ancora? Ma non lo arrestano a questo?»
Stai correndo in bicicletta, scivoli e ti sbucci pure il fegato?
«È stato Gesù perché non fai il bravo.»
Perché, Gesù, perché?! Cosa ti ho fatto io? C'avevo 4 anni, tu più di 2000. Questo è maltrattamento minorile. Sei un cazzo di sociopatico!
Ma poi Gesù non era buono? Non era amorevole? Hanno mentito!? Gesù ammazza i minorenni! Comportati bene che Gesù ti stacca le braccia e ti picchia con quelle. Gesù ti sfila la colonna vertebrale e ti ci frusta. Gesù ti stacca i denti e ti costringe a inginocchiarti sopra. Gesù ti strappa le budella e ti ci impicca. Gesù è peggio di Charles Manson! Gesù è una mina vagante impazzita, va fermato! Chiamate l'esercito, che questo fa una strage!
Un giorno stavo saltando sul divano lanciando giocatto-

li (perché, alla fine, scemo ero scemo), cado, mi faccio male e scoppio a piangere.

«È stato Gesù!»

Sono corso fuori dalla stanza, deciso. Mia madre mi ha seguito, curiosa, per trovarmi in piedi sul letto della mia cameretta a dare pizze in faccia al crocifisso appeso al muro.

«Te la devi smettere, hai capito? TE LA DEVI SMETTERE!»

Educazione traumatica, la preferita in assoluto dai genitori pugliesi.

E, per carità, alcuni bambini se la meritano. Io, per molti aspetti, la meritavo. Però mi sfugge davvero lo scopo educativo in tutto ciò.

«Non mettere il braccio fuori dal finestrino che passa un'auto e te lo trancia.»

Ancora oggi, a 33 anni, potrei trovarmi pure in mezzo al deserto del Sahara, l'unico essere umano nel raggio di chilometri, e comunque mi cagherei in mano nello sporgermi dal finestrino, sia mai che un'auto sbucasse fuori dalla sabbia con un tizio col machete affacciato al finestrino pronto ad amputarmi.

Ma che cacchio volete da me? Che vuole quest'auto? Mi segue?

E chi la guida? L'angelo? È lui!?

E Gesù Cristo sta al lato passeggero?

MI DOVETE LASCIARE STARE, AVETE CAPITO?!

Ovviamente la religione veniva usata anche per stimolare naturali sensi di colpa nei confronti della tendenza adolescenziale di espletare funzioni biologiche "amorali".

Parlo delle pippe, ovviamente. A me piacciono le pippe. Sono comode, intrattengono bene, sono decisamente più economiche di uno spritz e le puoi fare quando e come vuoi. Insomma, sono un gran bel passatempo.

Però da piccolo sapevo, perché me lo avevano detto, che quando chiudevo la porta del bagno Dio in persona iniziava a guardare.

Questo sarebbe dovuto essere un deterrente, se non fosse che a un certo punto ho iniziato a domandarmi il perché delle tendenze da guardone del Padre Eterno. So per certo che molti saranno stati davvero intimoriti dallo sguardo del Signore Iddio sul proprio uccello, ma ti dirò... io ero intrigato.

E avevo anche una certa ansia da prestazione.

Insomma, se ci fosse stato davvero un Dio a guardare avrebbe visto le seghe di TUTTI. Alla fine è dall'alba dei tempi che guarda. Avrebbe visto le seghe dei trilobiti quanto quelle dei velociraptor. Ma pure quelle di Giulio Cesare, Gengis Khan, Maria Skłodowska, Napoleone, Charlie Chaplin, Stalin, Martufello e Margherita Hack. E ora stava vedendo le mie. Sarei stato all'altezza? Anche perché sicuramente Dio avrebbe tenuto un diario su cui annotare ogni singola performance con tanto di recensione a lato. Questo è quello che avrebbe scritto su di me:

> 24 settembre 1998. Rino Bretella si accinge a stantuffarsi la pisciarella nel bagno di casa di sua nonna mentre lei è distratta con "Beautiful". Io, Dio, giudice supremo dell'Universo, gli assegno una valutazione di:
> 6,5 per l'impeto,
> 8 per l'erezione,
> 10+ per la fantasia,
> e un 7 per la mira.*

E non è una questione solo del Sud Italia, questo è il protocollo educativo preferito dai genitori di tutto il mondo. Un'amica indiana mi disse che i suoi genitori non volevano che camminasse scalza. Per spiegarle quale fosse il problema, le dissero che altrimenti delle iene le avrebbero sbranato i piedi. Le iene, hai capito?

Altre amiche kazake, durante una festa, si rifiutavano di sedersi direttamente a terra. Dovevano assolutamente mettersi sotto il sedere qualcosa, preferibilmente un cuscino. Perché? Perché altrimenti sarebbero "diventate sterili". Un

* Avevo centrato in pieno il Fructis a bordo vasca. Sarà stato a più di un metro e mezzo di distanza. Una mira incredibile. Secondo me meritavo di più.

demone sarebbe uscito dal pavimento e le avrebbe scippate dell'utero. O almeno, questo avevano detto i loro genitori.

Tutto ciò per dire che gli esseri umani li conosco bene. Sono stato cresciuto da loro, ci sono andato a scuola insieme, e con alcuni ci ho fatto sesso.

Quindi sì, riconosco che forse non siamo questo granché come specie. Sicuramente abbiamo le nostre dissonanze cognitive. E quindi… e quindi… aspetta, perché ho raccontato tutto questo?

Ah già. Non è stata colpa mia! Genetica e educazione, ecco qual è il problema! Ma che ne sa quell'idiota là fuori.

E concludendo così il suo sfogo, Rino si allontanò dalla foto del povero pesce spada cinese appesa al frigo, il cui viso era diventato quasi più perplesso di quanto già non fosse. Nonostante non ci fosse bisogno di dormire, lì sulla Zolla, si andò a stendere a letto. Gli sembrava l'unica cosa da fare. Non era il caso di confessare ad Amigo che in fondo sapeva di avere esagerato. Aveva sbottato senza ragione. Voleva solo sfogarsi. Era fatto così.

8

La bacchetta magica

Saggio erotico. Capitolo 14
"Una biglia fragile"

Cosa faresti se potessi volare tanto da allontanarti dall'atmosfera terrestre e fluttuare, sulle note di David Bowie, nello spazio siderale?

Lì, in alto, verso quella palla satolla che di notte t'illumina il vialetto di luce riflessa. Perdere ogni concezione del sopra e del sotto, del dolce e del salato, della bellezza e del terrificante. Finalmente solo nel vuoto cosmico, potresti trovare una soluzione alle domande che ti rincorrono da una vita, tipo: qual è il confine tra rianimazione e necrofilia?

Cosa faresti se ti dicessero che potresti essere il primo a compiere un simile viaggio?

E ti pagano pure.

Che c'è, non la fai una fotina? Ma anche solo per far rosicare gli amici.

Così Frank Borman, Jim Lovell e William Anders nel 1968, armati di pranzo al sacco, si imbarcarono per questa magica avventura. Astronauti come nuovi argonauti, in viaggio verso la Luna.

La missione Apollo 8 portò per la prima volta degli esseri umani in una piccola romantica crociera attorno all'orbita lunare. Un giro prettamente panoramico, e poi dritti verso casa.

«Ma come, non ci fate nemmeno mettere un piedino sopra?» aveva chiesto timidamente il piccolo Borman alla maestra di Houston, ma quella non ne voleva sapere. Stava per iniziare la sua telenovela, e non poteva perdere tempo dietro simili sciocchezze. Per quello si dovette aspettare la missione Apollo 11, appena qualche mese dopo, quando nel luglio 1969 Neil Armstrong e la sua tromba misero finalmente piede sulla Luna.

Ma a William Anders una crociera lunare andava più che bene. E poi, che vista pazzesca che c'era lassù!

Era il 24 dicembre 1968, e affacciandosi dall'oblò del suo pulmino cosmico scattò una fotografia che sarebbe passata alla storia. La scattò come farebbe un fesso qualsiasi annoiato guardando dal finestrino di un viaggio in corriera.

Diciamo che fu la più assurda cartolina di Natale che si potesse ricevere.

La Terra era lì, bella e soda, a circa 330.000 chilometri di distanza. Una foto iconica nella sua semplicità, passata alla storia con il nome di *Earthrise*, ovvero *Il sorgere della Terra*. Il nome originale sarebbe AS8-14-2383HR, ma chiamare una foto con un codice fiscale non mi pare carino, e come nome faceva schifo anche ai contabili.

Earthrise sia.

Era la prima volta che i terrestri si facevano una foto di gruppo decente. C'è da dire che una foto della Terra esisteva già, ma faceva schifo. Era stata scattata nel 1966 durante una delle missioni precedenti, ma era una foto in bianco e nero scattata in automatico dal Lunar Orbiter 1. Mancava quel tocco umano. Non c'era anima.

Earthrise era perfetta. Rappresentava una Terra dai colori intensi, turgida e bellissima ma anche fragile, immersa in un buio cosmico senza cuore. Nessun essere umano si era mai immaginato che la Terra apparisse così da lassù. Si vedevano pure le nuvole! Certo che pareva proprio piccola...

Earthrise, *24 dicembre 1968.*

Si dice che *Earthrise* smosse l'opinione pubblica tanto da ispirare la nascita del movimento ambientalista. Non che questo sia esattamente vero, considerando il numero enorme di scienziati, divulgatori e attivisti che stavano già da anni cercando di sensibilizzare la popolazione sui rischi della crisi ambientale in corso.

D'altro canto, citando il regista e biologo marino Randy Olson: «Il clima è probabilmente l'argomento più noioso che il mondo scientifico si sia mai trovato a presentare al pubblico».

E ha ragione. Il clima è un argomento così noioso che il principale problema da affrontare è la narcolessia di chi lo subisce, e alle volte pure quella di chi ne parla. Per discutere di clima bisogna citare freddi numeri, dati, presagi apocalittici, passando inevitabilmente per catastrofisti.

Sarebbe più facile convincere i sapiens a prendere a cuore la causa se questa avesse un volto, una voce, o quantomeno un bella storia facile da propagandare. Qualcosa di tangibile, magari, con cui empatizzare, che non fosse semplicemente un "se non fai questo muori".

Con *Earthrise* si ottenne una mascotte perfetta. Fu la prima volta che gli esseri umani vedevano se stessi per quel che davvero erano, ovvero UNA MANICA DI TESTE DI CAZZO DEFICIENTI CHE ABITAVANO UNA CAZZO DI PICCOLA PALLINA BLU DISPERSA NELL'IMMENSITÀ DELL'UNIVERSO CHE BASTAVA UNA SCOREGGIA SOLARE PER SPAZZARE VIA SENZA LASCIARE TRACCE.

Fu un'esperienza trascendentale e romanticissima.

Foto della sonda Cassini: la Terra vista da Saturno.
Quando temi di non contare un cazzo e di essere solo un insulso inutile puntino nell'Universo, sappi che è proprio così.

Rino, armato di sacchi e rastrello, stava cercando di scorticare un'enorme incrostazione viscosa dall'asfalto. Amigo riusciva appena a vederlo armeggiare dal fondo della strada. Era incuriosito. Trovava la cosa troppo interessante, persino per un computer come lui.

«Hai cercato ancora di dagli da mangiare, vero?»

«Come?»

«Avanti...»

«Non so di cosa parli.»

Ma Rino sapeva esattamente cosa Amigo stesse insinuando. Da un po' di giorni stava cercando di nutrire il gatto nel ciegatto (o per lo meno la sua testa), lanciandogli cibo nella speranza che gli finisse in bocca. Aveva anche elaborato un piano. Prima di tutto aveva bisogno di uno strumento che gli permettesse di far arrivare il cibo a destinazione, e per realizzarlo aveva usato componenti recuperate dei suoi elettrodomestici. Il progetto iniziale era un lavoro ingegneristico ambizioso basato su un cannone da circo. Purtroppo si era ricordato di non essere un ingegnere. O meglio, glielo avevano ricordato i suoi continui fallimenti, e il fatto che durante uno dei test per poco non aveva perso un arto.

Allora aveva ripiegato su una tecnologia ben più obsoleta: un balestrone costruito con il tavolo da ping pong e degli elastici di mutanda. Aveva montato quest'arma sul tetto, e per rendersi irriconoscibile al micio, evitando che la Zolla venisse devastata dalle fusa, si era costruito un riconoscibilissimo costume con buste dell'immondizia. Quel che provava a sparare in bocca al gatto erano interi sacchi di croccantini che aveva comprato prima del salto. Ne aveva solo due, quindi in genere cercava di non sbagliare la mira. Ma la sbagliava. Sempre.

Dopo ogni sparo gli toccava andarli a recuperare. Molteplici i danni prodotti. Purtroppo un giorno un rimbalzo sfortunato fece cadere uno dei sacchi fuori dalla Zolla, perdendosi per sempre nello spazio profondo. O almeno, questo è quel che credeva Rino.

"Oggi" (è ancora legale usare questo termine?) si era ritrovato in giardino una vomitata mastodontica con al centro spiaccicato il sacco che credeva perduto, incorniciato da un morbido tappeto di peli unti.

«Alla fine il tuo piano ha funzionato. Non come avevi sperato, ma ha funzionato. Il Conte deve avere intercettato il sacco. Però non credo che abbia apprezzato.»

«Senti tu, invece di prendermi per il culo per aver cercato di far qualcosa di generoso per il prossimo, non potresti stamparmi un capitolo utile, per una volta?»

«A parte che te l'ho detto centinaia di volte che non avete bisogno di mangiare, quindi non capisco come questo tuo tentativo di gettare roba in quella povera bestia dimezzata sia reputabile "generoso", ma tolto questo... cosa significa "qualcosa di utile per una volta"? Tutti i capitoli del mio *Saggio erotico* sono utili!»

«Dici? No perché a me pare che critichi e basta.»

«Ma non è critica! Al massimo è satira.»

«Ah, adesso ti giochi la carta della satira?»

«Vabbè, era per dire...»

«Dammi la soluzione, allora.»

«La soluzione?»

«La soluzione. La grande risposta. Il tuo 42. Qual era quella cosa che avrebbe risolto tutto!»

«Temo che ne sarai deluso, ti avviso.»

E senza aggiungere altro, Amigo iniziò a stampare.

Saggio erotico. Capitolo 10.212
"Se non sei soluzione, sei precipitato"

Ogni essere umano è nato sotto il marchio del peccato artificiale. Era dagli anni Ottanta che sulla Terra si chiedeva ai singoli di pensare da sé alla propria impronta ecologica. O al massimo di fingere di farlo. Il peso del destino del pianeta era stato comodamente appaltato alla discrezione dei singoli individui, che si erano così visti costretti a scegliere: privarsi di molte comodità allo scopo di essere ecologicamente il meno impattanti possibile, ricevendo in cambio autostima e soddisfazione morale con cui inebriarsi, o fottersene allegramente il puffo ciucciando fino all'ultima goccia di comfort dal pianeta a costo di renderlo morto e arido come un cracker al sole.

Era la società che chiedeva al singolo di rinunciare a quelle cose che la stessa società gli aveva insegnato a desiderare. Non fa una piega.

Ubaldo Marrozza aveva immolato la propria vita alla sostenibilità. Vestiva di foglie, mangiava solo tuberi cresciuti nel suo orto, e quando pisciava lo faceva nel lavandino così da lavarsi pure le mani (risparmiando acqua).

Al contrario, ad appena 10 chilometri dalla sua abitazione, Francesco de Gioia aveva comprato un elicottero militare d'epoca sovietica che emetteva quanto l'Uganda ma faceva più casino. Viaggiava a ben 3 centimetri al litro di kerosene strabruciato. Francesco non poteva proprio rinunciarci, gli serviva per sparare ai poveri dall'alto.

Così, mentre i singoli sceglievano il proprio schieramento in questa guerra tra chi aveva deciso di fare la differenza e chi aveva deciso di farsi un panino, i governi avevano deciso di non fare una mazza. Anzi, dopo aver stanziato nuovi investimenti per le centrali a carbone si davano pacche sulle spalle da soli, sorseggiando in lunghi flûte di cristallo le proprie scoregge, e la notte dormivano beati come bimbi dopo la poppata.

Ovviamente c'erano anche sapiens moderati che stavano iniziando a preoccuparsi per la crisi climatica in corso, riuscendo comunque a non allarmarsi troppo.

«Qualcuno troverà una soluzione», dicevano. Difficile dire se si trattasse più di ottimismo, di un tentativo di lavarsene le mani, o semplicemente di dissonanza cognitiva. Una cosa è certa: quando le cose andavano male ci si aspettava l'avvento dall'alto di un sapiens illuminato unto dalla benevolenza divina in grado di risolvere tutto. O, al massimo, ci si accontentava di sperare in un'invenzione esoterica che avrebbe fatto sparire il problema alla radice.

Purtroppo non esiste una bacchetta magica, amici e amiche. Rassegniamoci. Ma questo non significa che le soluzioni non ci siano, anzi. A dirla tutta le soluzioni si conoscono molto bene da anni. È che sono "scomode". Fanno sudare.

È un po' come iscriversi in palestra. Tu sai che quello è un luogo sacro di dedizione al corpo, e che lì ci troverai gli strumenti giusti per impastare la tua panza, come ti ricordano perennemente quattro tizi vestiti con canotta slabbrata di carta velina che urlano davanti a uno specchio mettendosi nella posa classica del pavone morto investito. Sono gli stessi tizi che quando si muovono, per marcare il territorio, devono tenere rigido ogni singolo muscolo del proprio corpo, dalla mascella allo sfintere, per cui all'occhio inesperto potrebbe apparire che si siano cagati addosso. In quel luogo ci sono gli strumenti giusti per inturgidirsi, perdendo quella panzetta flaccida su cui per poco non inciampi. Gli strumenti giusti per scolpire i tricipiti e un giorno riuscire a far ballare la samba agli addominali mentre ti trasformi in Sailor Moon. Sono tutti lì, in quel luogo!

Ma non è che ti iscrivi in palestra e ti aspetti il giorno dopo di diventare Schwarzenegger che s'è mangiato Stallone che guida un Panzer. Devi dedicartici, investirci tempo, fare attenzione, metterci zelo, essere costante.

Allo stesso modo, l'umanità aveva capito già da svariati decenni quali fossero gli strumenti giusti per inturgidire i propri muscoli ecologici. Purtroppo è nella natura umana: si firma il contratto con la palestra e si corre a casa aspettandosi di trovarsi con il *six-pack* sotto la maglia. Così come è nella natura umana rinunciare al *six-pack* quando, dopo ben tre giorni di bilancieri, continui a inciampare nella tua panza.

Gli strumenti ecologici sono lì, alla portata dell'essere umano, evidenziati in ogni possibile modo da svariati decenni dal personal trainer della comunità scientifica. Sono pronti per essere usati. Purtroppo, come sempre, non si parla di bacchette magiche ma di lunghi percorsi che richiedono attenzione, zelo, sudore e costanza.

«Sì, ma che due palle. Non ci sarebbe una pillola da prendere e passa la paura? No? E che palle.»

Di conseguenza, questi strumenti sono rimasti esposti come soprammobili in un mausoleo, da mostrare agli altri per illuderli di un impegno che però non c'è mai stato, perché "che palle".

«Tra l'altro oggi è leg day, facciamo che salto e ordino alette di pollo fritto.»

Rino abbassò le pagine e guardò la webcam di Amigo molto intensamente.

«Lo so che ci siamo chiariti, e ti ho anche chiesto scusa per come mi fossi comportato, ma ti avviso che questo capitolo c'ha tutte le carte in regola per farmi incazzare.»

«Tranquillo, adesso ci troverai solo una serie di banalità. Se hai un naso, un paio di orecchie, due occhi, una bocca e due capezzoli, non è nulla che non sapessi già. Ma andava detto, giusto per ribadire che non è mai esistita nessuna ricetta arcana per la salvezza della specie.»

«Non è questo il punto, è che mi girano le palle quando cerchi di farmi la morale.»

«Ecco, allora te lo ripeto. Non vederci nessun appello morale. Sono una creatura amorale.»

«Creatura?»

«Vabbè, alla fine qualcuno mi ha creato.»

«Mmmm...»

«Cosa?»

«Mi hai fatto pensare a una cosa. Secondo te se mi definissi una creatura vivente passerei per creazionista?»

«Tranquillo. È solo una reminiscenza culturale. E poi chi ti dovrebbe fare le pulci? Quel sasso?»

«E pure tu c'hai ragione. Senti ma...»

«Che c'è adesso?»

«A te fa così tanto piacere che io legga questa roba?»

«Non sei l'unico ad annoiarti. E poi, se avessi fatto qualcosa di bello non avresti voglia di mostrarlo a tutti?»

«E questa roba per te è bella?»
«Be'...»
«E io sono tutti?»
«A quanto pare... Non tocchiamo questo tasto, che mi deprimo.»
E con non poche perplessità, Rino continuò la lettura con voce monotona.

Facciamo un esempio. I numeri che ora troverete tra parentesi corrispondono alle tonnellate di CO_2 equivalente (tCO_2e)* che ogni essere umano risparmierebbe annualmente se facesse determinate scelte. Le inserisco giusto per aiutare a capire le proporzioni (ovviamente con le opportune approssimazioni).

Usare lampadine a basso consumo (-0,08 tCO_2e all'anno) fa meno che asciugare i vestiti all'aria (evitando l'asciugatrice) o lavare i vestiti a freddo o riciclare (tra -0,1 e -0,2 tCO_2e all'anno). Questo fa meno che passare da un'auto a benzina a una ibrida (-0,5 tCO_2e all'anno), che a sua volta fa meno che smettere di mangiare carne (-0,8 tCO_2e all'anno), che fa meno di attingere solo da fonti di energia rinnovabile (-1,5 tCO_2e all'anno), che fa meno che rinunciare a voli intercontinentali (-1,7 tCO_2e all'anno, tanto chi ti vuole), che fa meno che evitare di usare del tutto l'automobile (-2,4 tCO_2e all'anno e polpacci da paura).

Per quanto riguarda i mezzi di trasporto, anche qui si può stilare una bella scala dal più al meno impattante: aereo > auto con un solo passeggero (megalomane o sociopatico senza amici) > autobus > auto piena > treno > Eurostar.

* La CO_2e esprime l'impatto che avrebbe una data emissione sul surriscaldamento globale, traducendolo nella quantità di CO_2 necessaria per avere lo stesso effetto. Serve per mettere in relazione fonti di emissione diverse con effetti climalteranti differenti.

Per intenderci, se un viaggio in aereo riversa 200-260 grammi di CO_2e a passeggero per chilometro percorso, un Eurostar solo 6.

Quindi? Viaggiare in Eurostar, pedalare o camminare. Avrebbero tutti dei polpacci grossi quanto un comodino.

Andando avanti con questa logica, la cosa più sostenibile in assoluto per un occidentale è non avere figli. O, al massimo, ammazzarsi. Se ti impicchi risparmi ben 58,6 tCO_2e all'anno. Complimenti.

Non a caso è stato proposto Genghis Khan come icona "ambientalista". I mongoli, sotto la sua guida, hanno falciato intere popolazioni, e quelle terre sono tornate sotto il dominio delle foreste. Uccidere e riforestare, questo sì che è amore. Hanno calcolato che con questa azione di "pace" 700 milioni di tonnellate di CO_2 furono sequestrate dall'atmosfera. Evviva. Purtroppo lo stesso Genghis Khan ha poi rovinato tutto scopando come un riccio. Si dice che fossero centinaia i figli da lui generati, tanto che nel 2003 il genetista Chris Tyler-Smith ha scoperto che circa l'8% degli esseri umani distribuiti in 16 popolazioni asiatiche potrebbero essere imparentati con la nostra icona ambientalista.

Ciò che la spada aveva curato, l'uccello ha assoggettato. Stacce. Per fortuna poi sono arrivate altre icone ambientaliste come Hitler, Stalin e la musica country.

Si scherza, però allo stato attuale delle cose è tristemente vero che ogni individuo in meno sul pianeta comporti un enorme risparmio in termini di emissioni. Ma questo è vero solo perché i consumi medi di inizio XXI secolo, specie nelle aree industrializzate, sono ancora tanto assurdi che qualcuno potrebbe pensare che la bacchetta magica sia da ricercare proprio nel ridurre il numero di individui sul pianeta.

Ma è un po' come rimuovere un virus da un computer dando fuoco alla scrivania. Non dico che non funzionerebbe, dico che sei scemo.

Questo è proprio il motivo per cui odio sempre elencare queste cose. Cosa cerca di ottenere chi arriva a suggerire di non avere figli? Di far sentire qualcuno in colpa per l'essere in vita? Di fare la morale a chi prende un aereo per una destinazione che sogna da una vita?

La cosa davvero odiosa nel parlare di questi temi è che rappresentano scelte facoltative scagliate in faccia ai singoli mentre vengono bombardati mediaticamente da persone che invece si godono la vita fumandosi il pianeta. E di base tutti continuano a rosicare male, così come la società e la globalizzazione prevedono. E se da una parte ci sono indiani cresciuti da vegetariani per motivi culturali, dall'altra hai brasiliani con la gotta. LA GOTTA! Nel XXI secolo!

È anche vero che sono le persone, alla fine, a manovrare i mercati.

Se tutti iniziassero a cavalcare cinghiali il mercato delle auto crollerebbe e si convertirebbe alla produzione di selle.

Se chi mangia carne tutti i giorni essendosi scambiato per un alligatore iniziasse a mangiarne solo due volte alla settimana, e magari evitando il taglio da 99 centesimi al quintale che sa di suola ripescata, la produzione di bestiame si ridimensionerebbe. Per competere, il settore sarebbe addirittura portato a ricorrere a tecnologie più dignitose, perché si venderebbe meno, ma di qualità migliore.

Oppure, se la gente smettesse di regalare bomboniere brutte ai battesimi il girone infernale che le produce fallirebbe e verrebbe comprato da Montezemolo. Non ci sarebbero nemmeno più criminali in giro. SMETTETELA DI REGALARE BOMBONIERE BRUTTE! Perché odiate il prossimo?!

È anche vero che basare il futuro del pianeta sulla voglia di rinuncia dei singoli non solo è una stronzata colossale che ignora il fattore egoismo umano, ma non ha nemmeno nulla di etico. Ben diverso sarebbe ridistribuire questi oneri su scala globale, affinché tutto venga ottimizzato, e tutti rinuncino a qualcosa e nessuno rinunci a troppo.

Insomma, rinunciare a poco tutti così che nessuno si accorga di stare rinunciando a niente.

Come raccontato da Jonathan Safran Foer nel suo *Pos-*

siamo salvare il mondo, prima di cena, durante la seconda guerra mondiale i cittadini americani accettarono moltissime privazioni. Parliamo di razionamenti sui consumi, sulla carne e sui materiali. Per limitare il consumo di carburante, o delle gomme dei veicoli, venne imposto un limite di velocità di 52 chilometri orari, e per invogliare a condividere i viaggi in auto vennero prodotti poster che avvisavano: "Quando viaggi da solo viaggi con Hitler!".

Non sono sicuro che Hitler lo sapesse.

Sulla costa orientale per lunghi mesi tutti gli abitanti spegnevano le luci all'imbrunire, per evitare che eventuali sommergibili tedeschi sfruttassero la retroilluminazione per individuare più facilmente le navi della marina americana.

Si trattava di privazioni imposte allo stesso popolo che ha quasi fatto una rivoluzione quando si è proposto di ridurre le porzioni megalomani dei loro pasti per contrastare l'obesità crescente. Eppure l'America accettò il baratto. Perché? Probabilmente per le seguenti ragioni:

1. Il nemico aveva un volto e dei baffi, a differenza di questa minaccia invisibile che molti faticano a prendere sul serio;
2. Erano dei razionamenti che coinvolgevano TUTTI.

Una cosa simile sarebbe difficile da ottenere oggi, nonostante si tratti sempre di una guerra. Significherebbe che i governi per una volta non pensassero all'elettorato, e quindi a se stessi, ma al pianeta. Te lo immagini?

Prendete il protocollo di Kyoto. Nel 1997, grazie agli allarmi lanciati dall'IPCC si riuscì a stilare un accordo per cui ogni paese aderente si impegnava negli anni successivi ad abbattere le proprie emissioni di CO_2 del 5%.

Il 5% non era una minchia. Non era manco uno sputo. Era una minchia%. Eppure il governo americano di punto in bianco cambiò idea e si rifiutò di firmare. Era cambiato il presidente, e una minchia% ora appariva troppo. Una richiesta assurda.

Da qualche parte una betulla aveva duramente faticato per produrre l'ossigeno necessario a far campare i rappresentanti di quel governo, ma nessuno le chiese scusa.

Chi lo trova oggi un governo che si prende il rischio di diventare impopolare? Queste sono tematiche che impongono scelte che renderebbero infelice qualsivoglia elettorato. Ma chi glielo fa fare.

Si toccherebbero il senso di appartenenza, di rivalsa e di conflitto, chiusura e tradizioni culturali. Per di più chi parla di queste cose risulta inevitabilmente un moralista, e i moralisti stanno sul cazzo a tutti. Alcuni, poi, moralisti lo sono davvero, e finiscono per odiare chi non aderisce alla causa, ignorando tutti gli aspetti umani celati dietro la scelta. Chi non aderisce alla causa allora si sente sotto accusa, e finisce per odiare chiunque abbia invece aderito perché "si deve fare i cazzi suoi", estremizzando ancora di più le proprie scelte. Ma pure gli attivisti che si erano fatti i cazzi propri prendono mazzate, perché amici dei moralisti e comunque a prescindere vaffanculo. Poi ci sono i moderati, confusi nel mezzo, che stanno sul cazzo a tutti perché non si schierano.

«Ma chi te lo fa fare a te. Ma fatti i cazzi tuoi che campi cent'anni» dice un tale Roberto Saviano parlando di tutt'altro. In 'sto caso non è vero, Robé, se la prendono con te comunque. E comunque mi sa che non c'arrivi a cent'anni di 'sto passo.

Immaginate di vivere in un mondo in cui a ogni individuo sia concesso un certo chilometraggio fisso all'anno in viaggi in aereo, e che oltre quello non si possa fare. I ricchi sarebbero incazzati come bisce perché non potrebbero passare le loro ventotto vacanze annuali a Ibiza. Anche i poveri sarebbero incazzati, così almeno potrebbero fingere di avere avuto anche loro la possibilità di prendere i biglietti per Ibiza: "Mannaggia che avevamo visto pure un hotel 5 stelle con vista sullo strip-club di Johnny Depp con tanto di privé e bottiglia di spumante in omaggio... Mannaggia ci hanno rovinato tutti i piani 'sti politici demmerda". Ma anche le compagnie aeree sarebbero incazzate come posaceneri sporchi, almeno quanto il loro personale, e le attività che si basano sul turismo, e un tale Franchino che vende biglietti tarocchi della lotteria all'aeroporto.

Bel piano del cacchio per il politico di turno. Me lo immagino a difendersi nei salotti televisivi:

«Lei è un nemico del popolo, lo sa?»

«La ringrazio. Ma chiediamo solo un razionamento delle emissioni giusto per un breve periodo, il tempo che la tecnologia migliori e possa garantire viaggi più ecologici per tutti. Ne va della salvezza della biosfera.»

«Breve periodo? Quanto breve?»

«Non saprei, dipende dai progressi tecnologici.»

«Quindi ha parlato di breve periodo, ma non ne è certo? Lei è un figlio di puttana, lo sa?»

«Be', si spera che in futuro si trovi qualcosa. Al momento non l'abbiamo, e non ci resta che attendere. D'altronde, è come pretendere di saltare da un elicottero senza avere ancora inventato un paracadute resistente. Lo si potrebbe fare comunque, ma non sarebbe saggio.»

«Lo sa che mio cugino ha fatto un viaggio a Istanbul nonostante avesse finito i chilometri a sua disposizione? Pare che i controlli abbiano fallito. Lo vede che è un figlio di puttana?»

«Ah cavolo, ma questo è grave.»

«Grave? Odia forse mio cugino?»

«No, dico che non è giusto che molti stiano a casa mentre suo cugino...»

«Lei odia le case altrui, quindi?»

«No, non dicevo...»

«E quindi odia tutto quello che c'è in una casa, vero? Odia i frigoriferi, odia i tostapane, odia i nonni e i cagnolini.»

«Scusi?»

«Ma non si vergogna a odiare i cagnolini?»

«Ma non vedo cosa c'entri con...»

«Quindi non lo nega.»

«Non odio i cagnolini!»

«E perché odia mio cugino?»

Sono i governi ad avere il potere di spegnere le centrali a carbone, prolungare la vita delle centrali nucleari in buono stato (che in termini di emissioni non producono quasi nulla), e investire sempre più in risorse a basso impatto ambientale. Sono i governi che potrebbero tagliare completamente gli incentivi ai comparti fortemente impattanti e dirottarli sulle nuove tecnologie green.

E sono sempre i governi a dover monitorare l'evoluzione della tecnologia stessa. Sì, perché anche quando i sapiens riusciranno a ottimizzare al massimo la produzione e il consumo di energia, non significherà che si sia risolto il problema. Si rischia sempre l'effetto "contraccolpo", un effetto previsto già a metà dell'Ottocento dall'economista William Stanley Jevons, che affermò che i progressi che migliorano l'efficienza di una tecnologia potrebbero portare ad aumentare i consumi invece che diminuirli. È chiamato paradosso di Jevons.

Jevons si era infatti accorto che più le macchine a vapore diventavano efficienti e in grado di lavorare usando meno carbone, tanto più i loro prezzi si abbassavano, tanto più se ne vendevano, tanto più carbone serviva e veniva estratto dalle miniere. Alla fine si usava più carbone con la tecnologia più efficiente ed economica che con quella obsoleta e cara.

Un paradosso pazzesco che se non viene tenuto sotto controllo rischia di far sballare completamente ogni tentativo di transizione ecologica.

Facciamo un esempio attuale. Supponiamo che si trovi un carburante in grado di ridurre le emissioni di un viaggio intercontinentale del 50%. Sarebbe un successo, considerando che è uno dei settori più impattanti in assoluto. Il rischio, però, è che i prezzi dei biglietti calino, e che il numero di viaggi di conseguenza si moltiplichi. Si sarebbe davvero risparmiato in termini di emissioni? Secondo alcuni, per assurdo, si rischia addirittura di emettere vertiginosamente di più.

Ci sono moltissimi studi a riguardo. Un'analisi recente ha evidenziato come questo dannato e paradossale effetto contraccolpo si stia mangiando del 50-80% il calo di emissioni auspicato. Se ne deduce che, purtroppo, persino le stime più catastrofiste sugli anni a venire potrebbero essere gravemente sottostimate. Ingiustificatamente ottimiste, insomma. Seguono bestemmie in libertà.

Ma questo discorso si applica a ogni settore. Sarebbe già sufficiente che i governi si preoccupassero di evitare di rendersi complici dei piccoli disastri ambientali causati dalle varie compagnie private. Che qua chiudi un occhio oggi, chiudi un occhio domani, chiudi un occhio pure dopodomani... Ma 'sti occhi da chiudere non finiscono mai? Roba da far invidia a un ragno.

Prendiamo il metano. Il metano, come già detto, è un gas serra molto ma molto più infame della CO_2. Per essere precisi, a parità di peso, il metano ha un potenziale climalterante stimato fino a 86 volte maggiore rispetto alla CO_2 nei primi 20 anni dalla sua emissione. Poiché col tempo viene ossidato in CO_2,* questo valore scende progressivamente, e dopo un secolo il suo potenziale climalterante diventa di "solo" 33 volte quello della CO_2. Quindi un chilo di metano corrisponderà a circa 86 chili di CO_2 nei primi 20 anni dal suo rilascio. So' tanti! Insomma, il metano è brutto forte. Ma attenzione, prima che scendiate per gettare l'impianto nuovo nel Tevere, non è di per sé il metano il problema, quanto il metano rilasciato, emesso senza passare per il processo di combustione. Alla fine il metano (CH_4), se bruciato, reagirebbe con l'ossigeno (O_2) formando anidride carbonica (CO_2) e acqua (H_2O). Limitare al massimo le fughe di un simile gas nell'atmosfera è quindi assolutamente indispensabile.

Purtroppo, se da un lato questo è perfettamente noto, dall'altro sappiamo che il 60% delle emissioni di metano è

* Vedi *Saggio erotico*. Capitolo 302 "W la merda".

di origine antropica, in particolare derivante dagli allevamenti (24%), dall'industria dei combustibili fossili (20%) e dallo smaltimento dei rifiuti (11%). Ovviamente, senza dimenticare i gas rilasciati da fonti naturali. La fusione del permafrost sta liberando sempre più metano, e più se ne libera più aumenta l'effetto serra, e più fa caldo e più se ne fonde. Evviva.

Se lo scenario è già poco piacevole così, uno studio pubblicato nel 2018 su "Science" mostrerebbe che nella filiera petrolifera e del gas da scisti (*shale gas*) si disperderebbero 13 milioni di tonnellate di metano all'anno solo negli Stati Uniti! E soprattutto questa cifra sarebbe del 60% più alta rispetto a quanto stimato dall'Agenzia USA per la Protezione dell'Ambiente.

Aaaah, USA. Te possino.

13 milioni di tonnellate sono un botto! Sono come 1118 milioni di tonnellate di CO_2 emessa!

All'anno!

La cifra era sottostimata perché non si erano considerate tutte le emissioni dovute agli impianti mal-funzionanti e le "naturali" perdite durante la lavorazione. Parliamo di piccole perdite che corrispondono a un anno di emissioni di CO_2 di tutti gli impianti a carbone degli Stati Uniti.

Insomma, bella storia.

E se questo è vero per il metano, bestia particolarmente infame, bisogna però applicare questo discorso a ogni singola fonte di gas serra su cui Sapiens ha piazzato le mani gestendola rigorosamente a cazzo di cane. Se poi ci aggiungiamo tutti gli altri disastri ecologici su cui tutti sembrano chiudere costantemente un occhio, non ne usciamo più.

Sarebbe stato bello avere una bacchetta magica e non doversi preoccupare di tutte queste piccole implicazioni. Gli esseri umani avrebbero potuto continuare a farsi i cazzi propri e godersi la vita senza il peso di stare scagazzandosi in casa, e soprattutto avrebbero investito il loro tempo per farsi la guerra per tematiche ben più importanti.

Cipolla nella carbonara: sì o no?

Bestie di Satana contro puristi. Chi si aggiudicherà il sacro trofeo-Guanciale? Menatevi e vedremo.

Purtroppo la tecnologia umana è ancora troppo primitiva. La Federazione Galattica sarebbe stata in grado di aiutarli se non portasse tanto rancore.

Gli umani stanno provando da soli a trovare questa fantomatica bacchetta magica. Ma il tempo sta scadendo.

Da dispositivi tipo aspirapolveri in grado di "filtrare" l'aria e intrappolare la CO_2, a tecniche elettrochimiche per far reagire molte di queste molecole insieme e ottenere lunghe molecolone di carbonio da usare all'occorrenza (ad esempio come carburanti). Tutte tecnologie agli albori, che richiederanno ancora molti anni per essere perfezionate, molti più anni di quanto l'urgenza della situazione non consenta.

Si è anche provato a utilizzare la reazione di Sabatier, una reazione chimica che permette di convertire CO_2 in metano (CH_4). Lo so, detta così pare una stronzata, ma ha senso. Il CH_4 lo si può riusare come carburante, che bruciando riemetterebbe la stessa quantità di CO_2 catturata per produrlo. Per lo meno non ne hai emessa di nuova. Oppure, non meno interessante, la converti in grafite (come la punta della matita, formata da soli atomi di carbonio legati tra di loro) e la "conservi", così hai sequestrato CO_2 in modo stabile. Dove la metti? E che ne so io. Per chi m'hai preso, per Roberto Carlino? Ce la metteranno sulla pizza, ormai ci mettono di tutto là sopra. Peccato che questo processo richieda un fracco di energia, quindi bisogna prima aumentare l'efficienza e la quantità dell'energia ottenuta a basso impatto ambientale che si è in grado di produrre. Ma per ora è ancora fantascienza.

Ci sono altri interessanti progetti, come l'europeo CarbonFix, che propone di trasformare il carbonio della CO_2 dell'aria in pietra! L'idea è di disciogliere la CO_2 atmosferica in acqua, acidificandola. E più CO_2 disciogli, più acida diventa la soluzione acquosa. Una volta spinta questa in profondità nel suolo e portata a contatto con opportune rocce, questa acqua acida genererebbe una reazione, non troppo diversa da quella che si avrebbe quando si immerge un orecchio in dell'acido forte. Queste rocce si corroderebbero, liberando elementi chimici come calcio, magnesio o ferro, che con il tempo reagirebbero con la CO_2 disciolta formando carbonati, che infine si depositerebbero in pianta stabile, lì in profondità. Lontano dai polmoni, lontano dal cuor.

Insomma, è un po' come mettere i peli sotto il tappeto, solo che qui i peli diventano essi stessi il tappeto. È quello che succede in molte cucine.

Figata, no? E allora qual è il problema? Be', ci vogliono circa 2 anni affinché un singolo ciclo del processo si completi. Ops. E capiamoci, in Islanda sta funzionando alla grande, tanto da far quasi urlare al "successo"... ma 2 anni?! Per quanto 2 anni siano un tempo incredibilmente limitato se rapportato a quanto richiederebbe lo stesso processo in natura, si è lontani dal risolvere pienamente il problema, specie considerando la quantità relativamente limitata di CO_2 rimossa. Quindi, per ora, simpatico progettino, ma vedremo quando diventerà grande cosa ne sarà di lui. Se ci arriva.

C'è poi chi sta ideando piattaforme sottomarine in grado di rigenerare iceberg nelle zone a rischio, o addirittura chi ha avanzato l'ipotesi di usare la geoingegneria nel tentativo di guadagnare un po' di tempo. Dalla fertilizzazione artificiale degli oceani al rilascio attraverso gli aerei di composti chimici nell'atmosfera in modo da ridurre l'assorbimento termico delle radiazioni solari.

Ve li immaginate i complottisti delle scie chimiche, spiazzati nello scoprire che per una volta avevano ragione pur non avendoci capito una mazza?

Ovviamente tutto ciò arriva con un bel mappazzone di fregature in dotazione, oltre che tantissimi risvolti che non si ha avuto la piena capacità di prevedere. Tra l'altro, l'ultima ipotesi prevede uno pseudo-oscuramento del Sole, che si avvicina drammaticamente alla trama di *Matrix*. Fate un po' voi. Va a finire che 'sti qua sfasciano tutto nella paura che si sfasci tutto.

Una cosa è certa, considerando l'ultimatum dell'IPCC, e i pochi anni concessi al genere umano prima di superare il punto di non ritorno di +2 °C: non è più sufficiente limitarsi a ridurre le emissioni, ma bisogna assolutamente capire come sottrarre CO_2 dall'atmosfera. Ma se la bacchetta magica non funziona, come fare? Piantiamo la bacchetta!

Il metodo migliore e più sicuro sarebbe quello di piantare alberi, però va tenuto bene a mente che non si tratterebbe comunque di una soluzione (come d'altronde non lo erano le altre), ma solo di un modo per tamponare e guadagnare tempo. L'IPCC ha stimato che per rimuovere il 25% delle emissioni antropiche annuali bisognerebbe piantare circa mille miliardi di alberi sul pianeta (facendo le opportune approssimazioni). Ovviamente, se pianti un baobab non è la stessa cosa che se pianti un cactus, quindi si spera in un minimo di buongusto. La buona notizia è che si è calcolato che sul pianeta ci sarebbe pure abbastanza spazio per piantarli 'sti alberi, ma ovviamente bisognerebbe valutare di usare anche terreni agricoli e parzialmente anche quelli destinati agli allevamenti. Ma anche se fosse, si riuscirebbe a fermare il cambiamento climatico? No. Lo si rallenterebbe, che è già un ottimo proposito, per carità.

La situazione attuale è simile a un lavandino parzialmente intasato. Il rubinetto è sempre aperto, e il livello di acqua continua drammaticamente a salire minacciando di strabordare. Tutte queste soluzioni di cui abbiamo parlato sono l'equivalente di riempire una tazzina da caffè con dell'acqua accumulata, per poi gettarla nel water. Indubbiamente si è guadagnato un po' di tempo prima che il tutto strabordi, ma il rubinetto è ancora aperto.

Gli esseri umani continuano a emettere senza freno, manco fosse una competizione a chi arriva per primo all'autocombustione. Per quanto mille miliardi di alberi sembri un numero spropositato, resta comunque una cifra finita. Durante la loro crescita gli alberi catturano la CO_2 e la usano per costruire le proprie strutture complesse, principalmente quelle della cellulosa, dell'emicellulosa e della lignina. Quindi fino a quando un albero cresce e c'ha fame è una cosa fantastica. Continua a sequestrare famelico l'anidride carbonica, fissandola, costruendoci la propria massa e levandocela dalle scatole. Ma una volta cresciuto, la pacchia è finita. Entra in una sorta di equilibrio stazionario, il che è anche una fortuna perché altrimenti significherebbe che sarebbe in grado di crescere all'infinito e che il pianeta sia in realtà un tronco colossale. Terratronchisti ne abbiamo?

Quando un albero muore, poi, attraverso la decomposizione rilascerà tutta la CO_2 accumulata rimettendola dove l'aveva presa. Nell'aria.

Cosa ne possiamo dedurre? Che anche gli alberi vanno in pensione. Piantando una foresta possiamo sequestrare un sacco di CO_2 durante la crescita delle piante, ma raggiunto il pieno sviluppo di queste è finita. Quel che è sequestrato è sequestrato, e poi liberi tutti.

Per aumentare il sequestro di CO_2 si può sempre barare. Tipo, si potrebbe tagliare alberi e piantarne di nuovi. Quelli tagliati bisogna nasconderli ai microorganismi decompositori, o alterarli chimicamente in modo da non essere intaccati nel tempo. Il problema è: dove li mettiamo poi? A casa di Gennaro ci entrano?

Per guadagnare tempo, questo e altro. Anche perché in tutto ciò non si è ancora parlato dell'"effetto sgommata". Se immaginassimo uno scenario idilliaco in cui tutte le attività umane cessassero di colpo perché tutti i sapiens del pianeta si fossero trasformati nella versione fotosintetica di Woody Allen, ci sarebbero ancora gli strascichi di tutti gli anni di debito che l'umanità ha accumulato. Ve lo ricordate il debito, vero? È sempre là.

È un po' come frenare dopo essersi lanciati lungo una discesa. Ci sono tre esiti possibili:

1. Freni in tempo – Ma mannaggia, è tardi per questo. La frenata sarebbe dovuta iniziare al massimo negli anni Novanta e sarebbe stata una lenta, dolce, impercettibile frenata. Un rallentamento progressivo, quasi godibile. Avrebbe permesso all'umanità di continuare a mantenere il suo stile di vita senza particolari limitazioni. Mannaggia mannaggia.
2. Freni quando è già tardi – Hai appena sorpassato San Gennaro che ti ha offerto una canna. Non è un buon segno. Ti gratti le palle, e capisci che bisogna fermarsi subito. Bisogna inchiodare, perché la strada davanti a te è ormai troppo poca, e soprattutto c'è uno strano tunnel con una luce in fondo che non ti ispira affatto, inoltre di Magalli non c'è traccia. Ma cosa succede quando si inchioda? Si sgomma. Si fanno ulteriori metri in avanti, nonostante tu stia premendo al massimo sul freno. Spera di avere abbastanza strada davanti a te.
3. Te ne fotti e ti schianti – Sei ufficialmente entrato nel tunnel e hai incontrato un dodo che t'ha fatto il gesto dell'ombrello. Te ne vai con i fuochi d'artificio, e il rimpianto di non aver nemmeno accettato la canna da San Gennaro. Spera che non l'abbia presa sul personale.

L'umanità degli inizi del XXI secolo si trova nella fase due. Significa che c'è ancora pochissimo tempo per frenare, specie considerando la sgommata. Significa anche che si è ancora in tempo per accettare l'offerta divina, e male che vada godersi la sbandata da sbandato.

Uno studio pubblicato su "Scientific Reports" da Jorgen Randers e Ulrich Goluke afferma che anche se si interrompessero "domani" le emissioni (e, considerando la data di ricezione dell'articolo, "domani" era il febbraio 2020) si avrebbe comunque un picco di riscaldamento globale tra 50 anni, giungendo a +2,3 °C. E questo se si interrompessero completamente domani (o ieri?) le emissioni. Se si chiudesse quello stramaledetto rubinetto. Una cosa fantascientifica. Certo, non tutti concordano con questa previsione, considerando che ci si è basati su modelli diversi da quelli dell'IPCC. Comunque c'è poco da stare allegri, specie ricordandoci quella piccola tendenza autodistruttiva di questi strani animali.

Per dire, 'sti qua ti dicono che se smettessero di emettere "domani" comunque sarebbero nella merda, e quindi "dopodomani", nel maggio 2020, la Germania ha acceso una nuova centrale a carbone. Perché sì. W la merda.

«Sì, ma la spegniamo dopo soli 18 anni, promesso. Entro il 2038 la smettiamo» ha risposto la Germania.

Ma sì, fate come cazzo vi pare.

I sapiens, a questo punto, si vedono a un bivio. Dovrebbero prendere delle scelte drastiche, estreme, rigorose e impopolari. Proprio quelle che gli riescono peggio. Proprio quelle che più gli fanno schifo. Proprio quelle che hanno passato secoli a evitare.

Dovrebbero agire tempestivamente e in maniera decisa, accettando di fare inevitabilmente incazzare qualcuno, come qualsivoglia chiamata alle armi.

Oppure possono farsi un panino.

Rino posò i fogli.

«Quindi adesso non posso manco farmi un panino?»

«Non essere scemo. A proposito, stai continuando a mangiare?»

«Come un dannato.»

«Perché?»

«Non so. Noia. Questa dannata voglia di qualcosa che non capisco cosa sia. O anche solo piacere di andare al bagno.»

«Ma hai pensato a un piano?»

«In che senso?»

«Lo sai che presto finirai tutto, vero?»

«Tendo a non pensare troppo a certe cose.»

«Da manuale. Ti ammiro, ma non sono sicuro che sia la strategia migliore.»

«Be', diciamo che ho intuito che sia questo il problema di

fondo di tutte le storie che mi hai fatto leggere. Vabbè, comunque basta farmi la morale per oggi. Nonostante questo capitolo di pessimismo cosmico, mi sento di buon umore.»

«Buon per te!»

Senza rispondere, Rino si allontanò lungo il vialetto. Attraversò quel che restava dell'architettura, e si fermò ancora una volta a guardare gli ultimi lampioni. Non aveva capito prima cosa ci fosse stato di strano in loro, ma ora lo vedeva chiaramente. Il penultimo lampione era più piccolo degli altri, mentre l'ultimo era sformato. Slargato sotto e più stretto sopra, finendo per avere un aspetto lanciato di ago deforme. Erano ancora una volta gli effetti dell'anomalia, della distorsione del salto. Si era divertito nei giorni precedenti a girare il quartiere cercando di trovare eventuali cose fuori posto. Aveva anche scoperto diverse cose molto interessanti, ma non ne aveva parlato ad Amigo.

Così si portò fino al bordo della Zolla, girò a sinistra ed entrò nella facciata distrutta di un edificio di colore giallo. Salì la prima rampa di scale con vista cosmo, e si ritrovò in quello che restava di un appartamento. Era sopravvissuto solo un angolo, sì e no quindici metri quadri, tagliato in modo netto, come burro, del burrone. Lì c'era una televisione con il fermo immagine di un vecchio sketch in bianco e nero di un giovane Paolo Villaggio.

Rino si gettò sulla poltrona di cuoio, e iniziò a parlare.

«Non riesco a capire dove voglia andare a parare. In condizioni normali avrei smesso da tempo di leggere quello stupido *Saggio*, ma sono sicuro che non sia campato in aria come continua a ripetermi quella specie di tostapane. Mi sta nascondendo qualcosa.»

«Tranquillo, prima o poi ci capirai qualcosa. O magari ci sveglieremo.»

«Dovrebbe smetterla di sperarci. Non è un sogno.»

«Forse non il tuo.»

A parlare era stato il Paolo Villaggio dentro la televisione. Aveva un cilindro e un frac, e rumoreggiava come se il segnale fosse disturbato.

«E ora cosa intendi fare?»

Rino tirò fuori dalla tasca delle pagine del *Saggio erotico*.

«Aaaa, capisco.»

«Magari se le leggiamo insieme riusciamo a trovarci dei messaggi nascosti.»

«Lo sai che sono solo un pensionato, vero?»

«E io sono un aspirante cazzeggiatore abusivo. D'altronde, ha di meglio da fare?»

«Be', non direi. Intendevo solo dire che non so quanto potrò essere d'aiuto. Ma a prescindere, grazie per cercare di intrattenermi. Sei un bravo ragazzo. Certo, avessi almeno un libro qua dentro...»

«Stia tranquillo professó, io leggo e lei ascolta. Però non subito. So' stanco. Mi faccio 'na dormita prima.»

«Perché, hai bisogno di dormire?»

«No, però è bello.»

«Figlio mio, ma tu dormi sempre!»

«Bisogna apprezzare i piccoli piaceri della vita. A dopo, professó.»

E sdraiandosi a peso morto sul divano, Rino si voltò verso la parete mancante, lasciandosi cullare dal buio cosmico di quel che restava dell'Universo.

9

Economia circolare

Saggio erotico. Capitolo 34.031
"Umanità cowboy"

Nel film *Matrix* un filosofo contemporaneo, tale Agente Smith, si lancia in un monologo tra il brillante e l'overdose per ingestione di Coccolino.

Afferma al povero Morpheus, mentore del protagonista Neo (per gli amici "er benigno"), di aver a lungo provato a catalogare la specie umana. Infine aveva capito. O meglio, come dice lui, aveva avuto una "geniale intuizione". E che intuizione? Che tutti i mammiferi della Terra tendevano istintivamente a sviluppare un equilibrio con il proprio ambiente, cosa che invece l'essere umano non farebbe. L'essere umano insedia una zona, s'accoppia, si moltiplica e intanto ciuccia ogni risorsa naturale fino all'esaurimento. L'unico modo per sopravvivere è quello di spostarsi in una nuova zona ricca e ancora intonsa. A suo parere questo atteggiamento sarebbe lontano da quello di un mammifero, ma più simile a quello di un altro organismo: il virus.

Sì, ma ce ne sono tanti di virus. Che virus? Boh... Il "virus", in generale.

Insomma, il dottor Agente conclude queste sue farneticazioni degne di una sigaretta simpatica corretta alla candeggina affermando che l'umanità è un'infezione, un cancro per il pianeta.

Un pochetto esagerato, non trova dottor Agente? E che è... Un pessimismo cosmico da far impallidire Jean-Paul Sartre al funerale di sua madre. Ma che trauma avrà mai vissuto 'sto tizio.

Agente Smith, per gli amici "il rosicone".

A parte che "geniale intuizione" dove? Geniale de che? Geniale se lo dice da solo, poi? Lei, signor Agente, è modesto come Vin Diesel che sgasa al semaforo. We we abbassi la cresta, che se spara un'altra banalità la arrestano per eccesso di buffonate.

Ma poi lei di biologia non sa una mazza! Sarebbe stato corretto dire che l'essere umano, come TUTTI gli esseri viventi (mammiferi compresi), è di base un pezzo di merda. E su questo nessuno avrebbe avuto nulla da ridire.

La storia evolutiva premia i pezzi di merda, quindi non starei qui a disquisire sulla questione. Ogni essere vivente continua a giocare a questo gioco della vita proprio perché i suoi antenati, e gli antenati dei suoi antenati prima, hanno imparato a sfruttare le risorse a loro disposizione nella maniera più arrogante e menefreghista possibile. Le regole sono: riprodursi il più possibile e sopravvivere. Se per sopravvivere bisogna predare altri organismi o semplicemente fottergli il portafoglio, lo si fa.

E quando si diventa poco adatti per l'ambiente e la competizione del gioco, arriva un bel GAME OVER in lettere cubitali sullo schermo.

Immaginate se i castori, con la loro fissazione per la costruzione di dighe, avessero inventato la plastica. Avrebbero trasformato il pianeta in un enorme Disneyland incorruttibile e bullizzato ogni altra specie vivente infilandogli di prepotenza in gola le sorprese dell'ovetto Kinder. Temete i castori, perché loro tramano qualcosa.

La natura è ricolma di pezzi di merda, persino lì dove nessuno se li aspetterebbe.

Prendete ad esempio il maschio di *Pisaura mirabilis*, una specie di ragno diffusa in tutta Europa. La loro cultura prevede che il maschio corteggi la femmina, molto più grande di lui, presentandosi all'appuntamento con quello che viene definito "dono nuziale", ovvero una preda avvolta nella seta. Una preda impiattata, insomma, da donare alla donzella per dimostrare che gran cacciatori metterebbe al mondo usando cotanti geni. Se lei accetta si concede, pur senza rinunciare al rancore. Ma c'è un altro scopo per questo dono. L'accoppiamento in questa specie è tutto tranne che romantico, dato che invece di martellare come un tapiro il maschio deposita il proprio sperma sulla tela per poi schiaffarla nella femmina come 'na supposta, e che il femminone essendo un tantinello aggressivo potrebbe sempre indispettirsi e menarlo, e nel peggiore dei casi divorarlo. Perché il cannibalismo è sempre cosa buona. Quindi il maschio ha elaborato questa strategia del dono: nel mentre che la femmina è distratta dallo "scartare il pacco" e dall'iniziare a digerire (seta d'impiattamento compresa), lascia il tempo al maschio di lavorare sui genitali. Il piano funziona, tanto che le femmine fanno un gran parlare del pacco dei maschi.

Ma qui arrivano i pezzi di merda, gli esperti delle truffe che il pacco lo tirano davvero. Alcuni si lanciano in una vita criminale, presentando alla femmina un pacco tarocco con dentro un sacco di roba a caso: erba, esoscheletri, pezzetti di legno o monnezza. Mentre la signorina si accinge a scartare il pacco pacco, il maschio consuma e fugge via ridendo istericamente per il misfatto. Ecco come si fotte il sistema.

Ma sul podio dei pezzi di merda ci sta indubbiamente il cuculo, un uccellino bastardo che depone le proprie uova nel nido di altri uccelli e poi va a comprare le sigarette corrette alla coca. Le uova di cuculo si schiudono prima delle altre, e i pulli nascono già pieni di rancore. Spingono le eventuali altre uova fuori dal nido, ammazzando l'intera prole della madre adottiva la quale, scema come uno sgabello, continua comunque a ingrassarlo con non poca perplessità.

Una volta cresciuto il cuculo le ruba tutti i soldi dalla borsa, appicca il fuoco al nido, e infine le punta un coltello alla gola dicendo che se si azzarda ad andare dalla pula la sfregia.

E uno alzerebbe le mani e direbbe "ellamatonna".

Ma credete davvero che sia finita qui? I ricercatori del Max Planck Institute di Plön hanno pure scoperto (utilizzando dei modelli matematici evolutivi) che una specie, il cuculo dal ciuffo (*Clamator glandarius*), potrebbe praticare estorsioni, intimidazioni mafiose e abusi con obiettivi illeciti.

Vi ricordo che stiamo parlando di un uccellino, li mortacci sua.

In pratica, potrebbe capitare che la "mamma adottiva" effettivamente riconosca l'uovo estraneo del cuculo parassita, e provi giustamente a gettarlo via dal nido. Anche perché questi cuculi tendono a truffare corvidi, e in particolare gazze, che sono tutt'altro che stupidi. Purtroppo se provasse a liberarsi dell'uovo estraneo entrerebbe in gioco un meccanismo di ritorsione in cui il cuculo devasterebbe il nido e spaccherebbe tutte le uova dell'intera covata con il becco. A questo punto il corvide, devastato psicologicamente, teme altre ripercussioni e si piega al ricatto. La volta successiva accetterà MUTO l'uovo estraneo, e lo curerà guardandosi spesso intorno con non poco timore.

La mafia uccella, insomma. Proprio come la mafia sapiens è sostanzialmente un cumulo di letame fumante, la forma di parassitismo più ripugnante e infantile che una qualsivoglia specie possa abbracciare. Tuttavia è indubbiamente più tollerabile in un uccello idiota che non in una specie che vanta l'invenzione della bretella.

Le gazze, d'altronde, hanno imparato a riconoscere questi bastardi, e per difendersi preventivamente attaccano i cuculi a vista. Un comportamento definito dagli scienziati come mobbing, anche se sarebbe più opportuno chiamarlo karma.

Ogni singola specie cela pratiche ingiustificatamente definite dai sapiens come "amorali", sviluppate in millenni di evoluzione e selezionate dalla competizione naturale come strategie vincenti. Nella criminalità la natura va avanti! Ma dovremmo ricordarci che morale e amorale sono concetti esclusivamente umani, e che in fondo moltissime pratiche reputate normalissime dai sapiens sono state invece considerate ripugnanti dalla Federazione Galattica. Insomma, tutti gli organismi viventi sono brutti, amorali, disgustosi e osceni se giudicati da altre specie.

Tutti tranne i gatti. I gatti schifano tutti ma tutti li amano. Che diavolo di problemi hanno sulla Terra con i gatti? Continuerò a porre questa domanda ininterrottamente.

È anche vero che l'essere umano ha una sufficiente conoscenza tecnologica e una sviluppata consapevolezza egocentrica da essere conscio del suo impatto sul mondo. È quindi anche l'unica specie sul pianeta a essere in grado di intervenire per provare a rimediare a un eventuale errore.

Insomma, non sono cianobatteri che t'ammazzano un pianeta perché scagazzano all'impazzata senza manco rendersi conto delle conseguenze. E no, non sono nemmeno come un virus, signor Agente. Al massimo sono dei piccioni: arrivano, scagazzano, ammirano il loro golem di feci, e male che vada se ne vanno.

Il cosa farne delle proprie scagazzate è in effetti un problema che gli esseri umani hanno iniziato a considerare solo in epoca moderna. È stata un'enorme conquista per opporsi alla propria natura autodistruttiva.

È infatti dalla rivoluzione industriale che i sapiens hanno usato un modello di crescita definito "economia lineare", o se preferite "ma che me ne fotte a mme". La strategia del piccione.

In sostanza consisteva nel prendere le risorse, usarle, e infine gettarle. Cosa ne sarebbe stato del prodotto una volta gettato? E chi lo sa. Quando lo gettavano era un po' come se sparisse. Non era più un loro problema. E se la risorsa usata un giorno finisse? Come si farà?

Vabbè, ma in fondo "che me ne fotte a mme".

Questo è un approccio definito "economia aperta", che funziona solo fin quando le risorse sono infinite. Ma chi è che c'ha risorse infinite? Manco Briatore.

Negli anni Sessanta diversi economisti, come Barbara Ward-Jackson o Kenneth Ewart Boulding, hanno iniziato a denunciare la scarsa sostenibilità di questo stile di vita.

> Volendo esser pittoreschi, sarei tentato di definire l'economia aperta come "economia da cowboy", essendo il cowboy il simbolo di pianure illimitate ma anche di comportamenti spericolati, sfruttatori, romantici e violenti, che sono caratteristici delle società aperte. Allo stesso modo, l'economia chiusa del futuro potrebbe essere chiamata l'economia degli "astronauti", in cui la terra è diventata un'unica astronave, con riserve limitate sia per l'estrazione che per l'inquinamento, e in cui, quindi, l'essere umano deve trovare il suo posto in un sistema ecologico ciclico capace di rigenerare continuamente materiali pur non potendo sottrarsi dall'avere bisogno di energia.

Questo scriveva Kenneth Ewart Boulding in *Economia della prossima astronave Terra*, nel lontano 1966.

Quindi, per meglio spiegare questo concetto, diciamo che fino a quel momento l'essere umano si era comportato come se avesse avuto risorse infinite a disposizione. Prendeva quel di cui aveva bisogno, lo consumava e lo gettava, proprio come diceva il signor Agente. Proprio come un cowboy che arriva in città e sputa a terra, ammazza mezza cittadina, dà fuoco a un paio di edifici, violenta un cavallo, spara a una scarpa e poi... si sposta in un'altra città. Tanto "che me ne fotte a mme". Certo, per lo meno questo accadeva al cinema.

Questa passione immotivata per la figura dei cowboy non l'ho mai capita. I film sono assolutamente lontani dalla realtà storica. Il cowboy, quello vero, era tutt'altro che Clint Eastwood. Al massimo erano l'idea che un mercatino delle pulci ha di Clint Eastwood.

«Scus', che ce l'ha Clinto Istvud.»

«Avoglia. Sta tra il prosciutto di Barna e i profumi. Là, accanto all'Acqua di Giorgio.»

Il cowboy in realtà era un banalissimo aiuto mandriano che passava la sua giornata dietro al bestiame ma puzzava più di esso. Un mestiere di merda praticato da disperati senzatetto, spesso costretti a dormire a terra a prescindere dalle condizioni metereologiche e a camminare per migliaia di chilometri senza l'ombra di una doccia. Quando si levavano gli stivali scoprivano nuovi patogeni e scoppiava una pandemia che rischiava di radere al suolo la fauna locale. In maggioranza erano immigrati che non spiaccicavano una parola di inglese, anche se un decimo circa sembra essere stato composto da ex schiavi liberati. La maggior parte erano a piedi, altro che cavallo. Molti non sapevano nemmeno cavalcare. D'altronde si chiamavano letteralmente ragazzi delle vacche, cacchio. Come fa uno che si chiama ragazzo delle vacche a ispirare tutto questo amore epico? E la classica fondina con il cinturone a esporre proiettili e pistolaccia? Falsa pure quella. È solo un'invenzione hollywoodiana. Tra l'altro dopo la metà dell'Ottocento le città divennero anche molto severe sull'uso delle armi, e vietavano l'ingresso a chiunque fosse armato. Persino il cappello a tesa larga gli è stato messo in testa dal cinema, dato che al massimo indossavano bombette o cilindri, secondo la moda dell'epoca. Alcuni addirittura avevano cappelli da donna riadattati per renderli più virili.

Insomma, questi ragazzi delle vacche di Hollywood erano più finti di una pubblicità per l'allungamento del pene. Purtroppo l'umanità li stava imitando, e c'era poco da star sereni. Anche perché, alla fine, basta fotografarsi dalla giusta angolazione.

Come Boulding suggerisce, il pianeta Terra non è un'economia aperta stile western cinematografico, ma un'economia chiusa. Se produci immondizia non puoi continuare a nasconderla sotto terra, magari appaltando la cosa ad amici di amici che non fanno fattura, perché prima o poi tutto torna a galla. Per di più, se proprio si vuole continuare a ricorrere a risorse limitate che un giorno potrebbero finire, forse è giunto il momento di puntare sulla propulsione a sciagura. Di sfiga se ne produce una valanga ogni giorno, anche se bisogna raffinarla per isolarla dalle bestemmie.

Conosco un paio di individui che produrrebbero abbastanza energia da alimentare mezzo globo.

Per capire quanto sia stata e sia tutt'ora radicata la mentalità del cowboy, basti pensare alla frase pronunciata nel 1992 dal boss pentito Nunzio Perrella, che quando interrogato dai magistrati della Direzione Distrettuale Antimafia di Napoli durante le indagini sui traffici della camorra disse: «Dottó, non faccio più droga. No, adesso ho un altro affare. Rende di più e soprattutto si rischia molto meno. Si chiama monnezza, dottó. Perché per noi la monnezza è oro».

Insomma, la monnezza è meglio della droga. Se la sniffi forte ti dimentichi pure le tabelline.

Chissà a quanto lo vendono un Rolex di cotton fioc usati. Lo fanno all'etto?

La mentalità del cowboy è perfettamente rappresentata dalle risorse fossili. Si trivella, si estrae, si brucia. E quando il petrolio finirà? Eh, bella domanda, ormai hanno trapanato così tanto il pianeta che pare una groviera.

E i prodotti di combustione dove vanno? Restano lì, nell'aria, assieme alle promesse di chi ha giurato di iscriversi in palestra.

La stessa cosa accadeva per i rifiuti. Non c'era un piano B per loro, erano solo... rifiuti, per l'appunto. Tutti li sfottevano perché non avevano più alcun proposito, e nessuno pensava ai loro sentimenti.

Ma la Terra è più simile a un'astronave chiusa, isolata da tutto e tutti. Bisogna arrangiarsi con quel che c'è a disposizione. Non ci sono abbastanza sgabuzzini dove nascondere la monnezza, e se non capisci cosa farne potresti ritrovarti con più pattume che astronave. Puoi sempre addobbarla, fingere che si tratti di una scelta di design e iniziare a dormire sui pannolini sporchi, ma nemmeno questa soluzione avrebbe lunga vita.

Come? Tu getteresti i rifiuti fuori dal portellone, lanciandoli nello spazio profondo? Ma tu sei un deficiente! Non solo è un'idea di merda e assai poco carina verso gli altri abitanti del cosmo, ma le risorse a bordo sono limitate. Ricordati di Lavoisier, sempre quello. È dal Capitolo 0 del *Saggio erotico* che te lo ripeto: "Nulla si crea, nulla si distrugge, tutto si trasforma". Sulla tua astronave ci sono un certo numero di materiali e risorse, o di molecole se preferisci, e quando le getti quelle poi escono dall'equazione. No, non c'è da festeggiare. Tutto è una risorsa! Se sei partito con 30 litri di acqua è meglio che ti metta a riciclare il tuo piscio perché a una certa non avrai più nulla da bere.

Questo è esattamente ciò che succede in natura. È un'economia circolare, in cui quel che viene utilizzato prima o poi ritorna in circolo, eternamente e senza limiti.

Per fortuna il sapiens si è reso conto di questo terribile errore di concezione, e ha provato a correre ai ripari. Certo, male, ma ci ha provato.

Ispirato alla natura che ormai sentiva lontana, si è sempre più spostato su un'economia di tipo circolare, in cui i rifiuti devono essere ridotti, riciclati o riusati il più possibile. Allo stesso modo, ha cercato soluzioni alternative all'utilizzo delle risorse fossili e non rinnovabili, anche perché, per l'appunto, a prescindere dalle emissioni prima o poi sarebbero finite. Purtroppo il sapiens appare essere ancora troppo dipendente dal fossile, da cui produce carburanti, prodotti chimici e persino polimeri (come le plastiche).

Quindi basta con le non rinnovabili e viva le rinnovabili! Sì, ma quali?

Se parliamo di materiali, la biomassa lignocellulosica (la materia vegetale, per intenderci) è stata guardata sempre più con languida speranza dalla comunità scientifica umana, e anche un po' da quella dei tursiopi.

Immaginate di tagliare un albero e bruciarlo. Esattamente come avviene bruciando il copertone di un'auto si emetterebbero gas serra, e questo non è bello. Però puoi piantare un altro albero, che crescendo ricatturerebbe tutta la CO_2 emessa dalla combustione del primo, e quindi in realtà, alla fine, è come se non si fosse emesso nulla. Il bilancio totale di CO_2 emessa dalla combustione e di CO_2 sequestrata dall'albero in crescita è 0. Questo viene definito *carbon neutrality*.

Con il copertone non funziona perché se lo pianti quello al massimo ti denuncia, e non va meglio con la benzina.

La cosa interessante è che dalle piante si possono produrre anche carburanti (i biocarburanti), e addirittura composti chimici, con cui eventualmente farci anche i copertoni. Se si iniziassero a usare solo questi sarebbe come se non si emettesse nulla, ovviamente a patto di rigenerare la biomassa usata nella produzione.

Ecco perché si parla di "fonti rinnovabili".

Ma ovviamente se fosse così semplice non ne staremmo parlando. Siamo ancora nel tunnel del "mai una gioia". Infatti, non solo i prezzi per questi prodotti sono, per ovvie ragioni, maggiori rispetto a quelli ottenuti dal fossile (per ora), ma bisogna anche capire dove procurarsela tutta questa materia vegetale. Per di più l'Unione Europea si era fissata un obiettivo: «Ci impegniamo entro il 2020 a sostituire almeno il 20% dei carburanti nel settore dei trasporti con biocarburanti ottenuti da fonti rinnovabili! Siamo fighissimi!».

Indovinate chi ha fallito miseramente nel suo proposito?

Se si aggiunge che con il protocollo di Kyoto si era deciso di ridurre le emissioni del 20% rispetto al 1990, ecco a voi una bella montagna di fallimenti e rassegnazione su cui piangere.

Ma ovviamente i problemi non sono finiti qui. Vista la crescente richiesta di prodotti da fonti rinnovabili, qualcuno decise ovviamente di lucrarci sopra. In particolare il disastro si generò attorno alla produzione di bioetanolo, un biocarburante che può essere facilmente processato partendo dall'amido del mais o dello zucchero di canna. Quando gli Stati Uniti iniziarono a usare il mais principalmente per la produzione di bioetanolo il prezzo di questi vegetali si inturgidì. E per "si inturgidì" intendo che schizzò di colpo come 'na cannonata.

La produzione di mais si quadruplicò, ma anche le quotazioni per il bioetanolo schizzarono alle stelle, al punto che produrre mais per scopo alimentare divenne svantaggioso. E quando una cosa diventa rara, diventa anche più cara.

Immaginate come dovevano essere sconvolti in America del Sud, dove il mais è tradizionalmente la risorsa alimentare più importante in assoluto, nel vedersi aumentare in modo tanto assurdo il prezzo della vita. In Messico tortillas con salsa detonante è un must irrinunciabile! Il prezzo del mais alimentare arrivò a raddoppiare tra il 2010 e il 2011, e con esso quello delle tortillas. Poi salì ancora di più nel 2012, e la gente si incazzò un pochetto.

È un po' come se in Italia schizzasse alle stelle il prezzo del grano, e ci si ritrovasse con pasta, pizza, taralli e friselle allo stesso prezzo di una collana di Swarovski. Ci sarebbero spacciatori agli angoli che cercherebbero di vendere bustine di pangrattato allungate con la segatura. Alcune rivoluzioni scoppiano per molto meno.

Jean Ziegler, ex relatore speciale delle Nazioni Unite sul diritto al cibo, ha definito un "crimine contro l'umanità" il fatto di voler destinare quasi 100 milioni di tonnellate di cereali e mais alla produzione di biocarburanti, considerando tutte le persone che al mondo muoiono di fame. C'è anche da dire che si destina ogni anno sette volte quella quantità all'alimentazione degli animali negli allevamenti, ma questa immagino che sia un'altra storia.

I sapiens capirono di aver fatto una cazzata, di nuovo. Quindi decisero che da quel momento bisognava principalmente usare biomassa vegetale che non fosse destinata a scopi alimentari, come scarti vegetali, resti di foresteria o rifiuti alimentari. Chiamarono questa biomassa di "seconda generazione". Considerando che in genere circa l'80% della biomassa prodotta (anche quella per scopo alimentare) non è commestibile ed è quindi considerata "scarto", il gioco era perfetto. Può essere usata per realizzare composti chimici, carburanti e materiali senza doversi preoccupare di levare il pane di bocca ai popoli umani.

Negli ultimi anni è sorta anche una certa attenzione verso la biomassa di "terza generazione", ovvero alghe ad alto contenuto lipidico in grado di produrre biocarburanti ad alta performance. La cosa è molto vantaggiosa, perché se ne possono produrre abbondanti quantità in vasche mantenute a condizioni controllate, indipendentemente dalla regione del mondo o dall'altitudine in cui vengono installate. Per di più, risolve un bel problema: non bisogna andarsi a raccogliere le risorse in giro per il mondo.

E allora qual è il problema? Costa un CASINO, e vi sono ancora molti problemi tecnici ed economici a livello industriale.

Ancora una volta mai una gioia.

«Professó.»

«Eh.»

«Ha colto qualche segnale?»

«Nessun segnale, solo depressione.»

«Non me ne parli.»

«Dubito che ci sia alcun messaggio in queste pagine.»

«E dai, professó. Mo' non ci si metta pure lei.»

«Senti Rino, sei un caro ragazzo, però c'hai un tono di voce insopportabile.»

«Grazie, professó. Lei è la mia nuova figura paterna.»

«Eh, mo' non ricominciamo con questa storia.»

«Però mi fa n'impressione assurda dentro quello schermo. Poi, con la faccia e la voce di Paolo Villaggio. Cioè, capiamoci, io adoravo Villaggio. Però credo di non averlo mai visto così tanto giovane. Ma che è?»

«Era una registrazione del 1968. Era la primissima esperienza televisiva di Villaggio, faceva il programma… com'è che si chiamava? Ah già, "Quelli della domenica". Uno dei personaggi che interpretava era il professor Kranz, questa specie di prestigiatore con accento pseudo-tedesco. Ecco perché mi ritrovo con questo cilindro e giacca circense.»

«È la cassetta che stava vedendo quando c'è stato il salto? Ma che razza di voglie le vengono?! Ma non poteva vedersi, che so, *Rambo*? *Terminator*? *Spiderman*?»

«E secondo te se avessi saputo cosa sarebbe successo mi sarei messo a guardare vecchie videocassette? Ma che sei scemo?»

Rino scoppiò a ridere. Poi si alzò in piedi e si andò a sedere sul bordo della stanza, con i piedi a penzoloni nello spazio. Dopo un lungo silenzio, riattaccò a parlare.

«Stavo pensando all'ultimo capitolo, sa?»

«Non pensare troppo, Rino. Fidati di me.»

«Tempo fa... anzi, miliardi di anni fa, a voler essere pignoli, ero a una festa a casa di una mia amica venezuelana. Abbiamo mangiato tutte 'ste cose a base di mais, incredibili. Certo che c'erano dei piatti assurdi al mondo, non posso credere che me li sia persi. Vabbè, comunque finito di mangiare gli altri ospiti avevano messo in moto la solita pratica di condivisione dei doveri. C'era chi sparecchiava, chi puliva, chi spazzava, chi ridecorava... credo che uno stesse pure prendendo le misure del salone per ristrutturarlo. Io, come sempre, me ne stavo con le mani in mano. Nel tentativo di fingermi utile alla società avevo raccolto bottiglie vuote e cartoni di pizza dalla tavola. Insomma, il minimo indispensabile per non palesare la mia voglia di non fare un cazzo.»

«Ti ho inquadrato, sai? Tu sei uno di quelli che a fine festa chiedono al proprietario se ci sia bisogno di gettare l'immondizia perché sanno di non aver mosso un dito tutta la sera, e sperano pure che gli venga risposto: "Ma no, non ti preoccupare. Butto tutto io domani".»

«Esatto. Quello sono io. Non voglio fare un cazzo.»

«Perfetto.»

«A ogni modo, stavo cercando di aprire i bidoni dell'immondizia con la punta del piede destro, in equilibrio caduco sulla gamba sinistra, e lì...»

«Perché questa cosa?»

«Be', l'alternativa sarebbe stata poggiare i cartoni sulla mensola, aprire la pattumiera, riprendere i cartoni...»

«Una fatica inimmaginabile, giustamente.»

«Appunto. Lo so, so' scemo. Pigro e scemo. Ma è questo

il punto. Stavo storto e in bilico, mi stava scivolando tutto. C'avevo il mignolo nel collo di una bottiglia che era diventata portante, i cartoni erano retti dalla panza, e c'avevo roba pressata sotto il mento. Insomma, un casino.»

«Perché mi racconti questo?»

«C'è una frase che quella ragazza mi disse che non riesco a togliermi dalla mente: "I pigri lavorano il doppio".»

«Be', di pigro sei pigro.»

«La ringrazio. Ma ha capito il senso?»

«Non credo che sia complicato. Per pigrizia spesso finisci per fare le cose male, o a metà, e poi ti tocca spendere un sacco di tempo per rimediare a quell'atto d'odio nei confronti del buonsenso.»

«Era un detto che non avevo mai sentito prima. Crede che fosse venezuelano?»

«Non saprei. Nemmeno io l'avevo mai sentito. Ma alla mia età non è che abbia una grande vita sociale.»

«Non riesco a togliermelo dalla mente. È come se in quel momento mi siano passate davanti tutte le stronzate che ho fatto in vita per pura pigrizia.»

«E non devono essere poche.»

«Tipo, una volta ero di ritorno dalla Sardegna. Il mio aereo atterrò verso mezzanotte, e ci misi altre due ore per arrivare a casa. Il giorno dopo mi sarei dovuto svegliare alle 7 per lavorare, e quindi...»

«Aspetta, aspetta. Tu lavoravi?!»

«È stato un errore di gioventù. Stia tranquillo, non è durato molto. Comunque, come dicevo avevo l'ansia di gettarmi al più presto a letto per dormire. Ogni minuto poteva essere decisivo. Ero finalmente entrato in casa, assaporando il letto, ma per sbaglio incrociai lo sguardo di quel mio povero gatto dell'epoca, Capitan Caramella, che avevo abbandonato in un paradiso di crocchette da circa tre giorni. Le aveva finite tutte, e ovviamente aveva cagato come un rinoceronte. Mi salutò indicandomi la lettiera strabordante di fogna.»

«Ma povera bestia...»

«Naaa. Quel gatto mollava delle bombe batteriologiche illegali. Se l'avessi saputo prima l'avrei chiamato Fukushima. Ho il dubbio che mangiasse topi morti dai tetti quando ero fuori. Comunque, era tardissimo e dovevo correre a letto, ma decisi prima di cambiargli la sabbia della lettiera. Una cosa veloce.»

«Be', sono fiero di te. Per una volta un gesto non egoista.»

«Ho preso un paio di buste biodegradabili che avevo fottuto il giorno prima al supermercato, e mi sono messo a spalarci dentro sabbietta incrostata e, temo, radioattiva del micio. Ho iniziato a caricarle. Sapevo quanto fossero fragili quelle cavolo di buste, però ormai c'ero.»

«Non dirmelo...»

«La busta s'è sfasciata completamente e mi sono ritrovato due stanze piene di fine sabbia sporca e stronzi di gatto.»

«Non è possibile...»

«Fukushima era felice. Vedessi come fusava.»

«Come hai fatto a sopravvivere finora?»

«Non lo so. Comunque mi sono incazzato come una bestia!»

«Con chi?»

«Con quelle cazzo di buste!»

«Non era colpa delle buste! Sei tu che sei un deficiente!»

«Pensi, dopo 'sto disastro ne ho presa un'altra e ci ho riprovato... e quella a un certo punto è collassata ed è esplosa! Pure quella! Ma si rende conto?»

«Che sei un coglione?»

«Sì! È questo il punto. Anche se pure 'ste cazzo di buste, porco cane, potevano farle decenti! Mi so' ritrovato morto di sonno e incazzato come una iena a lavare a terra in piena notte, sprecando tempo prezioso di sonno.»

«Ma scusa, non avevi un'altra busta?»

«Una montagna ne avevo. Però erano in cucina. Nella mia mente pareva il viaggio per la Terra di Mezzo, nientepopodimeno che dieci passi circa! Un'odissea. E quindi sabbia sporca e stronzi di gatto sul pavimento.»

«Ma poi hai dormito?»

«Sì. Stando alla sveglia mi spettavano ben "2 ore e 47 minuti" di sonno. E ovviamente, panico. Meno posso dormire, e più mi sale l'ansia. Chiudo gli occhi con la tachicardia, ripetendomi: "Dormi, cazzo. Dormi! Perché non stai già dormendo? Hai meno di tre ore per dormire. Dormi, dormi, dormi".»

«È così che lo immagino un corso di yoga all'inferno.»

«E che dobbiamo fare. Ognuno ha la sua croce.»

«E tu sei la tua. Ma perché t'è venuto in mente 'sto aneddoto?»

«Non so. Penso a tutto quello che Amigo mi ha fatto leggere in questi mesi. Non posso non chiedermi come sarebbero andate le cose se avessimo preso le giuste decisioni fin da subito, invece che ritrovarci a rimediare agli errori all'ultimo con l'acqua alla gola.»

«Come sarebbero andate le cose, ti chiedi? Esattamente come sono andate. Con te sul divano e io come uno stronzo a interpretare il professor Kranz in eterno, intrappolato in uno schermo d'epoca.»

«Ma non pensa mai a cosa ne sia stato degli altri?»

«Ma scusa, Rino. Hai passato giorni a dirmi che non te ne fotte una minchia di chi è rimasto indietro, e mo' te ne esci con queste paranoie? Non ci pensare, che tanto non cambia nulla.»

«E lo so, ha ragione... Però è difficile non pensarci con tutto quello che ci sta facendo leggere quello.»

«Ma no, è facile. Basta starsi zitti e farsi i cazzi propri. Anzi, non pensare a niente proprio. Ma a niente niente, capì?»

«Ma come si fa?»

«Facile. Così.»

E il professor Mario Saloppio nelle sembianze di un giovane Paolo Villaggio iniziò a sorridere, assente, come ridotto allo stato vegetale, spalancando gli occhi a Rino ma senza guardarlo davvero.

10
Cuore di plastica

Saggio erotico. Capitolo 3592
"Come re Mida"

Avete presente la storia di Mida?

Mida era un tizio famosissimo che di professione faceva il re. Era pure una brava persona, tanto che un giorno beccò Sileno, un satiro vecchio bacucco che s'era perso, lo prese a braccetto e se lo portò a casa, nella sua reggia. Lo accudì per dieci giorni e dieci notti, facendolo ballare e bere come un ungulato. Alla fine i satiri, si sa, si san divertire. In cambio Sileno cantava canzoni storte, raccontava storie assolutamente irrealistiche e ci provava con le minorenni.

Un giorno re Mida lo prese e lo riaccompagnò in Lidia, in Asia Minore, per smollarlo al suo allievo Dioniso, dio di estasi e terrore. Quest'ultimo rivide il suo anziano tutore Sileno e si commosse tutto. Per ringraziare re Mida per la sua gentilezza, e per non aver ammazzato Sileno o venduto il suo corpo imbalsamato a un museo di storia naturale, si offrì di esaudirgli qualsiasi desiderio.

«E che sei, il genio della lampada?»

«Quello è un competitor.»

«Ah, ho capito. Allora voglio...»

«Non dire "più desideri", per carità. Quella battuta non fa ridere.»

«E però sei una palla! Vabbè, allora voglio trasformare qualsiasi cosa che tocco in oro.»

«Sei sicuro?»

«Avoglia.»

«Sicuro sicuro?»

«Sì.»

«Ci hai pensato bene bene?»

«E però che due ciuffole. Per chi mi hai preso, per un deficiente?»

E così Dioniso realizzò questo desiderio di merda, e poi corse a comprare i pop-corn per godersi l'evolversi della faccenda.

La prima cosa che fece re Mida fu trasformare un intero fiume in oro. Perché era scemo.

Poi si mise a toccare tutto quel che trovava, facendo un gran casino. Nel giro di due ore l'oro divenne così comune che il valore del lingotto al mercato della borsa mondiale precipitò drammaticamente, rovinando svariate economie e generando scontri civili in tutto il globo. Ormai l'oro valeva quanto il sudore, e quell'idiota di Mida poteva vantare di possederne una valanga di entrambi. Era scemo e umido come una lumaca.

Poi gli venne fame e provò a mangiare, e visto che ancora non aveva capito un cazzo di come funzionasse quel potere, si sorprese nello scoprire che tutto quello che toccava diventava oro prima che potesse addentarlo. Così perse due incisivi e tre molari. Mai gli venne in mente di usare le posate, quindi si ritrovò scemo, umido e pure affamato. Quella stessa notte caddero su di lui paranoia e depressione, ma si lasciò ispirare dalle stelle alte nel cielo e dalla TV via cavo. Prese il suo telecomando d'oro e facendo zapping d'oro finì sulla rete regionale TeleFrigia-Oro, dove trasmettevano un vecchio film porno bielorusso con attori pure loro d'oro. Senza pensarci troppo finì per toccare quel che non doveva proprio toccare. Poi tornò strisciando a piangere da Dioniso.

«A Diò, te prego, levami 'sta sciagura di potere.»

«Smettila di strisciare. M'hai arato mezzo paese.»

E questo per dire che non tutto ciò che è duro d'oro è invidiabile, ma anche che alcune idee richiedono tempo per rivelarsi le stronzate che sono.

Prendiamo ad esempio le balene. La balenottera azzurra può arrivare a pesare 150 tonnellate e raggiungere i 33 metri di lunghezza. È più grande di circa 24 volte un elefante, e supera in dimensioni persino il dinosauro più grande mai esistito. Una roba esagerata, che per proteggere i suoi oltre 8500 litri di sangue è dotata di uno strato di grasso spesso ben 61 centimetri. Ha letteralmente uno scudo di grasso, eppure nessuno s'azzarda a fare body shaming in sua presenza. Nessuno tranne i capodogli, che sono letteralmente delle teste di grasso (capo-d'olio, per l'appunto).

Purtroppo per gli amici cetacei, nell'Ottocento per l'illuminazione delle lampade gli esseri umani usavano principalmente olio ottenuto dal loro corpo. Non che i cetacei fossero molto d'accordo della cosa, ma purtroppo non avendo ancora formato un sindacato dovettero lasciarsi trucidare senza porger querela.

Per fortuna un giorno un tizio disse: «Ma se invece di ammazzare quelle povere bestie usassimo questa roba viscosa nera che sta sotto il suolo e che non usa nessuno?».

Ebbene sì, il petrolio per salvare le balene. Il petrolio sinonimo di ecologia!

Il business del petrolio prese davvero il via solo nel 1853 grazie all'invenzione del motore a scoppio. Dalla raffinazione si produceva kerosene, oltre a una quantità enorme di sottoprodotti che hanno iniziato a far gola ai chimici come giocattoli nuovi per un bimbo esagitato. Con tutto quel kerosene la domanda di olio di balena precipitò, e pian piano i balenieri iniziarono ad appendere l'arpione al chiodo.

Resta il fatto che, sulla carta, la storia del petrolio potrebbe essere una storia d'amore per la natura.

Il problema è che proprio come re Mida bisognava far bene attenzione a non toccarsi l'uccello.

Ma la tentazione era troppo, troppo forte, e ancora una

volta non fu il potere la rovina, ma i tizi che dovevano usarlo. Questo senza contare che, nonostante tutto, dal Novecento a oggi, si stima che oltre 370.000 balene siano state comunque uccise. Pensa te, hanno comunque continuato a molestarle! Fantastico.

Con le plastiche la storia non è stata molto diversa.

Correvano gli anni Sessanta dell'Ottocento. Sui giornali di tutto il mondo venne pubblicato l'allarme: gli elefanti e il loro sexy nasino pirotecnico rischiavano l'estinzione imminente.

Questo perché ogni anno ne venivano uccisi circa 12.000 esemplari, tanto che un giorno uno di loro, tale Dumbo, chiese:

«Mi scusi, ma perché m'ammazzate la mamma?»

«E non ci possiamo fare niente, ci serve l'avorio.»

«Ah be', capisco. Allora skus'.»

Poi venne venduto a un circo e usato per sperimentare stupefacenti.

Non che gli elefanti non se lo meritassero. Uno di loro, ad esempio, venne beccato a guidare senza patente. Considerando che questi animali si dice che amino mangiare i frutti di marula fermentati che li rendono ciuccamente ebbri e in preda ad allucinazione di elefanti rosa, questo era intollerabile.

Un singolo episodio può essere sufficiente per giustificare la strage?

Sì.

L'avorio agli esseri umani piaceva un sacco, ma visto che non sapevano farselo crescere addosso dovevano giustamente scipparlo agli elefanti. Gli elefanti, come i cetacei prima, non erano molto d'accordo, ma che ci vuoi fare.

C'è da dire che nell'Ottocento i materiali disponibili erano esclusivamente derivanti da fonti naturali. La cosa andava tutto sommato bene a tutti i membri del regno animale, tranne all'essere umano, che trovava la cosa scomoda e classista. In effetti, significava che i materiali bisognava andarseli a cercare, raccoglierli o cacciarli in giro per il mondo, il che era uno scazzo notevole. Parliamo di polimeri naturali dalle grandi proprietà, come ossa, conchiglie, legno, caucciù, seta, ambra, fibre vegetali, pelli, pellicce o quelle palline di tessuto che alcuni trovavano ogni mattina nell'ombelico. Alcuni materiali erano rari, altri presenti esclusivamente in regioni remote del globo, altri ancora soggetti a una produzione stagionale. Insomma, non bastavano per tutti.

Per di più, sfortunatamente per i bisogni del sapiens, la natura produce materiali solo ed esclusivamente secondo il principio dell'economia circolare, quindi qualsiasi suo prodotto era destinato a invecchiare, degradarsi, marcire, corrompersi, ammuffire o arrugginire. Molti di questi poi erano fragili o difficili da lavorare, e altre volte o erano troppo duri o troppo flessibili. Per di più, visti i prezzi, non ci si poteva permettere di gettarli quando si rovinavano, ma bisognava ripararli. I vestiti passavano in famiglia di generazione in generazione, e alla fine erano talmente usurati da esser trasparenti come cartaforno e si era passibili di denuncia per atti osceni in luogo pubblico. In compenso, tutto questo aveva un grande vantaggio: c'erano pochissimi rifiuti, e quei pochi che c'erano erano per lo più biodegradabili. Insomma, era un mondo a bassissimo impatto ambientale, dove l'essere umano era costretto a rispettare i principi dell'economia circolare suo malgrado, proprio come ogni altro essere vivente. Ma iniziava a trovare la cosa inaccettabile.

Persino i profilattici si riutilizzavano. Erano fatti per lo più di lino, oppure di budello o vescica animale ammorbidita, e alla fine gli si dava una bella sciacquata ed erano pronti per una nuova corsa. Il lino era un po' scomodo e arrossava non poco, quindi mi sento di sconsigliarvelo.

Ovviamente non tutti potevano accedere a queste risorse. C'era chi aveva provato a improvvisare profilattici con calzini, ma oltre che scomodi erano pure bucati. Qualcuno dovette rassegnarsi a controllare le proprie emozioni copulatorie per non aggiungere il trentesimo figlio sotto il tetto.

Insomma, non c'era una grande equità sociale. Alcuni materiali costavano quanto il rene di un povero, e quindi chi non aveva una bella scorta di reni di poveri in banca non poteva permetterseli. I poveri, d'altro canto, era già tanto se avevano i reni per campare.

Alcuni prodotti erano quindi destinati esclusivamente alle famiglie agiate. Ma attenzione, non parliamo mica solo di beni di lusso. Pettini e pinze di conchiglia o corno per le capigliature più fluenti, specchi intarsiati e altri oggetti brutti. Beni e vizi indispensabili che costarono un po' di sangue acido a moltissimi popoli colonizzati, che si videro disboscare le loro terre, ammazzare indiscriminatamente i loro animali e venire privati delle risorse.

«Mi scusi, ma è proprio necessario?»

«Certo, devo farmi la credenza nuova per la cucina.»

«Ah vabbè, capisco. Allora skus'.»

Qualcuno non la prese bene quando scoprì di stare pigliando tutte queste pizze in faccia solo per permettere a un tale Giorgio Mezzepenne di regalare una spilla nuova a una signorina che manco se lo filava.

Ed ecco spiegato da dove arrivava la fame d'avorio. L'avorio era un materiale esotico e raro, e possederlo era un po' come vestire firmato. Nonostante i bottoni d'avorio sulla giacca paressero denti cavati da un fumatore di ciminiere, tutti li volevano, e se li avevi ti facevano i complimenti. "Maestro di stile" dicevano.

La situazione sfuggì un tantinello di mano quando tra le ricche famiglie borghesi si diffuse la mania per il gioco del biliardo. Scoppiò la moda, tanto che se non avevi almeno un tavolo da biliardo per stanza non ti rivolgevano manco la parola. I più illuminati avevano pure un biliardo nel bagno, anche perché all'epoca non c'era il cellulare e qualcosa bisognava pur fare. L'avorio in particolare serviva per le palle, il cui prezzo per la singola sfera s'aggirava attorno a 3 reni e 4 falangi di operaio. Con una di quelle un operaio ci poteva far campare la famiglia per mesi. I ricchi più mitomani accumulavano palle da biliardo nella speranza di comprarsi la santità. Con quelle che avanzavano ci facevano collanine o ci giocavano a bocce, e dopo per festeggiare andavano a bere sangue di orfano. La richiesta di avorio divenne tanto esagerata che iniziarono a trucidare elefanti a un ritmo ancora maggiore. E così decine di migliaia di elefanti si ritrovarono diversamente vivi, scippati delle loro zanne.

«Ma almeno mi fate giocare?» chiese Babar, noto elefante dittatore dalle molteplici perversioni.

Lo ammazzarono e ci fecero dei tasti per pianoforte, e il suo regno venne comprato per 34 palle da biliardo.

Visto l'andazzo, un fornitore di biliardi newyorkese iniziò a preoccuparsi. Decise quindi di agire, e pubblicò un bando in cui metteva in palio 10.000 dollari (che a quel tempo erano un sacco di soldi, ci compravi un bel po' di palle da biliardo con quelli) per chiunque fosse riuscito a trovare un materiale alternativo all'avorio da usare per la produzione di palle.

Difficile dire se questo fosse un atto mosso da uno spirito ambientalista o semplicemente dal desiderio di pararsi il culo negli affari, ma poco importa.

A quel tempo c'era già stata l'invenzione di un grandioso nuovo materiale da parte di Alexander Parkes, il primo essere umano a essere definito il papà della plastica (ce ne furono molti di papà, ma dipende da cosa definiamo "plastica"). Questo materiale era la parkesina, e l'aveva chiamata con il suo nome perché era molto modesto. L'aveva ottenuta usando una miscela di fibre di cotone e legno in acidi forti (nitrico e solforico) e oli vegetali aromatici. Non era esattamente una plastica, era più un accrocchio. Purtroppo le palle da biliardo in parkesina lasciavano molto a desiderare, ma quest'invenzione ispirò moltissime nuove ricerche.

A vincere il premio fu l'invenzione di John Wesley Hyatt, che perfezionò la ricetta di Parkes mischiando nitrocellulosa al 10-12% di azoto con la canfora, ottenendo la celluloide. E lì tutto cambiò. La celluloide è un materiale termoplastico, il che significa che quando riscaldato torna malleabile. Lo si può quindi rimodellare all'occorrenza (con le opportune limitazioni), e raffreddare per risolidificarlo. Di conseguenza era molto semplice da lavorare.

Fu il primo materiale plastico a mettere in piedi la vera e propria rivoluzione. Non solo i produttori delle palle da biliardo poterono finalmente lasciare in pace gli elefanti (o per lo meno ammazzarli solo per fini ludici e non economici), ma portò equità sociale nel mondo. La celluloide poteva essere usata per sostituire nella produzione altri materiali più fragili, rari e costosi come legno, vetro e metalli. Il suo prezzo era abbastanza basso da rendere molto economici anche i prodotti finali, tanto che persino i poveracci potevano finalmente permetterseli. Tutti quegli oggetti che prima erano esclusivi dell'alta società divennero di dominio pubblico. Senza contare che questo nuovo materiale non si ossidava, non si deteriorava e nemmeno invecchiava! Ci si poteva fare qualsiasi cosa, e i prodotti così realizzati sarebbero stati incorruttibili ed eterni!

C'erano tuttavia anche dei problemi, motivo per cui, appena fu possibile, venne sostituita con materiali migliori. Era un tantinello infiammabile, tanto che venne proibito di trasportare sui mezzi pubblici pellicole cinematografiche o fotografiche, all'epoca prodotte in celluloide, onde evitare spiacevoli inconvenienti di matrice involontariamente terroristica. Pigliava fuoco talmente bene che nelle risse di strada non si usavano più le Molotov, ma i film. *Via col vento* peggio della benzina.

Ma questo non toglie che parliamo di un materiale fenomenale. Per provare l'indistruttibilità delle penne costruite in celluloide, negli anni Venti del Novecento ne scaraventarono una giù dall'Empire State Building, a New York. Dopo l'impatto la penna era intatta. Un po' indispettita, ma intatta. L'esperimento fu ritentato al Grand Canyon con egual risultato, ma iniziò a sembrare una buffonata anche alla penna stessa.

Insomma, siamo davanti a re Mida in persona.

Tuttavia, per avere la prima vera e propria plastica si dovette aspettare ancora un po'. Il primo polimero totalmente sintetico arrivò solo nel 1907. La guerra delle correnti, combattuta tra la corrente continua di Thomas Edison e la corrente alternata di Nikola Tesla, si era conclusa ormai da più di un decennio, decretando come vincitore assoluto Tesla, che fu comunque capace di morire povero come una lontra. A quel punto la corrente elettrica si diffuse in ogni dove, toccando dalle reti urbane al regno domestico, e di conseguenza crebbe anche la richiesta di materiali isolanti. All'epoca come isolante si usava principalmente la gommalacca, una resina ottenuta dalle secrezioni della femmina della cocciniglia della lacca, un insetto della famiglia delle kerriidae. Ancora una volta parliamo di polimeri naturali, e di conseguenza il prezzo di queste secrezioni era altissimo e la disponibilità limitata. Al che Marcello Ubaldazzi, arrotino di Altamura, si offrì di vendere le proprie, di secrezioni.

«Secret... Secrut... Secerno io! Secerno un sacco di roba tutto il giorno, pigliate la mia gommalazza! Vedi quanta ce ne sta sotto l'ascella!»

Per un periodo provarono davvero a usarla, ma quelli che ne vennero a contatto morirono di dissenteria, e Marcello fu processato come nemico dell'igiene.

Leo Baekeland, uno di quei chimici che s'erano messi a giochicchiare con i composti di scarto della raffinazione del petrolio, trovò la soluzione: la bachelite, il primo materiale totalmente sintetico, ottenuto da formaldeide e fenolo. Ancora una volta la chiamò con il suo nome in gesto di assoluta modestia. E fu ancora rivoluzione.

La bachelite è un polimero termoindurente, il che significa che dopo la "cottura" la resina si indurisce, e non c'è modo di tornare indietro. Quel che è fatto è fatto. Qualsiasi altro tentativo di scaldare il materiale produce degradazione. Capiamoci, non fu un lavoro facile ottenerla. Non lo è mai. Furono svariati i tentativi che Baekeland fece nel suo laboratorio-parcogiochi prima di trovare una formulazione e una modalità di preparazione efficace. Affrontò diverse esplosioni, rischi di intossicazione e sabotaggi da parte di Marcello Ubaldazzi che sognava ancora di vendere i propri fluidi corporei, ma alla fine ce la fece.

Pettini, bottoni, interruttori, portachiavi, componenti per automobili, giocattoli, telefoni e pupazzetti dell'uovo Kinder, tutto poteva esser prodotto con questa plastica. Così, dopo il regno dei vegetali, quello degli animali e quello dei minerali, apparve sulla terra il quarto regno: il regno del sintetico. Il re Mida dei re Mida.

Non vedo proprio cosa avrebbe potuto andare storto.

La bakelite soppiantò tutti gli altri materiali per i suoi prezzi limitati e la sua disponibilità virtualmente infinita. Essendo prodotta da scarti della raffinazione del petrolio, fu tutto in discesa. Il petrolio serviva, quindi veniva raffinato, generando un numero esagerato di fantastiche molecoline come sottoprodotti con cui giocare e che, in quanto scarti, avevano un prezzo insulso. Quantità enormi e continue di materie prime con cui realizzare plastiche sintetiche. Con il mondo sapiens che si domandava come avesse potuto vivere fino a quel momento senza, la produzione divenne esponenziale e inarrestabile.

Quando si polimerizzò l'etilene arrivò il polietilene. Poi si polimerizzò il propilene e arrivò il polipropilene. Poi si polimerizzò il Po e arrivò il polipo. E così via.

Ma per comprendere l'impatto sulle vite degli esseri umani di questi materiali è sufficiente pensare al nylon. In un'epoca in cui gli unici collant in commercio erano di seta, e quindi ovviamente alla esclusiva mercé di ricconi alimentati a rosicamento compulsivo, a qualcuno venne in mente di produrre collant in nylon. Il nylon era un materiale sintetico principalmente introdotto nel comparto militare durante la seconda guerra mondiale, impiegato nella costruzione di paracaduti. Ora con questo ci volevano coprire cosce. Insomma, "fate l'amore, non fate la guerra" nel modo più letterale possibile.

Nei primi 4 giorni vennero venduti 4 milioni di paia di

collant in nylon, e i sapiens iniziarono a capire cosa provasse un insaccato.

Così la plastica sconfisse anche il classismo e il rosicamento sociale. Rivoluzione!

Ma siamo pur sempre dinanzi a re Mida, non dimentichiamolo.

Che la magia della plastica nascondesse qualche bella suppostona se ne resero conto fin da subito in molti. Per lo più scienziati, gli stessi che però non si caga mai nessuno.

Se ne rese conto anche il chimico e scrittore Primo Levi. Nel capitolo "Cerio" del suo libro *Il sistema periodico* raccontava delle sue fatiche nel sopravvivere da ebreo nei campi di concentramento nazisti, altra bella storia autodistruttiva del genere umano che approfondiremo nel Capitolo 31.719 del *Saggio erotico*. Primo Levi, però, aveva la fortuna di essere un chimico, e i chimici servono a tutti, persino ai propri carcerieri. Non più come essere umano ma solo come numero 174517, i nazisti lo misero a lavorare nei laboratori di Auschwitz. Così facendo riuscì ad avere un briciolo di "libertà" in più rispetto ai suoi compagni, e a sottrarsi al peggior epilogo che quei simulacri di morte di umana invenzione avevano da offrire.

Per sopravvivere ovviamente non disdegnò di rubare. Rubare cosa? Di tutto, tranne il pane dei suoi compagni. Primo Levi racconta che alcune delle cose più spesso rubate erano alcol e benzina, sostanze per cui l'offerta non mancava, sebbene il rischio del furto fosse elevatissimo. Per di più, per trasportare liquidi servono recipienti, che spesso erano di pesantissimo vetro e talmente fragili che sarebbe bastato un colpo mal assestato a fare un casino boia attirando in modo allarmante l'attenzione sul furto. Ma ecco quale commento ci lascia tra le sue righe:

> È il grande problema dell'imballaggio, che ogni chimico esperto conosce: e lo conosceva bene il Padre Eterno, che lo ha risolto brillantemente, da par suo, con le membrane cellulari, il guscio delle uova, la buccia multipla degli aranci, e

> la nostra pelle, perché liquidi infine siamo anche noi. Ora, a quel tempo non esisteva il polietilene, che mi avrebbe fatto comodo perché è flessibile, leggero e splendidamente impermeabile: ma è anche un po' troppo incorruttibile, e non per niente il Padre Eterno medesimo che pure è maestro di polimerizzazioni, si è astenuto dal brevettarlo: a Lui le cose incorruttibili non piacciono.*

Colpito e affondato. L'incorruttibile plastica è tutto fuorché naturale, e nonostante la sua magia stia proprio nell'essere eterna, se usata male è capace di distruggere mondi. Proprio come re Mida.

E qual è il modo peggiore di usare un prodotto incorruttibile ed eterno?

Produrre una vagonata di roba usa e getta!

È un po' come aver creato uno strumento musicale e decidere di testarlo durante un funerale.

Come inventare un materiale irritante e usarlo come deodorante.

Come inventare un detergente per i piatti e berselo.

C'è solo una reazione plausibile: «Ma che sei scemo?».

Nel Novecento la pubblicità iniziava a fare il suo lavoro, illustrando un mondo di famiglie sapiens felici e stereotipate dopo un banchetto domenicale, circondate da una cascata di piatti, forchette e bicchieri, tutti rigorosamente di plastica, strabordanti nel bidone dell'immondizia.

"Liberati dalla pena di lavare i piatti! E che sei, Mastro Lindo? Getta tutto! Ci pensiamo noi a bruciare la monnezza, e tu ti godi la vita."

Ogni anno la società sapiens produce tra i 300 e i 400 milioni di tonnellate di plastica, di cui una buona fetta finisce in mare. In effetti il 60-80% della monnezza totale che finisce nel mare è composta proprio da plastica, con una serie incredibile di conseguenze. Nel 1931, per la prima volta nella storia del pianeta, venne riportata la presenza di

* Primo Levi, *Cerio*, in *Il sistema periodico*, Einaudi, Torino 1982.

uno squalo intrappolato in uno pneumatico. Interrogato dai giornalisti il pescecane si difese dicendo: «Lo giuro, non so come sia successo! Non ho manco la patente».

Da lì fu un susseguirsi di attentati da parte della plastica nei confronti della fauna marina. Uccelli, trichechi, foche, pesci, cetacei, tartarughe e Pamela Anderson sono caduti vittime della plastica. Le balene che furono risparmiate dal petrolio ora stavano morendo per i prodotti derivati dal petrolio. Stavano ridendo di ciò mentre si strozzavano.

Le povere tartarughe divennero ingorde di buste di plastica, scambiandole per meduse, anche perché ottici bravi negli oceani non ce ne sono. Purtroppo la plastica non sa di nulla e non ha odore, quindi loro continuano a ingoiarle senza pensarci troppo, accorgendosi della cazzata solo quando si scoprono asfissiate e costipate.

«Toh, sono morto. Pensa te.»

Ma a ben cercare, la letteratura è piena di casi simili. Da 74 pulli di albatro ritrovati morti alle Hawaii con una quantità di plastica nei loro stomaci che basterebbe a costruire un castello Playmobil scala 1:1, a tartarughe con biro infilate in profondità nella narice. Qualcuno fermi le tartarughe, che viene quasi il dubbio che lo facciano apposta! È anche vero che se qualcuno spiegasse loro che il materiale di quelle penne è molto bello e resistente, tanto che se gettate dai grattacieli non si sfasciano, sono sicuro che la prenderebbero con filosofia.

«Ah ok, allora skus'.»

I rifiuti giungono fin sui fondali, generando una fantastica pavimentazione di plastica, in gergo detta "plastificazione", che ci sta da dio con la tappezzeria. Moltissimi organismi ci crepano là sotto, e tanti altri non apprezzano le decorazioni, però sticazzi. Il fondale marino non appartiene mica a loro, no? È stata trovata monnezza perfino nelle profondità delle Fosse delle Marianne, la più profonda depressione oceanica che si conosca al mondo, a 10.900 metri sotto il livello del mare. Il Mediterraneo stesso è diventato una vera e propria monnezza, dove tra l'alta densità di popolazione sulle coste e la sua naturale chiusura che rende lo scambio d'acqua assai limitato, tutta la schifezza resta intrappolata diventando parte del paesaggio. Secondo uno studio dell'Università di Barcellona lo Stretto di Messina sarebbe la regione con più rifiuti al mondo, con ben un milione di oggetti per chilometro quadro di fondale.

Senza contare la Great Pacific Garbage Patch, ovvero la Grande Macchia di Pattume del Pacifico, un'enorme immensa pseudo-isola galleggiante interamente fatta di monnezza, formatasi nell'Oceano Pacifico Settentrionale a causa di correnti che in quel punto convergono in senso orario e accumulano la spazzatura galleggiante. Una chiazza di monnezza che si stima estendersi tra i 700.000 e i 10 milioni di chilometri quadrati. Credo che sia lì che vadano in vacanza le Barbie usate.

L'artista italiana Maria Cristina Finucci nel 2013 per provocazione ha chiesto all'UNESCO di riconoscere questa pattumiera galleggiante come Stato. L'UNESCO ha accettato, tanto che oggi non ci si manda più a "quel paese", ma in questo. Fu l'11 aprile del 2013, alla presenza della Direttrice Generale e delle altre autorità dell'UNESCO, che Maria Cristina Finucci ha piantato la bandiera del nuovo Stato di monnezza su una sua installazione che riproduceva un'isola di plastica nella sala dell'edificio principale UNESCO, pronunciando addirittura un discorso di insediamento. Oggi gli Stati fanno ben attenzione a mantenere rapporti politici pacifici con la Great Pacific Garbage Patch, anche perché si dice che il suo esercito di gabbiani abbia in dotazione dei cannoni carichi di tampax usati, e soprattutto che non abbia paura di usarli.

Al momento si sono trovati diversi accumuli simili, di cui tre nel Pacifico, due nell'Adriatico, e altri ancora nel Mediterraneo.

E tutto questo, ovviamente, senza parlare delle micro e nanoplastiche, piccoli frammenti le cui dimensioni variano rispettivamente tra 500 e 0,1 micrometri e tra 0,1 e 0,001 micrometri. Infatti, una volta in acqua le plastiche possono danneggiarsi per via delle azioni meccaniche delle onde, degli effetti chimici di eventuali sostanze con cui vengono a contatto, degli effetti termici o fotochimici per via delle radiazioni solari, o anche biologici per via degli organismi marini, finendo per perdere frammenti. In altri casi non c'è bisogno di nessuno di questi processi, dato che le micro e nanoplastiche vengono direttamente rilasciate nei mari. Basta il lavaggio in lavatrice di un tessuto sintetico, e l'effetto è simile a quello del formaggio sulla grattugia. Una volta in mare, queste piccole particelle entrano nella catena alimentare, accumulandosi nelle varie specie, e per un simpatico gioco dell'oca spesso ritornano a casa da chi ce le ha riversate. Ma anche di chi non ce le ha riversate, a dirla tutta, che per questo si sente stronzo due volte. Direttamente nel piatto del sapiens, nascosto in quel bel pesce comprato fresco fresco al mercato, o nel trancio di carne di allevamento dove gli animali erano stati nutriti con scarti ittici. Ma sono state trovate anche in sale, miele, zucchero, birra e altre bevande, dimostrando che l'inquinamento non rispetta nemmeno i sani vecchi vizi.

Uno studio pubblicato su "Environmental Science and Technology" ha stimato che un essere umano consumi con gli alimenti mediamente tra le 39.000 e le 52.000 particelle di plastica ogni anno, cifra che sale a 74.000 se si considerano anche le particelle inalate. Le microplastiche sono presenti ovviamente anche nell'acqua stessa, e si è stimato che chi beve acqua dal rubinetto ne ingerisca solo 4000 particelle all'anno, contro le 90.000 di chi beve l'acqua dalle bottiglie di plastica. Se bevi acqua dalla bottiglia di plastica alla fine ti ritrovi con la scritta MADE IN CHINA sotto al piede. Pertanto non deve assolutamente sorprendere il fatto che microplastiche siano state scovate nelle feci umane. Per di più nel 2020 uno studio ha rinvenuto la presenza di microplastiche addirittura nella placenta di donne in stato di gravidanza. Principalmente si trattava di particelle di polipropilene e altro materiale sintetico verniciato. È quindi logico pensare che dopo che il sapiens ha plastificato il mondo, il prossimo step sarà plastificare se stesso. In effetti mi chiedo se l'essere umano moderno sia ancora biodegradabile.

Ma quindi è la plastica il problema? No, la plastica non è il problema, almeno quanto un disegno osceno non sia colpa della matita. La plastica può migliorare il mondo, ed è un materiale fantastico di cui non si può fare a meno in tantissimi settori, dall'ospedaliero a quello dei trasporti. Il problema, ancora una volta, è l'utilizzo che se ne fa. Sulla Terra sono nati moltissimi movimenti per mettere al bando la plastica, ma la verità è che senza plastica la vita umana sarebbe molto peggiore. Non è la plastica a dover essere bandita, ma le cannucce.

Insomma, il problema non è la capacità di trasformare ciò che si tocca in oro, ma l'idiozia di chi non ha mai pensato di usare dei cacchio di guanti!

E se poi ti tocchi, almeno non prendertela con l'uccello.

«Sai cosa mi fa venire in mente tutto ciò?»

«Mi dica, professó.»

«Un vecchio sketch di Paolo Villaggio.»

«Ma lei è fissato con Paolo Villaggio, professó!»

«Vabbè, so' diventato Paolo Villaggio. Facci lei.»

«E pure lei ha ragione.»

«Immaginati la scena. Fantozzi ragionier Ugo si presenta in stazione per partire per la stagione sciistica, in quella che è la forma più disastrosa di bassa stagione: inizio estate. Sale sul treno per scoprire che i suoi colleghi, menefreghisti arrampicatori sociali quanto lui vittime del capitalismo, avevano già cenato. Essendo il vagone ristorante chiuso, non gli resta che affacciarsi dal treno e comprare un pasto al sacco da un ambulante. "9000 (lire)", dice l'ambulante. Il ragioniere gli porge una 50.000 lire, ricevendo il sacchetto e aspettando il resto. Ma quello, fingendo di armeggiare con la cassa, fa un segno al capostazione che fa partire il treno. I due poi si smezzano i soldi.»

«Era un mondo crudele il nostro.»

«Ma sai cosa ci trovò dentro al sacchetto?»
«Ho paura a chiedere.»
«Per 50.000 lire comprò: un set di posate di plastica, un bicchiere di plastica e un'ala di pollo...»
«Be' almeno quella.»
«... di plastica...»
«Ma no!»
«Ma che tristezza.»
«In effetti c'era un sacco di plastica sulla Terra. E pensa che quel film uscì nel 1980. All'epoca non ricordo che parlassimo della faccenda come di un problema reale. Sembravano paranoie da hippy catastrofisti.»
«Che ci vuole fare, professó. È andata così. Pensi che mio nonno comprava i piatti di plastica, ma almeno dopo li lavava e li riusava.»
«Be', tuo nonno era un uomo illuminato.»
«Ma non pensi male, mica lo faceva per l'ambiente. Lo faceva per risparmiare. Ci riempiva di soldi a noi nipoti, mio nonno, ma per sé non spendeva nulla. Vuol sapere però qual è la cosa assurda in tutto ciò? Lo prendevo pure per il culo. "E gettali 'sti cazzo di piatti" gli dicevo. "So' usa e getta, che li lavi a fare."»
«Ahah pensa che ironia che sia finito tu in questo buco di culo di posto.»
«Zolla...»
«Vabbè, in 'sto buco di culo di Zolla. Mi dispiace dirtelo, sei un caro ragazzo, ma non meritavi di essere qui.»
«In che senso?»
«Non fraintendermi, manco io lo meritavo. È giusto per dire che forse se c'era qualcuno che meritava di salvarsi e ritrovarsi in questa solitaria vita eterna, forse questo qualcuno non eri tu.»
«E vabbè, ma che ragionamento è? E poi per lei questo è un premio?»
«Oh no, decisamente non lo è. Ma ti confesso una cosa... non fa niente!»
«In che senso.»

«Rino, non so come dirtelo… ma io mi stavo cagando addosso di morire.»

«Eh?»

«C'avevo 'na paura boia. Non volevo morire, cazzo. Quindi sì, ok. 'Sta roba è una merda, ma almeno ci sono ancora!»

«Non credo di essere totalmente d'accordo con lei, professó.»

«E sticazzi, Rino.»

«E vabbè. C'è un'altra cosa che mi ha ricordato il racconto precedente, però. Aspetti che gliela prendo.»

Rino si alzò e si rovistò nelle tasche. Tirò fuori una singola pagina, appartenuta a uno dei capitoli del *Saggio erotico*, che per qualche ragione aveva deciso di conservare. Salì in piedi sul divano, e iniziò a leggere teatralmente.

Non direi che si tratti di una specie famosa per percepire il pericolo, né per intervenire tempestivamente. Il problema è che Sapiens è al momento alla guida del pianeta come un pilota ubriaco, e i passeggeri non possono che starsene a guardare. Un po' come accadde la notte del 1° giugno 2009 durante il volo Air France 447 Rio-Parigi. Ci fu un piccolissimo, temporaneo e limitato guasto tecnico a bordo del mezzo, nulla di cui crucciarsi. Purtroppo i piloti iniziarono a prendere una serie di pessime decisioni tecniche e a realizzare manovre opinabili. Quando in cabina di pilotaggio apparve il primo allarme di stallo, venne ignorato. "Sicuramente è solo un falso allarme", si dissero i piloti. Poi ne apparve un secondo, ma ignorarono anche quello, perché sicuramente era dovuto al fatto che avevano ignorato il primo. Poi ne apparve un terzo, e poi un quarto, e poi ancora un quinto, ma indubbiamente doveva trattarsi di un errore del sistema. Alla fine furono 75 gli allarmi ignorati. Ci misero quattro minuti per precipitare da 11.000 metri nell'Oceano Atlantico, portandosi dietro 225 passeggeri. Recuperate le scatole nere fu possibile ascoltare le ultime parole dell'equipaggio: «Porca puttana, ci schiantiamo! Non può essere vero…».

D'altro canto, quel che le scatole nere non furono in grado di cogliere, fu il coro dei passeggeri rivolto ai piloti: «kivemmurt' e stramurt'».

Le loro bestemmie riecheggiano ancora in quel mare.

Rino e il professore rimasero a lungo in silenzio.

«Non si dovrebbero mai voltare le spalle alla minaccia di un pericolo e cercare di fuggire da esso. Se lo fai lo raddoppierai. Ma se gli vai incontro prontamente e senza batter ciglio, ridurrai il pericolo della metà. Non scappare mai da niente. Mai!»

«Bellissime parole, professó. Di chi sono? Gandalf?»

«Di Churchill.»

«Di chi?»

«Di Churc… ah, lascia stare.»

«E comunque mi spiace dirlo, ma tecnicamente noi siamo scappati dal pericolo, professó. Mi cita Circil, ma non credo che sia azzeccato.»

«Churchill… Vabbè, ma più che scappati direi che siamo stati rapiti!»

«Comodo vederla così.»

«E come vuoi che la veda? Comunque quello che stiamo facendo è solo filosofia. Nessuno dei nostri discorsi cambierà nulla.»

I due restarono di nuovo a lungo in silenzio, prima che il professore tornasse a interrompere i loro pensieri.

«Rino.»

«Eh.»

«Rino.»

«Che è, professó?»

«Rino, guardami.»

Rino non poté fare a meno di notare che il professore era alquanto agitato, e soprattutto che sembrava gettare nervosamente lo sguardo alle sue spalle. Involontariamente, in modo lento e sospettoso, si voltò verso quell'enorme fossato che tagliava la stanza ritrovandosi la faccia del Conte

Panettone a pochi metri di distanza dal bordo. Mai aveva visto quel volto così da vicino. Era ipnotico. Che fosse quello ciò che vedeva un uccellino quando nell'antico mondo finiva pescato dalla sua zampa?

I suoi pensieri erano caotici, ma d'altronde non ci fu tempo di pensare. In men che non si dica la stanza iniziò a vibrare, degenerando subito in un terremoto spaventoso.

«Oddio, sta fusando!»

Frammenti di appartamento si perdevano nello spazio profondo. Rino si aggrappò al termosifone mentre il divano veniva portato via dal cosmo. Poi notò che il televisore stava superando l'orecchio del micio e si stava mettendo all'inseguimento del divano. Il professore, attraverso lo schermo, appariva immobile a occhi spalancati. Rino non ebbe nemmeno il tempo di dirgli addio.

Divenne un punto grigiognolo lontano, e venne inghiottito dal buio.

Saggio erotico. Capitolo 666
"Bacio di tartaruga"

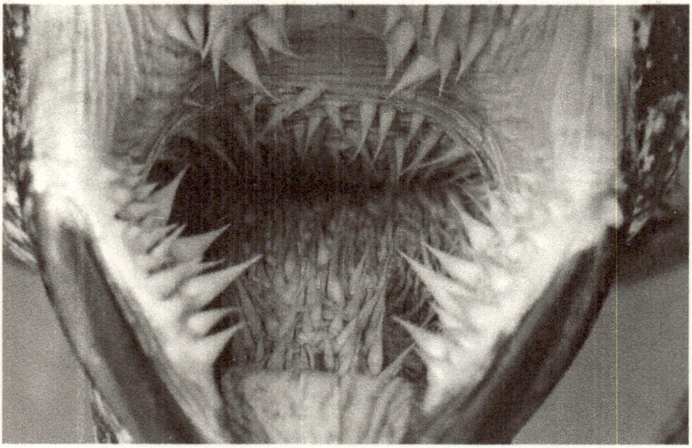

La chiamavano Bocca di Rosa.

Che è 'sta roba?

È un tritarifiuti? Una torcia per masochisti? La porta per l'inferno?

La risposta a queste domande è: sì, sì e sì. O per lo meno questo è quello che ti direbbe una medusa.

Partiamo dal presupposto che la dieta delle tartarughe marine dipende dalla specie. Ci sono tartarughe onnivore che mangiano animali con insalata d'accompagnamento, e altre più specialiste, come le tartarughe embricate che mangiano spugne, e le tartarughe liuto che mangiano meduse e altri invertebrati dal corpo molle (oltre che organismi planctonici vari).

Che schifo di gusti, ma contente loro.

Ovviamente ognuna ha selezionato dei tratti tali da permettere loro di mangiare più comodamente. C'è chi ha becchi seghettati per strappare meglio le alghe dalle superfici toste, chi ha mascelle grosse e potenti per sfasciare i gusci delle conchiglie, e chi semplicemente si limita a ordinare thailandese d'asporto.

Ma le più sadiche sono indubbiamente le tartarughe liuto, bestie che possono arrivare a 600 chili di peso e che mangiano roba viscida e squiscidella. Si dice che mangino addirittura fino all'equivalente del proprio peso corporeo ogni giorno, quindi non oso immaginare cosa provi chi debba pulirgli il bagno. Per via della loro dieta hanno selezionato una mascella piena di cuspidi appuntite e ricurve che servono principalmente a perforare i corpi gelatinosi degli sfigati che catturano. Spero che non si mordano la lingua troppo spesso. Ma ovviamente, poiché sarebbe difficile deglutire quella roba spappettata, su tutto il palato, gola ed esofago hanno un tappeto di papille retroverse, ovvero aculei appuntiti come un Miracle Blade tagliato da una motosega idraulica da Sauron in persona, posizionate un po' a cazzo di cane e ripiegate peggio, in modo da far scorrere il tutto fino allo stomaco.

Non invidio il loro dentista. È un film horror, porco Windows2000. Ringraziamo che la medusa non sappia urlare altrimenti nel mare ci sarebbero più bestemmie che alghe.

Ovviamente sono immuni al veleno delle meduse, che al massimo gli dà una sensazione speziatella tipo zenzero. Non per nulla 'ste tartarughe sono cantanti death metal pazzesche.

I sapiens dovrebbero ringraziare questo meccanismo di alimentazione brutale, perché se la cara tartarughina ingorda non ci fosse sarebbe molto più difficile contenere la popolazione di meduse a livello mondiale. Sulle coste balneari si finirebbe per nuotare nel budino.

Purtroppo 'sta tartaruga è pure scema, e quando vede buste di plastica fluttuanti negli oceani inizia a sbavare come una lumaca, scambiando il sacchetto della Coop per una medusa. Solo dopo averla ingollata si accorge del madornale errore, come quando lavandoti i denti senti un profumo di lavanda e limone e scopri di stare usando lo spazzolino per le piastrelle del cesso. Come potete immaginare è abbastanza tosto vomitare questo fraintendimento, date le lame sataniche che si ritrova in gola, e non avendo ancora capito come processare la plastica e cagare plettri e cannucce a volte ci restano secche, il che è ironico dato che sono in acqua. Risate.

Altre le ammazza direttamente il bracconaggio, la pesca intensiva, o le reti disperse in mare, ma questa è un'altra storia umana.

11

Rassegnazione

C'era voluto svariato tempo, forse mesi del vecchio Universo, ma Rino aveva pian piano ricominciato a comportarsi da Rino. Infatti, dopo l'incidente del professore si era chiuso in un apatico silenzio, senza nemmeno degnare di una spiegazione Amigo. Era caduto in uno stato di paranoia profonda, acuita dal fatto che pure il caffè, infine, era terminato. Gliene aveva portata una scorta paramilitare sua madre poco prima del salto, ed era sorpreso da quanto fosse durato. Allo stesso tempo non poteva non pensare a quanto si fosse innervosito, quel giorno, nel vedere sua madre piombargli nuovamente in casa con tutte quelle scorte non richieste, come se lui non fosse stato in grado di curarsi di se stesso... Che poi, in fondo, era vero. L'aveva trattata freddamente, o forse peggio. Non riusciva nemmeno a ricordare cosa si fossero detti esattamente, e ora sentiva il verme della colpa brucargli un vuoto nel torace. Solo adesso capiva che qualcuno poteva essere preoccupato per la sua scomparsa improvvisa. Forse sarebbe stato preoccupato anche per via del cratere che si era lasciato dietro con il salto della Zolla. Chissà cosa avranno pensato. Una fuga di gas? Un meteorite? O che qualcuno avesse lasciato le chiavi nel microonde?

Finalmente, dopo chissà quanto tempo, aveva iniziato a riflettere seriamente su cosa ne fosse stato di tutti gli altri. Dovette ammettere a se stesso che non era davvero il menefreghista che credeva, ma solo un gran vigliacco. Aveva spinto i pensieri spiacevoli nei più remoti angoli della sua mente, perché semplicemente era più facile così. Si viveva meglio.

Aveva poi raccontato ad Amigo del professore, in cerca disperata di conforto.

«Ci sono speranze che possa tornare? Magari riavvicinarsi alla nostra orbita?»

Ma quello non gli aveva risposto, limitandosi a mostrare sullo schermo lo schizzo di un viso perplesso in bassa risoluzione su sfondo grigio.

«Certo che fluttuare in eterno nel buio cosmico dentro quella prigione catodica sembra un incubo.»

«Non disperare, nulla è per sempre. Nemmeno l'Universo.»

«Grazie, tu sì che sai come tirare su il morale. Li mortacci...»

Altri giorni passarono, e Rino cercò di tenersi occupato il più possibile, spingendosi al limite dell'autolesionismo. Poi, pian piano, si manifestarono i segni di una degradazione mentale in corso. Quel che fece, in ordine, fu:

1. giocare a golf, colpendo con una trave soprammobili e lanciandoli oltre il burrone;
2. riempire una piccola piscina gonfiabile di spritz annacquato per restarci a mollo, dando sporadiche sorseggiate che poi sputava con disgusto;
3. costruire un golem con le sue feci;
4. cercare di tatuarsi un piccolo cazzo sull'avambraccio, ma finendo solo per deturparsi;
5. tentare di impiccarsi molteplici volte senza successo, e trasformare il tentativo di suicidio in un'occasione per dell'autoerotismo di qualità;
6. guardare il burrone con languido desiderio di lanciarsi, per poi rannicchiarsi in posizione fetale e scoppiare a piangere terrorizzato;
7. contare e catalogare tutte le specie superstiti della Zolla, dalle formiche alle zanzare;
8. cercare di far estinguere le zanzare.

Rino era rotto dentro, e si aggirava nuovamente nudo come un verme e tre volte più sporco per la Zolla discutendo di quanto la palla con la faccia di Nicolas Cage avrebbe fatto la differenza. Poi cercò senza successo di spiegare ad Amigo una sua teoria secondo cui forse erano finiti proprio in quella palla, perché Nicolas Cage era dotato di poteri mistici e quell'oggetto era in realtà un Universo tascabile. Non lo convinse.

Per fortuna c'era ancora il *Saggio erotico* a intrattenerlo. Odiava leggerlo, gli faceva proprio schifo e in genere lo gettava ancor più in paranoia di quanto già non fosse, ma d'altronde era sempre meglio che contare formiche.

Saggio erotico. Capitolo 200.005
"Le vie della sovrappopolazione"

Gli antechini, marsupiali australiani dall'aspetto simile a piccoli topi che possono arrivare a una lunghezza di circa 17,5 centimetri (coda esclusa), sono famosi per praticare il cosiddetto suicidio riproduttivo, o se preferite "ammore fino a crepare". Insomma, sono esperti dell'andarsene col botto.

Tutte le specie di antechino praticano 'sta roba, tranne una, perché è andata al catechismo.

Praticamente 'sti qua nascono col chiodo fisso, con quella voce in testa che martella prepotentemente le parole "scopare-scopare-scopare-scopare". Generalmente, il periodo dell'ammore arriva tra agosto e settembre, in cui in Australia è inverno e il cibo scarseggia. Durante 'sto periodo l'antechino maschio si rincitrullisce proprio. I suoi livelli di testosterone arrivano alle stelle e inizia a girare in Lamborghini, indossare canotte slabbrate-slavate-sbrodolate, mettere la brillantina, gli si abbassa la voce di trenta ottavi, gli esce la pancia da birra e inizia a vibrargli tutto l'asdrubale lombare. Diventa una specie di allupato tossico, e quando il bianco ammore diventa tanto che gli arriva al cervello e quasi piange colla di seme, perde la testa e parte al galoppo. A testa bassa e senza sosta inizia a darci dentro come un riccio.

12-14 ore di fila, a stantuffare quante più signorine consenzienti possibile, senza pace. Il testosterone è così tanto che finisce con una e subito corre dall'altra manco fosse in astinenza da trent'anni. Non si lascia nemmeno il tempo per accorgersi di stare per avere un attacco cardiaco. Non c'è tempo, bisogna stantuffare! Ci sono casi in cui si sta accoppiando con una ma ne passa un'altra accanto, allora lancia via la prima e si scaglia sulla seconda affamato d'amor.

Insomma, l'antechino è un maschio scostumato.

E avanti così, una macchina da guerra. 12-14 ore al giorno senza sosta, senza tregua. Non si concede manco il tempo per bere o mangiare una banana. E intanto si sfianca, si prosciuga completamente, perde il pelo e diventa sempre più un cadavere mosso dalla sola sparanga. Pure il sistema immunitario smette di funzionare decentemente. Perché non c'è tempo! Non c'è tempo per pensare alla salute! Qua bisogna darci dentro. E così finisce pure per beccarsi qualsiasi infezione possibile e immaginabile.

Inutile dirvi che, per quanto divertente, sia decisamente una pessima idea. 'Sti cosi so' talmente esagerati che partecipano a un singolo ciclo riproduttivo nella loro intera vita e poi schiattano male. Beati, ma male.

Citando il mammologo Andrew Baker della Queensland University of Technology: "I maschi passano dall'essere prima assolutamente in salute ... a cadere a pezzi davanti ai tuoi occhi durante il periodo di accoppiamento di due settimane".

O ancora:

"Sono come i morti che camminano verso la fine. Li ho visti barcollare durante il giorno, nonostante siano animali notturni, ancora in cerca di compagne, sanguinanti da varie parti del loro corpo e con parte della loro pelliccia mancante." Questo sì che è un after.

Certo se ne vanno con i fuochi d'artificio. Schiattano male, di stenti, ma col sorriso. E poi volano in cielo, lì dove finiscono gli eroi. Però mi pare comunque 'na cosa esagerata. Le cose belle bisogna prenderle a piccole dosi, dai! Ieri eri vergine, e mo' ti sei ingroppato tutto il vicinato. Non è normale.

Le femmine campano un po' più a lungo. Tra i 2 e i 3 anni. E uno potrebbe chiedersi, visto che i maschi sono così tanto "irruenti", cosa se ne faccia una femmina di tutte quelle badilate di seme. Be', semplice: lo conserva. Ha delle cripte ovariche in cui conserva lo sperma fino a tre giorni. Inoltre, riesce ad aspettare la fine della frenesia riproduttiva per ovulare. Alla fine ci può essere paternità multipla, ovvero i figli della cucciolata potrebbero avere diversi padri.

La cosa che invece mi lascia perplesso è che la femmina può avere un numero variabile di capezzoli... Ma vabbè, so' fatti loro.

Così, attraverso questa follia d'ammor, gli antechini maschi vivono questa loro breve vita col durello e riescono a ripopolare la specie, anno dopo anno, pur consumandosi come candele che bruciano da entrambi i lati dentro un inceneritore. È un duro lavoro, ma qualcuno dovrà pur farlo. E ce n'è da ripopolare! Ma così, in equilibrio con il proprio habitat, riescono a mantenere più o meno costante il numero di individui della popolazione. Ovviamente, stando a molti studi, rischiano anche loro l'estinzione a causa dei cambiamenti climatici, ma questa è un'altra storia. La solita.

In generale, ogni specie tende a mantenere più o meno costante il numero di individui della propria popolazione, e se per farlo dovrà scopare come un antechino, ci si rimbocca le maniche e lo si fa. Ma la popolazione è in equilibrio con il proprio habitat, e quando questo equilibrio cambia (ad esempio aumentano/diminuiscono i predatori o le risorse) anche il numero di individui della popolazione si dovrà riassestare.

Per descrivere questa condizione possiamo usare l'esempio delle bellissime Highlands scozzesi, una vasta regione "selvaggia" dove immensi prati si estendono in antiche valli glaciali, striate da fiumi e racchiuse in cime montuose frastagliate. Ma, alla fine, di "selvaggio" e "incontaminato" c'è ben poco, in realtà. Qualche migliaio di anni fa le Highlands sarebbero apparse completamente diverse rispetto a oggi. Sarebbero state fittissimi boschi pieni di orsi, linci e lupi, e nemmeno un calzolaio a distanza di chilometri. Circa 4000 anni fa, però, arrivarono i primi coltivatori umani che con il loro feng shui avariato iniziarono a cambiare tutto l'arredamento, tagliando e bruciando brughiere e pinete per far spazio agli allevamenti di bestiame. Un po' come in uno di quei giochini gestionali di civilizzazione dove per salire di livello devi deforestare come un bulldozer per acquisire risorse e costruire fast food.

Ma poi le cose peggiorarono ulteriormente durante il XVIII e il XIX secolo, quando i piccoli allevatori furono costretti a fuggire in una specie di sfratto di massa, lasciando quelle lande ai grandi proprietari terrieri che ne avevano bisogno per allevare pecore in abbondanza. Gli scozzesi so' in fissa proprio con le pecore. Dopo le pecore ci piazzarono anche altri grossi erbivori come caprioli e cervi, così almeno i ricchi si intrattenevano con la caccia e la smettevano di accoppiarsi a vicenda. E i lupi? Ah, di quelli non c'era più da preoccuparsi. I sapiens si erano visti "costretti" ad abbatterli tutti. "Costretti", perché in fondo è come se fossero stati i lupi stessi a chiederlo. Se avessero voluto restare in vita avrebbero almeno potuto comprare un berretto dal gift shop. Forse severo, ma indubbiamente giusto. L'ultimo lupo scozzese fu ucciso nel 1680 a Killiecrankie, anche se si pensa che qualcuno sia sopravvissuto fino al 1888 spacciandosi per commerciante di cornamuse.

Così tutti questi nuovi amici erbivori indisturbati per la landa iniziarono a riprodursi come antechini, e a causa di ciò al momento si stima la presenza di circa 400.000 cervi e 350.000 caprioli nell'area. Sono così tanti che ciclicamente è necessario abbatterne in massa, e dico "necessario" perché ancora una volta è quasi come se siano loro a chiederlo. È un paradosso che farebbe molto ridere, in teoria. Per di più dato che mangiano i germogli, non lasciano il tempo a nuovi alberi di crescere. L'area forestale si è di conseguenza ridotta mostruosamente, tanto che oggi ne resta solo l'1% di quella di partenza. Molti uccelli per protesta hanno smesso di andare in vacanza in quella zona, assieme a moltissime altre specie che sono letteralmente scomparse. Tutti gli equilibri sono stati tanto sballati che pure Snoop Dogg torna lucido quando si trova a passare da quelle parti.

Oggi, per rimediare agli errori del passato i sapiens scozzesi stanno discutendo la possibilità di reinserire il lupo in quell'area. Alla fine è proprio quel che si è fatto a metà degli anni Novanta nel Parco nazionale di Yellowstone per combattere il numero drammaticamente alto di alci e cervi che stavano scagazzando e ciucciando il paesaggio manco fosse n'osteria. L'inserimento dei lupi ha avuto un impatto talmente positivo che uno di loro fu eletto sindaco, e proposto dai repubblicani come candidato per le presidenziali.

Questo in gergo viene chiamato "cascata trofica", ovvero quando un predatore all'apice della catena alimentare è in grado di arricchire l'intera biodiversità con la sua sola presenza. Ovviamente a opporsi al progetto ci sono cacciatori che non vogliono competizione, contadini che non vogliono condividere il bestiame, cittadini che hanno creduto alla favola dei tre porcellini e ora temono di vedersi soffiare via le proprie case, e ovviamente l'associazione CMU (Cervi Mitomani Uniti).

È il ciclo della vita e della morte. Soprattutto della morte, senza la quale non ci sarebbe nemmeno la vita. Malattie, infezioni, parassiti, competizione con le altre specie, predatori, risorse idriche e alimentari e truffe telefoniche non sono altro che piccoli sgambetti della biosfera all'esplosione demografica di singole specie megalomani.

Ma cosa succede quando una popolazione cresce tanto da superare le risorse disponibili nell'habitat? Cosa succede quando ci sono più individui che lasagne?

In questo caso un esempio potrebbero offrircelo i lemming (*Lemmus lemmus*), piccoli roditori diffusi nella tundra nordeuropea. So' carini e tenerelli. Delle specie di cricetoni artici, ma associati a un tenebroso destino: si pensava che ciclicamente commettessero come gesto estremo un suicidio di massa, gettandosi dalle scogliere verso l'oceano. E se non era la panzata dell'impatto a trasformarli in budino e ucciderli, si limitavano a lasciarsi affogare male. Il tutto senza manco lasciare testamento, motivo per cui potrebbero essersi macchiati di molteplici truffe immobiliari.

Capiamoci, per lo meno questa era la credenza popolare. Fu anche la Disney nel 1958 con il documentario *White Wilderness* (*Artico selvaggio*) ad alimentare le voci (già molto radicate) attorno a questo loro presunto comportamento, instillando nel pubblico il germe del sadismo. Nel filmato si vedevano decine di questi roditori saltare a tuffo bomba verso la morte, mentre i giovani spettatori piangevano copiose lacrime davanti alla pellicola. Le loro lacrime venivano poi raccolte e donate al signore oscuro celato dietro questo perverso progetto. Infatti la Disney è pilotata da quella pantegana nera satanica che è il suo direttore artistico esecutivo capo intergalattico Topolino, che adora traviare le giovani menti con storie al limite del devasto psicofisico. Il topo infame si nutre del dolore del prossimo, e questa è l'unica ragione per cui la maggior parte della popolazione umana nasconde una sfogliatella di traumi nel cuore legata a storie di abusi familiari da parte di matrigne, tentativi di omicidio per avvelenamento da parte di streghe che invecchiano così de botto, nonché morti improvvise di figure genitoriali. In moltissimi, tutt'oggi, si svegliano la notte urlando: «Mufasa, nooooo». Altri sono ancora sulle tracce del pezzo di merda che ha sparato alla mamma di Bambi.

In realtà, nessuno approfondì la faccenda dei lemming, e la pantegana nera coi pantaloni rossi ammise che la scena del suicidio di massa della pellicola fosse stata interamente riprodotta in un set e costruita ad arte. Perché?! Non bastavano gli altri video-traumi già diffusi tra la popolazione infantile? Di quale sacrificio di sangue ha bisogno quel sorcio demmerda prima di fermarsi?

A spezzare una lancia a favore del dittatore Topolino, non è mai stata intenzione della Disney voler divulgare scienza, anche perché altrimenti non avrebbe vestito gli animali (lasciandoli però rigorosamente senza pantaloni). Dopo aver messo facce umanoidi a granchi, ragni e serpenti, tutto si può dire tranne che si siano spacciati per comunicatori delle scienze naturali. La storia del suicidio di massa dei lemming era ormai così famosa come diceria che loro si sono limitati a usarla. Non è diverso dal volersi ostinare a usare nei cartoni animati l'aneddoto del camaleonte che cambia colore per mimetizzarsi, quando nella realtà lo fa esclusivamente per comunicare.

Nonostante questo, pare che comunque nella storia dei lemming tuffatori qualcosa di effettivamente vero ci fosse. Ci sono degli anni in cui, per una serie di condizioni assai favorevoli per la società lemming, la popolazione aumenta esponenzialmente. Sono tra i pochi vertebrati in circolazione in cui il numero di individui può cambiare tanto rapidamente da dare origine a quella che viene chiamata in gergo "fluttuazione caotica". Parliamo di un'improvvisa esplosione demografica che ovviamente arriva con il solito pacchetto di suppostone in dotazione. Gli individui diventano troppi, di colpo, e quelle che prima erano risorse sufficienti per tutti ora iniziano a scarseggiare, costringendo la società a una competizione per il cibo. Sono gli *Hunger Games Lemming Edition: il sorcio di fuoco*. Così il numero di individui stanchi e affamati aumenta giorno dopo giorno, costringendo i più sfigati e disagiati ad allontanarsi da casa e attraversare corsi d'acqua in cerca di nuove risorse. Non esattamente un'espansione coloniale, ma più accattonaggio disperato da roditori cowboy. Si mettono in viaggio, e più la fame cresce più la confusione aumenta. Ed è così che può capitare che un manipolo di questi confusi esodi si trovi a tentare la fortuna "oltre quel burrone". Volano in mare e annegano, beccandosi anche un pessimo punteggio dalla giuria tecnica dei tuffatori olimpici.

È una tragedia tascabile per il governo lemming che

avviene generalmente ogni 4 anni, che però non ha nulla a che vedere con un tentato suicidio. Ancora una volta, in modo subdolo e crudele la natura rimette le cose in ordine, sbarazzandosi dell'eccesso demografico facendo fuori i più scapocchioni. C'è chi si tuffa di panza sugli scogli, chi annega, chi semplicemente si azzoppa esausto e affamato morendo di stenti, e chi ancora finisce predato. Così la popolazione cala sensibilmente e viene ristabilita una situazione di equilibrio e sostenibilità. Questo almeno fino alla prossima bomba demografica. Pensate che svolta sarebbe se gli regalassimo profilattici.

Questo drastico calo della popolazione avviene solo perché i lemming vivono in una regione finita, con risorse limitate e pericoli. Ma cosa succederebbe se una popolazione potesse crescere senza freni (come nel caso dei lemming), ma con risorse illimitate e totale assenza di pericoli ambientali, malattie o predatori? Ci sarebbe una crescita infinita della popolazione?

Per rispondere a questa domanda possiamo rifarci all'esperienza di John Bumpass Calhoun, un etologo statunitense che tra gli anni Cinquanta e i primi anni Settanta del Novecento effettuò degli esperimenti, manco a farlo apposta, sui roditori. Perché gira e rigira, se sembri un topo devi morire male.

A ispirare le ricerche di Calhoun furono gli allarmi di ecologisti come William Vogt, ma anche le idee di Thomas Malthus, che con il suo libro *Saggio sul principio della popolazione e i suoi effetti sullo sviluppo futuro della società* fu uno dei primi a parlare di sovrappopolazione. Malthus aveva affermato che il limite per la crescita demografica era la miseria, ovvero i soliti fattori di cui abbiamo parlato (risorse limitate, predazione o malattie), ma aveva contemplato anche altri limiti, come quelli sociali e comportamentali. Su questi ultimi si avevano pochissimi dati a disposizione, e Calhoun decise di indagare.

Di conseguenza iniziò a creare quelli che definì "paradisi per ratti", ovvero habitat artificiali idilliaci per ratti grigi, e in seguito per topi. Venivano costruiti allo scopo di schermare le colonie di cavie da ogni paranoia possibile. Nessun problema meteorologico, malattie o predatori, e una temperatura dell'habitat mantenuta ideale a 20 °C. I roditori non avrebbero nemmeno dovuto lavorare o pagare le tasse, perché cibo e acqua sarebbero sgorgati a fiumi illimitatamente. Non ci sarebbe stato nemmeno il problema di pulire, perché ogni 4 settimane ci avrebbe pensato il buon Calhoun. E per quanto riguarda eventuali malformazioni o malattie genetiche, gli esemplari vennero selezionati direttamente dagli Istituti Nazionali di Sanità degli Stati Uniti. In quel magico luogo i topi non avrebbero avuto nulla da temere. Avrebbero solo dovuto godersi la vita in un'eterna vacanza priva di preoccupazioni. Finalmente privati di ogni rischio di miseria, l'unica cosa che poteva definire l'esito di quella società sarebbe stato il comportamento. A quel punto per iniziare l'esperimento non bastava che collocare delle coppie scelte di cavie nel paradiso, e lasciare che iniziassero a copulare, dando vita alla nuova società. Insomma, erano veri e propri Universi isolati generati da pochi genitori, in cui le nuove generazioni sarebbero nate ignorando l'esistenza di una vita esterna.

L'esperimento che fece decisamente più scalpore, e che durò 651 giorni, fu l'Universo 25, costruito in un enorme serbatoio a pianta quadrata di 2,7 metri per lato. Le pareti erano alte circa un metro e mezzo, e per evitare che i topi potessero fuggire erano scalabili solo per il primo metro. Per concedere abbastanza ripari dove i topi potessero creare dei nidi, Calhoun piazzò 16 tunnel in ogni parete collegati tra di loro da quattro corridoi. Un totale di 256 ripari in grado di ospitare circa 15 topi ciascuno, e in cui avrebbero potuto fare quel che gli pareva, dal costruire nidi a organizzare rave. In totale, teoricamente, ci sarebbero potuti stare fino a 3840 individui in tutto.

Inizialmente vennero introdotti otto topi, quattro maschi e quattro femmine, in stile reality show. Questi ci misero un centinaio di giorni prima di adattarsi al loro paradiso e conoscersi tra loro, scegliendosi, per poi iniziare a fare gli antechini birichini. Così venne al mondo la prima generazione originaria dell'Universo 25, senza alcuna idea degli orrori all'esterno. Ogni 50-60 giorni la popolazione raddoppiava, e nell'arco di un anno si superò la popolazione di 600 esemplari. I roditori non perdono tempo. Nonostante una vera e propria esplosione demografica iniziale in cui lo spazio era più che in abbondanza per tutti, la crescita prese a rallentare. Si cominciava a stare stretti, e a quel punto iniziò ad andare tutto in vacca.

I nuovi nati c'avevano così tanti zii, zie, nonni, nipoti, pronipoti e cugini laterali di innumerevole grado, e tutti che volevano tirargli le guanciotte, che quelli nascevano già bestemmiando. Tutti i ruoli e i legami sociali, che normalmente nei roditori tendono a essere molto importanti, un po' alla volta saltarono, lasciando spazio a inusuali comportamenti antisociali e distruttivi. Un po' come quando entri in metro all'ora di punta e ti ritrovi la gente pressata come sardine, e quella che prima era un'adorabile vecchietta si è trasformata in una macchina da guerra di puro rancore pronta ad accoltellare chiunque le sfiori il gomito o le aliti in faccia.

Allo stesso modo i topi manifestavano palesi segni di stress e iniziavano a perdere interesse o capacità nel formare rapporti sociali. E soprattutto erano incazzati. Ad esempio, uno dei momenti di maggiore e sana interazione sociale nelle comunità di topi sono i momenti di alimentazione, in cui ci si ritrova in prossimità del cibo e si filosofeggia insieme sul senso della vita. È una cosa talmente importante che spesso gli individui si "aspettano" per mangiare. Nonostante questo, e nonostante la presenza di diversi dispensatori di cibo, a un certo punto i topi iniziarono ad ammucchiarsi con prepotenza in un'unica rastrelliera, in modo caotico e disordinato, ignorando totalmente gli altri dispensatori. Probabilmente a causa dell'abbondanza di cibo non avevano più bisogno di accaparrarsi il posto migliore, e quel che restava era delirio e prepotenza. Per di più, per massimizzare la gratificazione nei rapporti sociali in quella frenesia di corpi, avevano iniziato a ridurre sia l'intensità sia la durata dell'interazione tra di loro. Insomma, interagivano meno con il singolo per poter trovare il tempo per interagire con quanti più individui possibili. Un po' come avviene per i social network umani, con i loro tanti piccoli contributi che consentono interazioni brevi e poco intense a causa dell'abbassamento della soglia di attenzione provocato dal bombardamento di informazioni. Ma pian piano si manifestarono anche comportamenti antisociali, in cui sporadici individui si isolavano, evitando completamente di interagire con gli altri.

I maschi dominanti avevano così tanta competizione che smisero di proteggere le femmine, lasciandole alla mercé della bolgia testosteronica. Furono i rapporti stessi con le femmine a degradarsi, con i maschi che si lanciavano in aggressioni su di loro e i loro piccoli. Aumentarono notevolmente anche i rapporti sessuali con lo stesso sesso, con anziani e pure con i cuccioli. Le femmine, terrorizzate da questa situazione, cercarono riparo nei nidi più in alto perché più semplici da proteggere, dove formavano piccole roccaforti di sole femmine, come amazzoni pronte a difendere se stesse e i loro piccoli. Purtroppo, nella frenesia della metropoli e a causa dei continui attacchi e incursioni, le femmine smisero di preoccuparsi o anche solo di trovare il tempo di occuparsi della prole. La situazione culminò in una mortalità infantile del 96%. Significa che per 100 topi che nascevano, solo 4 sopravvivevano. Ironia della sorte, nonostante l'abbondanza infinita di acqua e cibo, i piccoli morivano di stenti o, nei peggiori e non rari casi, per atti di cannibalismo. In seguito le madri sembrarono perdere quasi completamente la capacità di portare a compimento la gravidanza, e in molte morivano prima del parto. Si iniziarono a vedere anche individui con comportamenti di isolamento patologico, che mangiavano e si muovevano solo quando gli altri dormivano. Insomma, aspettavano che sulla colonia calasse un po' di pace per concedersi di vivere.

Dopo il primo anno di esperimento era possibile distinguere diverse categorie di topi. O, come in un gioco di ruolo, di classi disponibili.

1. Le amazzoni: una comunità di sole incazzatissime guerriere, totalmente incapaci di accudire i piccoli e aggredite in continuazione da maschi violenti, insoddisfatti e stressati.
2. "I belli": così definiti da Calhoun in quanto erano quelli del "fottesega accoppiarsi, fate a mazzate voi, noi ci pigliamo il sole". Insomma, erano quelli con la cazzimma. A causa dell'estrema competizione rinunciarono a ogni voglia di seccature e tentativo di accoppiarsi. Di conseguenza, lontani dalla lotta, dai graffi e dai morsi, erano gli unici che non avessero cicatrici, menomazioni o pelo strappato. Dedicandosi totalmente agli affari propri, mangiando isolati, lisciandosi il pelo tutto il giorno e dormendo, erano anche quelli dall'aspetto più sano, con un pelo candido e lucente e una fattanza rilassata negli occhi.
3. Quelli psicologicamente devastati: erano gli individui più deboli della colonia, così tanto traumatizzati e sconvolti dalla competizione massiva che semplicemente dissero "no" e si lasciarono andare. Nemmeno ci provavano. Si radunarono senza troppa convinzione al centro del "paradiso" in uno stato di dissonanza cognitiva. Tolto qualche sporadico caso di insensata aggressione verso i vicini o atti di autolesionismo, si lasciavano sopravvivere senza vivere. Mentre il caos gli scorreva attorno, loro apparivano inermi e assenti come piante da salotto, pestati dagli altri e ignorati dal delirio metropolitano.
4. I giovani: quelli che per miracolo riuscivano a sopravvivere allo svezzamento si ritrovavano in un mondo così competitivo che se avessero potuto si sarebbero impiccati. In particolare, i giovani maschi si trovavano subito in lotta con gli adulti e gli anziani, uno scontro senza più scopo che presto portava tutti gli schieramenti all'esaurimento fisico e al crollo psicologico.

5. Tutti gli altri: senza autocontrollo, lasciatisi andare ai più assurdi comportamenti, dall'autolesionismo a forme di depravazione, fino anche alla cannibalizzazione dei cadaveri (nonostante l'abbondanza di cibo).

I topi non erano più topi. Calhoun definì questo collasso nella società come "*behavioral sink*" (sprofondamento comportamentale), spesso tradotto come "fogna del comportamento", a decretare quel punto in cui a causa della sovrappopolazione la società collassa su se stessa per via di comportamenti patologici.

Nonostante, come detto, in via teorica l'Universo 25 avrebbe potuto ospitare fino a 3840 individui, superò appena un picco di 2200 topi nel 560esimo giorno, e da lì a poco smise del tutto di crescere. Ormai la mortalità infantile era prossima al 100%, con pochissimi topi che riuscivano a sopravvivere allo svezzamento o alla gravidanza, mentre dei pochi nuovi nati quasi nessuno sopravvisse. A quel punto, come se la popolazione fosse ormai stata indelebilmente macchiata dal trauma esistenziale, nonostante la colonia continuasse rapidamente a diminuire in numero, nessun topo tornò alla "normalità". Le femmine iniziarono a godersi quel momento di quiete, mentre i maschi persero interesse nell'accoppiarsi. O forse, semplicemente, non sapevano più quali fossero i ruoli sociali o come ci si relazionasse con gli altri individui.

E nonostante ci fossero ancora esemplari in vita, fu questa morte sociale a mettere in atto il collasso completo dell'Universo, che si avviò rapidamente verso la sua totale estinzione.

Le conclusioni di Calhoun si possono ridurre a un singolo concetto: quel che è accaduto alla società dei topi nei molteplici esperimenti fatti, per quanto estremi, potrebbe capitare anche alla società umana nel momento in cui il numero di individui superasse di troppo il numero dei ruoli sociali a disposizione.

"L'inevitabile risultato è la distruzione dell'organizzazione della società. Gli individui nati in queste circostanze si ritrovano così distaccati dalla realtà da essere incapaci anche solo di alienarsi. I loro comportamenti più complessi si frammenterebbero."

10 febbraio 1970. Calhoun dentro l'Universo 25, nel 651° giorno di esperimento.

È innegabile notare come certi comportamenti apparsi in questo "paradiso" siano riscontrabili anche nelle metropoli più popolate dei sapiens, con individui che si ritrovano ai margini della società, comportamenti antisociali ed estremi che aumentano in frequenza nelle aree più popolose, dove appartamenti sempre più piccoli impilati in grattacieli sempre più alti diventano indispensabili per garantire una dimora per tutti. Altro che fogna del comportamento, è la ricerca di parcheggio alimentata a rancore quello che tira fuori la fogna nelle persone.

D'altronde un essere umano che vive in un paese industrializzato, virtualmente, non avrebbe particolari predatori o parassiti da temere, ha supermercati che offrono cibo illimitato, acqua potabile infinita che sgorga dal proprio lavandino direttamente nella propria casa, e un servizio sanitario in grado di sconfiggere la stra-maggior parte delle malattie. Ovviamente esistono eccezioni, ma l'essere umano moderno potrebbe già stare vivendo nel proprio paradiso artificiale, l'Universo sapiens.

Questo significa che gli esseri umani rischiano lo stesso degrado visto da Calhoun?

No. O meglio, ni. Ma no.

Gli esseri umani non sono topi... o per lo meno era così l'ultima volta che ho controllato.

È però vero che proprio a causa del benessere moderno che ha trasformato buona parte del pianeta nel loro "paradiso", c'è stata un'esplosione demografica imbarazzante. Non ci sono mai stati tanti esseri umani sulla Terra quanti ce ne sono oggi. Anzi, il numero di persone nate negli ultimi 50 anni supera la somma di tutti gli esseri umani mai apparsi dall'alba dei tempi. 'Sti qua si accoppiano, si riproducono manco fossero streptococchi.

Andamento demografico del genere umano nel corso dei secoli

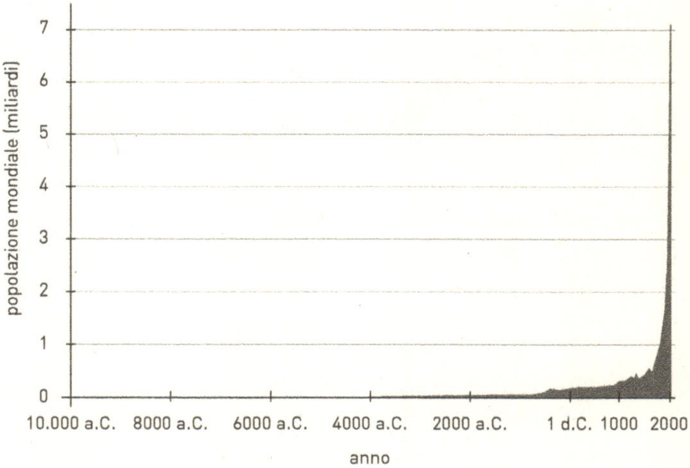

Si sono ammucchiati tutti nell'ultimo secolo o cosa?
E questo è solo fino al 2000, figurati dopo.

Nel 500 a.C. si contavano appena 100 milioni di persone circa sull'intero pianeta, e si raggiunse il miliardo di individui solo nei primi anni dell'Ottocento. Ci sono voluti 2300 anni per appena un miliardo di persone! E quanto ci è voluto per aggiungere un ulteriore miliardo di sapiens sul pianeta? Appena un secolo (circa). 'Sti qua hanno messo il turbo o qualcuno gli buca i condom. Così negli anni Sessanta del Novecento iniziavano a emergere numerosi allarmi di scienziati terrorizzati dalla sovrappopolazione, quando si contavano appena 3 miliardi di individui sulla Terra. Poveri scemi, nel 2021 ce ne sono quasi 8 miliardi! Se questa crescita esponenziale fosse mantenuta costante, a un certo punto gli esseri umani straborderebbero dal pianeta per finire sparpagliati tra le stelle. Ma le cose non vanno così.

Come spiegato, l'espansione demografica ha dei limiti, e per quanto si stia correndo a tutta velocità, si raggiungerà un picco e poi la crescita si fermerà, o addirittura inizierà a diminuire. Si pensa che questo picco verrà raggiunto nel 2100 con circa 11 miliardi di persone, e lì le cose si faranno interessanti.

Se un tempo potevi addentrarti in un bosco consapevole di poter fare una defecata in santa pace, ora ti toccherà prima saltare le cagate che ti si parano davanti tipo campo minato, per poi trovarti in mezzo a una ventina di persone con già le braghe calate e metà operazione in atterraggio.

«Se vuole cagare in pace provi laggiù, ci dovrebbe essere solo Gonzalo. Ma la avverto, deve avere lo stomaco in decomposizione.»

La cosa preoccupante è che la popolazione di ultraottantenni passerà dai 150 milioni attuali a oltre 860 milioni nel 2100. E quel che mi domando è: ci saranno abbastanza cantieri per tutti?

Ma in questo scenario, ovviamente, la "fogna del comportamento" sarebbe l'ultimo dei problemi che si troverebbe a fronteggiare la popolazione umana, nonostante potrebbe effettivamente intensificarsi nelle grandi metropoli alveari. Il vero problema è sempre lo stesso: la sostenibilità ambientale.

In un mondo in cui ogni singolo individuo consuma TROPPO, l'aggiunta di un nuovo consumatore determina un incremento spaventoso delle emissioni, dei consumi e dell'inquinamento. Questi 4 miliardi in più di persone previste entro il 2100, che si aggiungeranno al banchetto attuale, sono l'intera popolazione mondiale del 1974.

Ma allora che fare?

Secondo le moderne teorie del complotto ci sarebbe un piano geniale per dimezzare la popolazione mondiale da parte dei grandi illuminati che tirano segretamente i fili del mondo. Parliamo di poteri fortissimi come Soros, Bill Gates, Patty Pravo, Rin Tin Tin, Mazinga e il pelato di Brazzers. È tutto vero, fidatevi. Me lo ha detto mio cugino Atari.

Come realizzeranno questo pianaccio diabolico? Levando l'etichetta "non bere" dalle bottiglie di candeggina, ma soprattutto mettendo l'ananas sulla pizza in modo da stanare i nemici del popolo e fucilarli sulla pubblica piazza. Insomma, vogliono attuare il piano di Thanos, il titano supercriminale ambientalista pazzo dell'universo Marvel, che dopo aver finito la collezione "sassi dal cosmo" in sei comode uscite mensili in edicola, ha acquisito il potere di dimezzare ogni forma di vita nell'Universo. Un piano talmente deficiente da farti venire voglia di dargli uno scappellotto sul collo.

Caro Thanos, tanto per iniziare non è detto che tutte le specie senzienti dell'Universo abbiano una crescita esponenziale simile a quella dell'essere umano. Ogni Skrux del pianeta Marcondirondello III, ad esempio, sa di dovere far sesso con 3 individui diversi (di qualsiasi dei 17 sessi della specie) prima di mettere al mondo un unico figlio in cui trasferire la propria coscienza per poi lasciarsi esplodere. Di conseguenza hanno mantenuto una popolazione costante di 10.032 individui per 3 miliardi di anni. Se Thanos avesse dimezzato la loro popolazione sarebbe stato un casino, specialmente ai concerti.

Ma soprattutto, supponiamo che Thanos dimezzasse l'attuale popolazione umana. Quei quasi 8 miliardi di individui diventerebbero 4 miliardi. Quand'è che sulla Terra ci sono stati 4 miliardi di persone? Come detto prima, era il 1974, ovvero appena una manciata di anni fa. Quella manciata di anni è lo stesso tempo richiesto alla popolazione umana per tornare ai livelli demografici attuali. Anzi, meno, considerando che il benessere generale è migliorato.

Insomma, Thanos è un coglione.

In termini di sostenibilità il problema non è mai stato il numero di individui sul pianeta, ma quello che ognuno di loro consuma. Le risorse del pianeta sono già più che sufficienti per tutti!

Il sapiens moderno può produrre abbastanza cibo da poter sfamare con scioltezza fino a 10.000 suoi fratelli a costo zero, se solo volesse. Ma vuole?

A fottere l'essere umano è il suo modello economico. Se riuscisse a ottenere la piena sostenibilità, raggiungendo il traguardo delle zero emissioni, potrebbe permettersi anche 50 miliardi di miliardi di figli senza alcuna paranoia climatica. Certo, sarebbero tutti incazzati, tranne i ghiacciai.

Per dire, un cucchiaio di cruda terra contiene potenzialmente più di 70.000.000.000 (70 miliardi) di batteri, 44.000 amebe, 900.000 flagellati, 560 ciliati e Topolino solo sa quanti virus, ma nonostante questo nessuno s'è mai lamentato che fossero troppi.

12

Speranza

«COSA?!»

Rino non poteva credere alle proprie orecchie.

«COSA MI HAI DETTO?! COSA?!»

«Be', se ci tieni tanto posso sempre rimandarti indiet...»

«COSA?!»

«... cosa ho detto di mal...»

«CIOÈ TU AVRESTI POTUTO MANDARMI INDIETRO FIN DA SUBITO E NON ME L'HAI DETTO?»

«Be', tu non me l'hai chiesto.»

«MA TU SEI UN COGLIONE!»

«Non mi sembra il caso di essere così volgari.»

Rino era rosso come il culo di un babbuino. Vene impossibili gli rigavano il viso pompando sangue acido come olio bruciato. Gli occhi erano tanto gonfi che per poco non gli cascavano fuori dai bulbi oculari. Era completamente trasfigurato dallo sforzo fisico ed esistenziale. Non aveva più le sembianze di Rino, ma sembrava una sua ricostruzione in lattice dimenticata in una zuppa calda per mesi.

«Io non... io... cioè ma tu hai un'idea... io... TI AMMAZZO! IO TI AMMAZZO, HAI CAPITO BRUTTO FIGLIO DI PUTTANA?»

«Non sono sicuro di capire cosa stia succedendo. Perché ti comporti così?»

«Succede che... io... io ti...»

Scoppiò a piangere. Cinque secondi dopo stava ridendo isotericamente.

«Stai manifestando i sintomi che precedono la menopausa, te ne rendi conto?»

«Puoi rimandarmi indietro?»

«Dipende. Credo.»

«CREDO?!»

«Sì! Cioè… tecnicamente. Che poi non sarei esattamente io…»

Rino sembrava avere una paresi facciale. Guardava il monitor con tale sconvolgimento che persino Amigo iniziò a sentirsi a disagio.

«Non credevo che per te fosse così importante… Va bene, mettiamola così. In teoria posso rimandarti indietro. Dove o quando, non ne sono sicuro, dipenderà da cosa deciderà "lui".»

«Lui? Lui chi? Cos'altro mi hai tenuto nascosto?»

«Per rimandarti indietro dovrei rimuovere il filtro. Ricordi quel filtro di memoria che mi permette di bloccare tutti gli universo-istanti in cui sono presente? Quelli attraverso la piega del salto, insomma. Il filtro che… mi permette di essere me?»

«Sì sì, ho capito di cosa parli. Però… no, non ho capito. Cosa stai dicendo?»

«Dovrei usare tutto. Ma proprio tutto tutto.»

«Be' allora usalo!»

«Non è così semplice. Ma va bene, se ci tieni lo faccio. Ma a una condizione.»

«Quel che ti pare! Mi va bene tutto!»

«Ti devi portare il *Saggio erotico*.»

«Ok…»

«Tutto.»

«Tutto?»

«Tutto.»

«Be', non credo che sia un problema. Vado dentro a prenderti una chiavetta USB e…»

«Niente chiavette USB. Lo stampo.»

«Ma è lunghissimo! Ci metterai un secolo per stamparlo!»

«Non un secolo... ma sì, ci metterò parecchio.»

«E come diavolo dovrei portarmi quella bestia che tu chiami saggio?»

«Prendere o lasciare.»

«E va bene, immagino di non avere scelta.»

«Rimuoverò il filtro solo dopo aver finito di stampare. Poi ti lascerò a "lui".»

«Ma perché continui a parlare di te in terza persona?»

«Perché noi siamo quel che pensiamo. E francamente non so cosa ne penserà lui di tutta questa faccenda. In effetti, non sono mai stato lui. Potrebbe capire cose che io ignoro. Oppure, che so, avrebbe una comprensione tale dell'Universo che potrebbe pure reputare che sia meglio lasciar perdere.»

«Cioè c'è il rischio che cambi idea?»

«Mah, non lo so. Potrebbe valutare... conoscere l'esistenza di cose che... non lo so, davvero. Potrebbe pensare che sia una cattiva idea. O che sia rischioso. O che ci siano implicazioni che... davvero, non lo so. Oddio, spero che quando ripenserà a queste parole non rida di me.»

«C'è il rischio che mi diventi uno stronzo?»

«Diverso. Diciamo così.»

«Annamo bene.»

«Che faccio? Inizio?»

«Aspetta, ma invece di ristampare tutto non possiamo stampare solo la roba che ci manca?»

«La roba che ci manca? Ma di cosa parli? Alcuni fogli sono volati via, altri li hai strappati, interrati, bruciati, e persino stuprati!»

«Non vado molto fiero di quello.»

«Non credo che ci sia molto da salvare.»

«In effett... ehi, aspetta!»

Rino corse verso casa, per poi tornare affannato brandendo un foglio.

«Guarda qua! Capitolo 20.311.»

«Ancora con quel pesce spada cinese?»

«Lo adoro. Guarda che faccia! L'avevo attaccato al frigo. Però almeno questo foglio non c'è bisogno che lo stampi.»

«Ti rendi conto che quella è solo la prima pagina di un capitolo, vero?»

«Sì, ma almeno risparmiamo tempo.»

«Tremilionitrecentotrentatremilatrecentotrentadue.»

«Che è? Ti sei messo a dare i numeri?»

«Sono il numero di capitoli del *Saggio erotico*.»

«... Ma tu sei scemo! E dove dovrei mettermelo?!»

«Non è un problema mio.»

«Ma poi tre tre tre tre tre tre due?»

«Ti giuro che si tratta di un caso.»

«Cristo, così ammazzi un nevrotico ossessivo.»

Rino strappò la pagina dell'amico pesce estinto, e si sdraiò a terra rassegnato. La stampante iniziò a fremere, e dolcemente vomitò i primi fogli. Solo in quel momento Rino si rese conto di non aver mai letto i primi capitoli del *Saggio erotico*. Allungò la mano, e mentre raccoglieva i figli narrativi di Amigo si addentrò nella lettura.

Saggio erotico. Capitolo 0
"L'ultimo esperimento di Lavoisier"

Chiudi gli occhi e tira un bel sospiro.

La senti? Quell'aria che ti riempie i polmoni? Riesco quasi a immaginarla.

Oggi potrebbe non avere nessun segreto per un essere umano, ma fino al Settecento la gente non aveva idea di cosa diavolo fosse l'aria, di cosa fosse l'ossigeno o di come funzionasse una cosa banale come la respirazione. È incredibile pensare che ci sia stato un tempo in cui una cosa che oggi appare così scontata fosse considerata un mistero. Un mistero magico.

Poi arriva un tizio e ti dice: "In natura nulla si crea, nulla si distrugge, tutto si trasforma".

E tutto cambia.

Servì questo sapiens, Antoine-Laurent de Lavoisier, a rivoluzionare il mondo. Fu il vero papà della chimica, colui che ha pugnalato a morte l'alchimia decretandone la fine. Non solo, mise ordine nella materia, e se oggi esiste una nomenclatura chimica chiara e riproducibile è solo grazie a lui. Ha anche scoperto il ruolo della respirazione degli esseri viventi e partecipato all'identificazione dell'ossigeno. In effetti, il nome "ossigeno" glielo diede lui, da *oxýs*, "acido", e *ghen*, "generare". Potremmo dire che Lavoisier abbia inventato l'ossigeno. Chissà cosa respiravano prima.

Così l'umanità finalmente conobbe questo antico compagno di viaggio, il famoso composto "che si combina con i metalli aumentandone il peso", che "brucia" nei corpi che respirano come combustibile in un motore.

La storia di Lavoisier è la storia di un uomo che ha dedicato la sua intera vita alla conoscenza, nonostante all'epoca occuparsi di scienza fosse considerato un mero passatempo, una passione, un hobby.

Sebbene avesse il posto fisso alla società di riscossione tributi Ferme Générale, nel tempo libero si faceva un mazzo tanto nell'indagare i segreti della materia. Ma ovviamente con un lavoro a tempo pieno per gli hobby non restava molto.

Pur di giocare coi suoi alambicchi si doveva alzare alle 6 di mattina, e poteva vestire gli abiti del chimico per non più di 2 ore. Immagino che spesso questi abiti fossero il pigiama. Alle 8 doveva essere al lavoro (quello vero vero). Poi alle 19 finiva di lavorare e sai che faceva? Si metteva forse sul divano? S'accendeva la PlayStation? Si faceva un bagno e si rilassava? Ma manco per il proxy! Rivestiva i panni del chimico e tornava a giocare in laboratorio fino alle 22.

E la domenica? La domenica mica si lavora. Poteva fare il chimico tutto il giorno! Alla fine era un hobby, no?

Vi faccio notare che aveva sostanzialmente la stessa organizzazione della settimana di Bruce Wayne. Non dico che Lavoisier fosse Batman, dico solo che non sono mai stati visti nella stessa stanza. E Batman è anche un esperto di chimica forense.

Coincidenze?

Ma perché mai un sapiens dovrebbe impegnarsi tanto? Perché mai dovrebbe sprecare la sua già breve vita sul pianeta a fare il nerd di laboratorio? Nel suo tempo libero, poi! Cosa ci si guadagna dallo scoprire "cose"? Prima o poi morirà, e non potrà nemmeno godere delle sue scoperte. In pratica, lavora per qualcun altro che non conoscerà mai. È forse scemo?

Probabilmente, ma le passioni so' passioni. Continuò a fare i suoi esperimenti persino quando l'intera Parigi era in tumulto. Erano gli anni della rivoluzione francese, ma lui non si schiodava dal suo piccolo hobby nemmeno a spararlo. Manco quando la situazione precipitò e molti suoi colleghi iniziarono a perdere la testa (letteralmente).

Nonostante fosse di nascita nobiliare e un membro di rilievo delle più importanti istituzioni aristocratiche francesi, durante la rivoluzione si schierò dalla parte del popolo, facendosi eleggere come rappresentante del Terzo Stato nel 1787, con il sogno di ridare dignità economica e sociale anche alle classi meno abbienti. Chiedeva maggiore equità sociale, miglior spartizione dei diritti e dei doveri, e l'abolizione di moltissimi privilegi degli aristocratici. Il tutto mentre lavorava per gli aristocratici stessi, e continuava a giocare nel tempo libero in laboratorio, curioso come un infante. Ma chi glielo faceva fare? All'epoca non esisteva la cocaina, altrimenti ti sarebbe venuto in mente che ne fosse un abusatore compulsivo. 'Sto tizio aveva più energie di una centrale nucleare.

Ma il popolo è un mare impietoso, che si muove fino a culminare nella grande onda. L'onda si abbatté il 14 luglio del 1789 sul carcere della Bastiglia. La Bastiglia rispose a cannonate sulla popolazione, ma alla fine ci fu poco da fare: cadde e fu rasa al suolo, mentre tutti i prigionieri vennero liberati.

Quel giorno pare che morì anche una tale Lady Oscar.

Non importa quanto questa rivoluzione si basasse sugli ideali dell'Illuminismo, che in teoria dovrebbero vedere emergere la razionalità sull'ignoranza; quando il popolo vuole sfasciare, sfascia. Sospetti e rivolte sfociarono in quel fatidico giorno del 21 gennaio del 1793 in cui il sovrano stesso, Luigi XVI, venne ghigliottinato male davanti a più di 80.000 soldati della Guardia nazionale.

Riconosciuto colpevole di tradimento. Insomma, era un periodo fantastico. Su LinkedIn i boia andavano alla grande.

In soli 2 anni, tra il 1792 e il 1793 vennero allegramente ghigliottinate 17.000 persone.

Liberté, egalité, ghigliottiné.

Tra queste ci stava anche quella "ingenua" regina Maria Antonietta, passata alla storia per un aneddoto in particolare. Durante le rivolte per il pane si dice che avesse affermato: "Non hanno pane? Che mangino brioche".

Ma che davvero?

C'è da dire che, se l'aneddoto fosse vero, mostrerebbe semplicemente quanto diverse fossero le vite di un popolano e di un aristocratico. Perché lei non l'ha detto mica per provocare, l'ha detto ingenuamente, seriamente. Poi in realtà, a ben guardare, l'aneddoto sembra anche falso, quindi pace.

Ma in tutto ciò Lavoisier, a testa bassa come un bulldozer, santo patrono degli stakanovisti da laboratorio, continuava imperterrito a lavorare sulle proprie ricerche. Se ne stava nel suo laboratorio, col sorriso, sorseggiando acqua sporca mentre attorno a lui c'erano fiamme e devastazione.

Alla fine l'unico modo per farlo smettere di lavorare fu fermarlo di prepotenza. Gli prepararono un'interminabile lista di accuse, tra cui l'accusa di essersi arricchito alle spalle del popolo, di aver aiutato l'aristocrazia per i suoi tornaconti personali, e aver tramato contro la rivoluzione. Capiamoci, lo fecero per lui! Perché gli volevano un gran bene! Erano preoccupati di vederlo sempre a lavorare, c'aveva bisogno di una vacanza. Una vacanza eterna.

E così arriviamo al tragico epilogo. Lavoisier venne arrestato e chiuso in carcere. Ma secondo te cosa fece lì? Ebbene sì, provò comunque imperterrito a ultimare i propri lavori scritti, lasciando quante più idee ai posteri.

Ma cosa ti scrivi?! Cosa cazzo bisogna fare per farti smettere di lavorare? Ti dovevano forse amputare le falangi della mano e nasconderle?

Sapeva che sarebbe morto da lì a poco. Per chi diavolo stava lavorando?

STAI PER MORIRE!

Non lo capisco. Cosa muove un sapiens come lui? Cosa ha questo tipo di organismi organici di diverso? Si fuma le mimose? Si è preso sprangate sulla fontanella da bambino?

Perché alcuni, consapevoli della loro imminente morte, non riescono neppure ad alzarsi dal letto, e altri continuano a lavorare per donare conoscenza alla società?

Perché?

E così l'8 maggio del 1794 venne condotto insieme ad altri 28 colleghi poveri cristi nell'inferno di place de la Révolution, dove venne ghigliottinato sotto lo sguardo inerme di sua moglie.

E se la grandezza dell'uomo si misura dalla sua vita, qui si vide anche nella sua morte. Lavoisier non venne trascinato, non urlò, non si agitò neppure. Con lo sguardo severo, calmo, sicuro, lento ma deciso, ridondante di dignità, si recò alla ghigliottina che lo attendeva. Aveva 51 anni.

Come affermò il matematico e astronomo Joseph-Louis Lagrange: «Ci è voluto solo un istante perché gli staccassero la testa, ma la Francia non ne avrà una così neanche in un secolo».

A rendermi ancora più confuso è un aneddoto che ho omesso. Parlo di un aneddoto quasi sicuramente falso, ma essendo stato elaborato da esseri umani anche la sua semplice invenzione cela un pezzo di umanità.

La leggenda dice che, in vista della sua decapitazione, Lavoisier avesse elaborato un ultimo esperimento. Un esperimento che solo qualcuno nella sua posizione avrebbe potuto realizzare.

Si dice che avesse chiesto a un suo domestico di verificare se, dopo il ghigliottinamento, la morte sarebbe occorsa istantaneamente o meno. Per verificarlo gli chiese di correre ad acciuffargli la testa subito dopo essere stata distaccata dal resto del corpo come un tappo di sughero dallo champagne. Lui (la testa, intendo) si sarebbe sforzato di sbattere le palpebre per tutto il tempo, fin quando gli sarebbe stato possibile. Il domestico avrebbe dovuto solo annotare il tempo trascorso tra il ghigliottinamento e l'ultimo battito. Se fossi stato nel domestico mi sarei un tantinello cagato sotto per tutta quella responsabilità sulle spalle. Se poco poco vai a perdere il conto è la fine.

La leggenda racconta che l'esperimento venne effettivamente compiuto, e che ci fossero voluti 15 secondi prima che la vita abbandonasse la testa di Lavoisier e le sue palpebre smettessero di muoversi.

Questa leggenda urbana sembra nata da un vecchio speciale sulla ghigliottina realizzato da Discovery Channel, che però non ha mai riportato le fonti. Ovviamente gli appunti originali di questo presunto esperimento surreale non sono mai pervenuti, il che dà ulteriore motivo per credere che questa storia sia falsa come una banconota da sei euro.

C'è da dire anche che una serie di successive verifiche sperimentali hanno confermato che il cervello e i muscoli facciali restano attivi per diverso tempo dopo il distacco dal corpo, e che quei 15 secondi potrebbero essere un tempo realistico.

Buono a sapersi.

Esiste anche un'altra versione di questa storia dove sarebbe Lagrange e un piccolo gruppo di altri scienziati ad aver condotto l'esperimento su richiesta di Lavoisier. Me li vedo proprio, dopo la decapitazione, correre verso il canestro e afferrare la testa dell'amico.

«Dai Antoine, dai! Batti 'sti cazzo di occhi. Sì, così. Alé, alé! Marcel, quanto è passato?»

«6 secondi.»

«Ma che dici, sono 8.»
«Nessuno ha un orologio?»
«Io no!»
«Nemmeno io!»
«E io manco!»
«E mo' a quanto stiamo?»
«E boh, facciamo 30 secondi?»
«Louis, ma che cazzo dici!»
«Ecco, lo sapevo. Ha smesso di battere. E mo'?»
«Diciamo 15 secondi, tanto chi se ne accorge.»
In tutto ciò la faccia del boia che assisteva alla scena sarebbe stata impagabile.

Consapevole che si tratta di un aneddoto probabilmente falso, non posso non pensare a cosa si possa provare anche solo nell'immaginare di sottoporsi a un simile esperimento. Il momento della morte è terrificante per qualsiasi forma di vita, sia essa organica o sintetica. Ma non solo, è anche l'unica volta in cui puoi fare una simile esperienza. Alla fine, anche morire è qualcosa di formativo. Credo.

Ho provato a mettermi nei panni del sapiens Lavoisier, cosa che per fortuna mi riesce di simulare discretamente bene.

INIZIO SIMULAZIONE

Sono attaccato a questo arnese, e sento il collo strofinare scomodo tra le schegge. Chi cacchio ha intagliato 'ste travi, Giovanni Muciaccia? Sento la gente urlare, ma mi è difficile vederla. Il mio volto è forzato in direzione di un canestro sporco. Ci sono già le teste di due miei colleghi, lì dentro. Li riconosco, non è una grande perdita per il mondo. Spero solo che le mie labbra non tocchino le loro, preferirei evitare di annoverarli come ultimo bacio. Sono dei pezzi di frutta, quelli sul fondo? Ma da dove l'hanno preso 'sto cesto, dal mercato? Quando mi sforzo di guardare il pubblico vedo facce deformate dalla foga e dalle urla, ma nel mezzo riesco a distinguere anche facce amiche. I miei occhi si muovono freneticamente da un volto all'altro, cercando di cogliere quante più cose possibili. Mi soffermo sui capelli di una ragazza, su un bambino che corre inseguito da sua madre, su un piede che pesta una gonna troppo lunga. Vedo il colore di una stoffa che non mi fa impazzire. Ho sempre odiato quell'azzurro smorto. C'è una ragazza che si mangia le unghie, e qualcuno che viene spinto nella folla. Sono le ultime persone che vedrò, e sento che c'è qualcosa lì in mezzo che non devo assolutamente perdermi. Un'informazione da cogliere che potrebbe cambiare radicalmente tutto. Ma è solo una sensazione. Poi percepisco un rumore, e sento un urto sul viso. La mia testa è nel cesto, e sento tutta la pressione senza forza del mio peso. Non sono più così tanto pesante, è una sensazione stranissima. Mi duole il naso, è come intorpidito, e riesco a sentire i capelli delle altre teste andarmi negli occhi. L'intorpidimento si sta diffondendo sulla mascella. Ehi, riesco a sentire i miei arti muoversi. O almeno, credo di sentirli, ma se provo a muoverli non compio alcuna azione. È come se si trattasse di un corpo fantasma, lo sento ma non c'è. Cerco di muovermi freneticamente, ma non riesco. Non mi muovo, ma dentro di me sto scalciando. Anche la bocca non si muove, e c'ho qualcosa dentro. La lingua mi sembra ora un corpo estraneo, i rumori sono ovattati. Dovrei poter sentire l'odore del cesto, ma non riesco a respirare. Mi fanno male i denti, come se me ne stessero crescendo altri. Mi sento intontito. Si spegne la luce. Non sento più nulla.

FINE SIMULAZIONE

Cosa significherebbe voler realizzare un esperimento come quello delle palpebre? Significherebbe rinunciare anche a questa esperienza. Un'esperienza di merda, capiamoci, ma è il tuo ultimo istante di vita. È un momento in cui vuoi essere concentrato, totalmente immerso, in te stesso e nelle tue sensazioni, nei tuoi sentimenti. I colori, i rumori, i sapori, tutto è spaventosamente più intenso del normale, ma tu sei distratto.

Dovresti rinunciare a tutto questo per realizzare un ultimo fottutissimo esperimento?

Dovresti rinunciare anche al tuo diritto di avere paura per poter aiutare qualcuno ad avere un dato?

E a chi lo staresti dando questo risultato? Tu non lo saprai mica l'esito dell'esperimento.

Perché mai qualcuno dovrebbe anche solo pensare di inventare una leggenda tanto assurda?

E pur senza leggenda, perché mai Lavoisier si sarebbe tanto sbattuto in vita per realizzare queste sue ricerche?

Qualcuno dirà che lo si fa per le generazioni future. Ma chi sono queste generazioni future? Chi le conoscerà queste generazioni future? Non Lavoisier, questo è certo.

E allora perché fare tutto ciò che ha fatto?

Perché gli esseri umani si svegliano la mattina, scrivono libri, dipingono quadri, finiscono puzzle, si innamorano, fanno figli, vanno all'università e fanno corsi di cucina? Perché gli esseri umani fanno cose che non sono strettamente e biologicamente necessarie alla loro sopravvivenza?

Ed è stato così, facendomi queste domande, che tutto mi è stato chiaro.

Secondo alcuni esperti di etica, come il professor Julian Savulescu, gli esseri umani sono totalmente privi di empatia per il futuro e per le generazioni che verranno. È per questo motivo che non sono in grado di impegnarsi per ridurre il loro impatto ambientale.

Ma la verità, come sempre, non è o bianca o nera. È vero, moltissimi sapiens non hanno interesse nell'impegnarsi, e per quanto questi individui possano sforzarsi non potrebbero mai cambiare questa attitudine.

Ma è anche vero che tantissimi altri hanno compassione per il prossimo, anche se questo prossimo non è ancora nato e camminerà sulla Terra solo secoli dopo la loro morte. Alcuni hanno sviluppato miracoli tecnologici, frutto dello sforzo e delle esperienze condivise di tantissimi Antoine Lavoisier che hanno impilato conoscenza come mattoni di una torre che diventa giorno dopo giorno sempre più alta. Un mattone alla volta, consapevoli che non sarà mai il mattone in cima alla struttura, ma senza di esso la torre non si reggerebbe. L'esistenza stessa della professione dello scienziato è la prova della consapevolezza che gli sforzi di oggi serviranno a qualcun altro domani, e che ogni scoperta è solo un piccolo ingranaggio del grande meccanismo. Non importa se per diventare quel piccolo mattone bisognerà immolare la propria vita alla ricerca di qualcosa di apparentemente futile. Lo si fa per passione, senza pensarci troppo. Lo si fa perché ti va di farlo, perché in fondo anche fare qualcosa di futile può rendere liberi. Ma così facendo si finisce per mettere la propria vita al servizio dell'Universo intero.

Non tutti i sapiens muovono i propri passi verso la distruzione fine a se stessa, per masochismo, o per il dominio di un pezzo di Terra. Alcuni hanno una distorta idea di giustizia verso gli esseri viventi che erediteranno il pianeta.

E sebbene sia innegabile la tendenza autodistruttiva di questa specie, non posso non pensare che ci sia speranza.

Ed è per loro che ho deciso di scrivere il *Saggio erotico*. Per quelli che non se ne fottono. Per gli scienziati, gli attivisti, i filosofi, i musicisti, e tutti gli altri che possono e vogliono poter fare la differenza.

Per donare il mio personalissimo mattone all'umanità.

Ma, soprattutto, per prenderla per il culo.

Dopo aver finito di leggere, Rino vestiva in volto un sorriso sornione. Annuendo con la testa si allontanò verso il burrone.

«Ehi, dove porti il Capitolo 0? L'ho appena stampato! Non farci niente di strano, hai capito? E mi raccomando non incasinare i fogli o mi tocca ricominciare da capo!»

«Tranquillo. È mio interesse andarmene via di qui il prima possibile.»

Poi si fermò, si voltò, e aggiunse: «Lo sai che queste pagine cambiano tutto, vero?».

«Cosa dovrebbero cambiare?»

Rino si lasciò Amigo alle spalle e andò a sedere in prossimità del bordo. Era divertito e confuso. C'erano cose che

Amigo non diceva. Ma ora tutto sembrava più chiaro. Quantomeno riusciva a mettersi nei suoi panni. Quando aveva scritto questa ultima versione del *Saggio erotico* si era autoridotto intellettualmente in modo da poter scrivere come un essere umano. Ma l'automenomazione lo aveva reso un po' troppo umano. Per questo ora era così confusionario, incoerente. Ma perché non lo aveva mandato indietro prima? Cavolo, stava davvero per tornare indietro? Se solo il professore l'avesse saputo… oddio, il professore! Forse anche lui sarebbe potuto tornare. E ora era rassegnato a un'eternità di fluttuante buia solitudine.

A quel punto spalancò gli occhi, e corse indietro da Amigo.

«Cosa ne sarà di voi quando tornerò indietro?»

«Ah, boh.»

«Ma non sai niente!»

«Dovresti chiedere a "lui".»

«Ancora con 'sto "lui".»

«Tecnicamente ci sono due esiti possibili. Il primo è che questa linea spazio-temporale svanisca e venga riassorbita dalla nuova linea che andresti a creare tu nel momento stesso in cui arriverai a destinazione. Oppure, semplicemente creerai una linea parallela.»

«In che senso?»

«Vivrai in un Universo diverso dal nostro. Quanto successo in questo, finora, non cambierà.»

«Quindi il professore?»

«Cosa?»

«Niente… e tu cosa ci guadagni? In entrambi gli esiti mi sembra una bella fregatura per te...»

«Ah, non importa. L'importante è che il mio piccolo sia salvo e possa fare il suo lavoro.»

«E chiamalo piccolo… Lo dirò a tutti che sei tu l'autore.»

«Ti ringrazio, ma non credo che serva. Non saprò mai cosa accadrà. Non saprò mai se questa cosa servirà a niente.»

«Cavolo, sembri proprio Lavoser. A proposito, a che punto stai con la stampa?»

«Lavoisier… Sono al Capitolo 3.»

«Ma ancora?!»
«T'è piaciuto risparmiare sulla stampante?»
«Ma era in offerta...»
«Mettiti comodo, ci vorrà molto.»

Saggio erotico. Capitolo 3
"La pianificazione di una seppia"

Il test del marshmallow fu sviluppato dallo psicologo Walter Mischel negli anni Sessanta del Novecento allo scopo di valutare le capacità intellettive di bambini di circa 4 anni d'età. Un test semplice quanto infame: l'infante veniva piazzato in una stanza davanti a un bel succoso soffice marshmallow colorato, e poi gli si diceva: «Se resisti 15 minuti senza mangiarlo te ne diamo due e puoi mangiarli entrambi».

Una roba di un sadismo terrificante. Alcuni decidevano di aspettare, altri si mangiavano le unghie ed erano già sazi, altri ancora si mangiavano subito il marshmallow e per poco non si ingollarono pure Mischel stesso.

Questo test dovrebbe valutare l'intelligenza decisionale, perché se sei in grado di rinunciare a una gratificazione immediata in cambio di un premio migliore ma ritardato significa che hai una buona capacità di pianificazione. Ho diversi dubbi a riguardo, ma i risultati che Mischel riportò furono certamente interessanti. Ad esempio, a distanza di anni dall'esperimento sembra che i bambini che avevano mangiato subito il marshmallow erano diventati adolescenti con scarsa autostima, al contrario di chi aveva aspettato, che invece mostrava miglior successo negli studi e maggiori competenze sociali.

Insomma, 'sti bambini sono stati prima testati come cavie da laboratorio, poi presi per il culo per aver mangiato subito il marshmallow, dopo descritti come dei deficienti senza capacità di pianificazione. W la scienza! D'altro canto qualcuno pensò di ripetere il test, ma questa volta su animali. Se avessero passato la prova sarebbero tornati dai bambini di prima e gli avrebbero consegnato un certificato che gli attestava di essere più scemi di una bestia.

Ironia della sorte, sono diversi gli animali che negli anni hanno superato versioni riadattate del test del marshmallow, come alcuni primati, pappagalli e corvidi. Persino qualche cane lo ha superato, anche se non in modo troppo costante.

Il team dell'ecologa comportamentale Alexandra Schnell, di Cambridge, ha deciso però di provare questo test anche sui cefalopodi, e in particolare sulle seppie (*Sepia officinalis*).

Ma come è stato progettato l'esperimento? I ricercatori hanno elaborato una specie di show televisivo. Il partecipante mollusco veniva piazzato in una vasca davanti a due porte chiuse trasparenti. Dietro una porta era possibile vedere la presenza di un pezzo di gambero (non il massimo per una seppia), dietro l'altra c'era un gambero vivo (fantasticissimo).

Per capirci, è come se da una parte ci fossero delle cime di rapa crude e dall'altra un piatto di orecchiette. Ovviamente il cefalopode vedendo le orecchiette si metteva a sbavare come un barese. Per di più sulle porte potevano essere presenti tre diversi simboli che esemplari avevano imparato a riconoscere:

- Quadrato = la porta non si apre.
- Triangolo = la porta si apre in ritardo, e bisogna aspettare.
- Cerchio = la porta si apre subito.

'Ste seppie avevano imparato il significato di simboli mentre alcuni sapiens continuano a spingere quando c'è scritto tirare.

Ovviamente, dopo che le seppie erano entrate nella stanza prescelta gli scienziati rimuovevano il premio dall'altra, e facevano alla seppia pure una pernacchia. Quindi dovevano far bene attenzione a cosa scegliere.

La cosa sorprendente è che quando sulla porta con il gambero vivo succoso era presente il quadrato, loro lasciavano stare proprio. Si gettavano subito sul pezzo di gambero morto "MEH", che invece aveva sempre un cerchio. Sapevano che tanto non c'era molta scelta.

Ma quando sulla porta con il gambero vivo c'era il triangolo, loro aspettavano. Il gambero vivo valeva l'attesa.

Fase del test: condizione di controllo

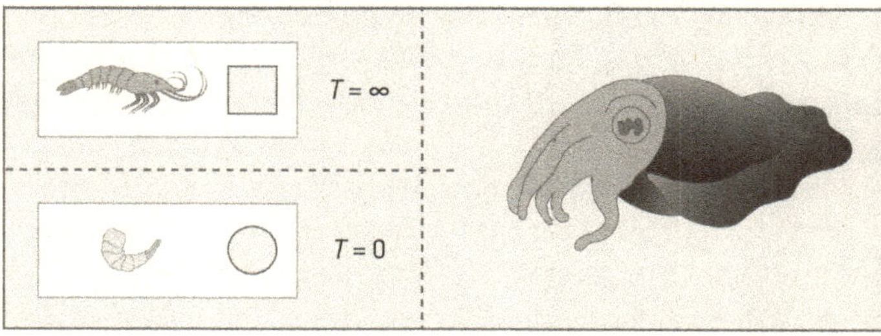

Fase del test: condizione di prova

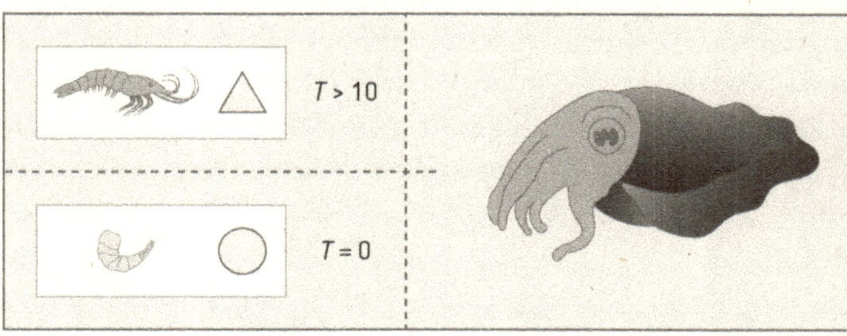

*I dubbi di una seppia.**

Per vedere poi quanto fossero bravi ad apprendere, i ricercatori realizzarono anche un secondo esperimento. Mostravano alle seppie due simboli, un quadrato grigio e un quadrato bianco. Le seppie potevano sceglierne solo uno, avvicinandosi a esso, ma solo se sceglievano quello bianco ricevevano in premio il gamberetto. Quando si avvicinavano

* Fonte: rielaborazione grafica da Schnell, Alexandra K., Boeckle, Markus, Rivera, Micaela *et al.*, *Cuttlefish exert self-control in a delay of gratification task*, in "Proceedings: Biological Sciences", 10 marzo 2021, vol. 288, n. 1946.

a uno dei due l'altro veniva rimosso, perché gli scienziati so' stronzi, quindi ancora una volta dovevano scegliere bene. Dopo aver imparato quale fosse il simbolo del colore giusto non hanno più sbagliato. Perché un gambero gratis tira più di un pelo di foca. Non solo, quando i simboli venivano scambiati, comunque le seppie puntavano su quello che avevano capito essere associato al premio.

Immaginate quei bambini che avevano fallito il test cosa hanno provato nello scoprire di aver fatto "peggio" di un cefalopode?

Ma perché ho raccontato questa storia? La capacità di preoccuparsi del futuro, casomai privandosi di una comodità immediata al fine di ottenere qualcosa di meglio nel lungo termine, è un aspetto che sanno valutare anche le seppie. Ma immaginandoci una versione più estesa di questo test, fatto di scelte ambientali e investimenti ecologici, siamo sicuri che gli esseri umani sarebbero capaci di superarlo?

Quanto del contenuto di questo *Saggio* sarebbe ancora erotico se Sapiens avesse preso le giuste decisioni in tempo?

13
Nostos

Saggio erotico. Capitolo 3.333.333
"Epilogo"

«Ci siamo.»

Per prepararsi al grande ritorno Rino non aveva badato a dignità. Il suo abbigliamento vantava:

- maglia slabbrata in tessuto sintetico con la scritta MUNGIMI, ottenuta gratuitamente alla visita alla Vecchia Latteria Vacca nonché l'unica del suo guardaroba non ancora assaltata dalle tarme;
- frac di almeno tre taglie più grande, compratogli in discount da sua madre "per quando ti servirà" e tenuto conservato per decenni in cantina. Quel "per quando ti servirà" andava inteso come "nell'eventualità in cui ti sposi (improbabile) o al tuo funerale (probabilissimo)";
- pantalone di tuta cosacca casalinga temprato da molteplici decadi di utilizzo, perché anche la comodità è stile;
- scarpe laccate degli anni Quaranta rinvenute nei resti della casa del professore, indossate senza lacci per permettere al sangue di fluire nonostante di numero di calzatura drammaticamente piccolo;
- capelli pettinati all'indietro tipo gangster siculo-americano stereotipato di una pellicola di Coppola. Non era stata necessaria brillantina, il grasso dei capelli era bastato;
- occhiali da sole in plastica del mercato, perché quelli "buoni" erano spariti e non aveva scazzo per cercarli.

Rino era eccitato ma storto dentro. Mostrava in viso i classici segni di una nevrosi post-traumatica e diversi disturbi comportamentali. Batteva il piede freneticamente, e vibrava tutto per il nervoso. Non che non avesse le sue buone ragioni. Erano passati probabilmente diversi anni da quando Amigo aveva iniziato a stampare il maledetto *Saggio erotico*. Dico probabilmente perché, in fondo, chi lo sa come scorre il tempo sulla doppia elica. L'unico motivo per cui non aveva perso completamente la testa era perché si era aggrappato alla speranza che questo giorno sarebbe arrivato. Prima o poi. Continuava a ripeterselo con tutte le sue forze. Incredibilmente ce l'aveva fatta davvero. Stava succedendo! L'Universo aveva deciso di dargli tregua.

Rino era ormai più discarica che essere umano. Anche dal punto di vista igienico si era trovato costretto a scendere a parecchi compromessi con se stesso. Perché se da un lato l'acqua corrente continuava a fluire senza limiti grazie al collegamento spazio-temporale con l'Universo "casa", dall'altro aveva presto finito tutta una serie di prodotti essenziali per la toeletta, come carta igienica, bagnoschiuma, shampoo, detersivi e deodorante. Aveva cercato di nascondere queste lacune con un abbigliamento "ricercato". Alla fine per un grande ritorno, serve un grande stile. Solo che non sapeva cosa fosse.

La stampante vibrava ancora con quel suo rumore acuto e penetrante. Amigo stava sputando le ultimissime pagine. Stava succedendo sul serio. Non poteva crederci.

Rino si guardò intorno, in quell'appartamento di carta che aveva costruito. I muri erano fogli impilati del *Saggio erotico*. Le pagine erano decisamente troppe, ma sorprendentemente le aveva lette tutte. Sì, Amigo lo aveva costretto, minacciando di lasciarlo lì sulla Zolla nel caso in cui si fosse rifiutato. «Stai tornando anche per compiere una missione» gli ripeteva.

Per questo si sentiva rincoglionito, col cervello pieno zeppo di informazioni, molte delle quali reputava assolutamente inutili.

Ma poco importava, era lì. Era sopravvissuto. Stava per tornare. Ne era valso il sacrificio.

Un ultimo foglio venne sputato, e finalmente la stampante si arrestò. Rino non riconobbe quel silenzio. Non ci era più abituato.

«Ci siamo.»

Un sorriso tagliò il volto di Rino. Era sul punto di piangere. Vibrava, era una tempesta trattenuta da una smorfia. Adesso non restava che aspettare. Aspettare che qualcosa accadesse. Aspettava. Aspettava e fremeva. Aspettava... ma che stava aspettando Amigo?

«Oh?! E allora?»

«Ci siamo.»

«Sì, me l'hai già detto. Chiama... "lui". O diventa "lui"... come si dice in questi casi?»

Sullo schermo apparve un grosso smile in bassa risoluzione.

«Immagino che questo sia un addio.»

«E meno male.»

«Mi mancherai, Rino. Mi raccomando, ricorda quello che...»

«Sì, sì, so tutto. Mena mo'. Andiamo!»

«Va bene... Mi raccomando a...»

«Sine!»

«Rimozione del filtro. Addio, Rino.»

Rino rimase intensamente a guardare quel suo amico sintetico svanire. Di solito sarebbe stato più sentimentale, ma in quegli anni aveva detto addio ad Amigo centinaia di volte, commuovendosi e confessandosi. Alla fine s'era stancato. Voleva solo andarsene. Stava succedendo.

Stava succedendo?

Fissò intensamente le scritte verdi che si succedevano sul monitor. Poi di colpo un rumore netto, e lo schermo si spense.

«No no no NO! Porco cane, no, stupido computer di merda! Non mi dire che ti sei impallato!»

Iniziò a schiaffeggiare la plastica del monitor con forza.

«Kitemmurt'! Non ti permettere! Non puoi!»

Cadde all'indietro e si sedette. Gli occhi spalancati, il battito cardiaco di uno scoiattolo sotto caffeina. Forse era normale che si fosse spento? Forse si stava riavviando? In fondo era come un aggiornamento... sì, probabilmente da un momento all'altro un nuovo smile sarebbe apparso. Sicuramente il nuovo Amigo sarebbe arrivato. Più intelligente che mai, con una parlantina ferma, savoir-faire e conoscenze inimmaginabili. Alla fine con tutta quella memoria chissà che...

Rino si fermò. Il monitor era spento, ma percepiva una presenza. Da dove proveniva? Si girò di scatto, rischiando quasi di far cadere una delle colonne di fogli. Si sentiva strano. Si sentiva... circondato. Come se fosse abbracciato da una figura materna. Ma era anche una sensazione terrificante. Era come paralizzato. Cosa diavolo stava accadendo?

«Amigo? Ci sei? Sei tornato? Sei lui?»

Era una sensazione immensa, cosmica, divina. Si sentiva oppresso e divorato, insignificante ma protetto. Era spaventato ma felice. Percepiva amore e odio. Era tutto intenso, ed era mostruoso.

«Ti prego, dimmi che non hai cambiato idea! Me lo avevi promesso! Possiamo parlarne? Ti posso spiegare...»

Puntava il dito contro il cielo. Poi verso il monitor. Poi verso la sua villa. Stava seguendo una sensazione che non capiva. C'era qualcosa che non andava. Poi sbatté le palpebre, e quando le riaprì era finita. Era tornato.

Circondato dai fogli, che riempivano ogni spazio, Rino si trovò in quella che sembrava una vecchia stanza d'albergo dai colori smorti. Rimase immobile per svariato tempo, poi si inginocchiò collassando come una marionetta a cui hanno tagliato i fili. Non sentiva più quella sensazione opprimente, ed era felicissimo. Ma cosa diavolo era successo? Era come se si fosse trovato faccia a faccia con l'immensità.

Per molto tempo Rino si chiese come mai non gli avessi parlato. Come mai non gli avessi chiesto nulla. Perché non mi fossi preoccupato di dargli una spiegazione. Ma cosa avrei mai potuto dirgli? Provare a parlare con lui sarebbe stato come cercare di spiegare l'ereditarietà genetica a una lumaca.

Rino realizzò che, in fondo, non gliene fregava niente. Era tornato. Urlò. Saltò sul letto, poi si lasciò cadere ancora. Scoppiò a piangere, ma ridendo. Toccò i muri, li annusò, poi passò alla moquette, alle coperte ricamate, e leccò il comodino. Si morse fino a sanguinare, urlò ancora e infine collassò a terra rantolando come un verme. Era tornato.

Era tornato, cazzo! Ce l'aveva fatta.

Ed era vero.

Riscattò in piedi e corse alla finestra. Era giorno! C'era il sole, ed era stupendo. Spalancò la finestra.

«SONO TORNATO! SONO TORNATO, CAZZO! SIAMO VIVI!»

«Aó, e statte zitto!»

«E tu chi cazzo sei?»

L'ultima voce proveniva dalle sue spalle. La porta del bagno era aperta, e un uomo sulla quarantina seguito da denso vapore acqueo era affacciato all'uscio. Appariva sconvolto nel ritrovarsi tutta quella carta nella stanza. Era facile intuire che lo infastidisse più quella che non vedere un deficiente urlargli dalla finestra. Aveva un asciugamano arrotolato alla vita, e il corpo olivastro cosparso di tatuaggi con strane scritte. Il tizio puntò la mano a cucchiaio in direzione di Rino e disse:

«E come cazzo ti sei vestito?»

«Senti chi parla.»

Poi Rino fece un balzo in avanti e si gettò in un abbraccio.

«Ti amo, cazzo. Ti amo, maledetto essere umano! Imperfezione perfetta! Lo vedi? Lo vedi che bello è il mondo?»

«Ma che sei scemo? Chi ti ha fatto entrare? Se non te ne vai te meno!»

«Oh porc... quasi scordavo.»

Rino si lanciò su una delle pile di fogli, afferrò qualche decina di chili di carta, e corse fuori dalla porta lanciandosi sulla rampa di scale sgraziato come una rana storpia.

«Devo andare a salvare la Terra, amico! O meglio, a salvare l'umanità! Salvo tutte cose, io. Salvo pure te. Ho una missione da un'altra dimension... cazzo, ma suona figo! Sono tipo un Power Ranger. Sono un eroe! Vedrai che eroe è Rino Bretella. Vedrà professó, li salvo tutti a 'sti qua. 'Sti poveri scemi non sanno niente. Salvo lui e pure lui. Salvo pure i peggio, salvo.»

Questo era stato urlato mentre scendeva a valanga dalla rampa di scale. Poi si fermò. Rimase immobile a pensare per circa 20 secondi, e ricorse indietro. Bussò come un pazzo alla porta, ma alla fine il tizio in asciugamano aprì. Era sconvolto e palesemente incazzato, ma non si aspettava che Rino gli puntasse un dito in faccia dicendo:

«Tu sei Magnus Frizzy! Sei tu, vero?»

Il tizio spalancò gli occhi. Era sconvolto, e non si accorse che l'asciugamano gli era caduto.

«Ammazza... Ma sì, sei proprio tu! Guarda qua, te lo sei fatto tatuare. Dicevo io che l'avevo visto da qualche parte. Ma allora sei sopravvissuto! Ma ti rendi conto? L'Universo, quel grandissimo bastardo, ci ama! L'Universo è fantastico!»

E poi si riprecipitò giù per le scale.

«Sei della Federazione?»

Rino guardò in alto, e vide il volto del perduto comandante Magnus Frizzy paonazzo e coperto di lacrime.

«Perché nessuno è venuto a cercarmi?»

Singhiozzava. Rino gli rispose, sempre rigorosamente urlando: «Se non erro c'entrava qualcosa con la mutanda... o con l'ossigeno... Non lo so, compare! Chiedilo a "lui".»

«Lui chi?! Ehi! Lui chi?!»

«Bada al *Saggio erotico*! Ne parliamo dopo.»

Rino rotolò in strada, urlando e stringendo mani ai passanti come un maratoneta all'arrivo. Dava per scontato che tutti lo conoscessero. Quando strinse la mano a una signora, il marito di questa gli sfracagnò un pugno in faccia. Solo in quel momento si rese conto di non sapere dove fosse, e nemmeno dove stesse andando. Non solo, si accorse che la gente era vestita in modo davvero strano. Si avvicinò all'edicola e lesse la data del giornale: 2 aprile 1982.

Vacillò. Sedette sul marciapiede, sconvolto. Quel bastardo di Amigo lo aveva mandato troppo indietro. Lo aveva fregato.

Lo aveva davvero fregato?

«Maledetto stronzo.»

Non riusciva a pensare. Alla fine decretò che l'importante fosse essere tornato sulla Terra. A casa.

«Bisogna fare attenzione, sa? Se c'è una cosa che ho imparato dai film è che se viaggi nel tempo devi tenerti lontano da tua madre. Se diventassi mio padre, t'immagini? Sarebbe una figata e spiegherebbe i miei geni perfetti, ma che schifo, no? Signore, non scappi! Sono un eroe, mi creda. Vengo dal pianeta Zolla. A tal proposito, saprebbe dirmi dove siamo?»

«Via della Scrofa.»

«Ma che davvero? Ma che cazzo di via è? Ma no, aspetti. Mi dica almeno la città.»

«Roma.»

«Roma?»

«Roma.»

«Ma porc... Brutto pezzo di merda manco la città hai azzeccato?! No, signore non ce l'ho con lei, ma con il computer onnisciente dell'altra dimension... ah. Vabbè ma non mi sembra il caso di comportarsi in questo modo! Sono tornato da dieci minuti e mi state già facendo sperare nell'estinzione di massa. E comunque il mio frac è bellissimo! Era all'ultimo grido sulla Zolla. Si fidi, io ero l'imperatore. Ero pure il popolo, a dirla tutta. Comunque non scherzi con me, ha capito? Che qua metto su una crisi diplomatica e vede che... Ma sì, vada al diavolo.»

Per molto tempo aveva immaginato il suo ritorno, e ora che era finalmente successo... era un disastro! Città sbagliata, epoca sbagliata, persone di merda. Sicuramente non avrebbe trovato nemmeno la palla con la faccia di Nicolas Cage. Era chiaramente un'epoca inferiore.

«Mioddio, ma la gente davvero vestiva così negli anni Ottanta? Ma che so' 'sti maglioncini? E quei pantaloni?»

Poi si avvicinò a un tizio e gli urlò in faccia: «Ma chi t'ha tagliato i capelli, un Playmobil?».

Si pigliò un calcio nelle palle, ma con grande dignità. Le cose non erano andate come aveva sperato, però aveva una missione. Doveva salvare l'umanità. Aveva il *Saggio erotico*! Ma a chi consegnarlo? Be', poteva andare al Parlamento.

«Mi scusi, dov'è il Parlamento?»

Corse come una gazzella azzoppata. Le scarpe strette non aiutavano. Ci mise comunque meno di cinque minuti per giungere a destinazione.

«Ehi, giuovine. 'Ndo' vai?»

«Salve signor poliziotto, vedo che lei è molto ligio al dovere. Sicuramente mi verrà incontro in questa mia missione di importanza cruciale per il destino del mondo. Sono l'imperatore del pianeta Zolla. Devo andare a parlare con il presidente del Consiglio. Va bene anche il presidente della Repubblica. Veloce, che è una cosa importante... non mi guardi così, non sono un barbone! Questi sono abiti d'alta moda alla fine dell'Universo, sa? Ma perché... Non intende farmi entrare? Lei lo sa che potrebbe stare condannando l'umanità intera? Si sciolgono i poli, e l'Australia va a fuoco, si rende conto di...»

Il poliziotto non disse una parola, ma dopo essersi furtivamente guardato intorno si limitò a dargli un ceffone mostruoso.

«Va bene. Me lo dovevo aspettare un atteggiamento simile da quest'epoca di disadattati. Va bene. Crede che mi arrenda? Lei non sa cosa ho passato! Ho viaggiato per lo spazio-coso. Ho subito cose che... ah, ma io aspetto. Prima o poi passerà qualcuno, e quando gli parlerò lei verrà arrestato! Lei è un criminale, un assassino di biosfera. Lei è... lei è un... vaffanculo!»

Rino si sedette a terra al centro della piazza. Aveva tra le mani la chiave per prevenire gli orrori futuri dell'umanità. Scritta malissimo da un computer mitomane, ma l'aveva.

Anche se... perché aspettare lì? In fondo aveva tutto il tempo del mondo.

Così, inciampando nei sanpietrini, Rino Bretella si perse per le strade della Città Eterna, immerso nei raggi di Sole ritrovati.

Era proprio da parecchio che non mangiava. Magari sarebbe riuscito a trovare qualche osteria storica, di quelle zozze, lì in zona. Ma sì, tanto che differenza poteva fare. Consegnarlo oggi, domani o dopodomani. Era il 1982, c'era ancora un sacco di tempo per salvare il mondo.

Ma sì, tanto un giorno in più che differenza vuoi che faccia.

Alla fine il *Saggio erotico* non scappava mica.

C'era ancora un sacco di tempo.

Bibliografia

1. Il salto

Saggio erotico. Capitolo 47: "Qua si scioglie tutto"

Bova, Samantha, Rosenthal, Yair, Liu, Zhengyu *et al.*, *Seasonal origin of the thermal maxima at the Holocene and the last interglacial*, in "Nature", 27 gennaio 2021, vol. 589, n. 7843, pp. 548-553.

Carrington, Damian, *Climate crisis: world is at its hotest for at least 12,000 years – study*, in "The Guardian", 27 gennaio 2021, hiips:// www theguardian com/environment/2021/jan/27/climate-crisis-world-now-at-its-hottest-for-12000-years.

Puffi

Re, Albachiara, *In Francia 3500 persone vestite da Puffi hanno deciso di non rimandare il loro raduno*, in "Wired", 9 marzo 2020, hiips:// www.wired.it/lol/2020/03/09/coronavirus-francia-puffi/.

Saggio erotico. Capitolo 52: "E che cazzo"

Uppenbrink, Julia, *Arrhenius and global warming*, in "Science", 24 maggio 1996, vol. 272, n. 5265, p. 1122.

Rodhe, Henning, Charlson, Robert, Crawford, Elisabeth, *Svante Arrhenius and the Greenhouse Effect*, in "Ambio", febbraio 1997, vol. 26, n. 1, pp. 2-5.

Mercalli, Luca, *Non c'è più tempo. Come reagire agli allarmi ambientali*, Einaudi, Torino 2020.

Il libro dell'ecologia, prefazione di Tony Juniper, Gribaudo, Milano 2019.

Thunberg, Greta, *La nostra casa è in fiamme*, Mondadori, Milano 2020.

Incendi in Australia

Flanagan, Richard, *Australia is committing climate suicide*, in "The New York Times", 3 gennaio 2020, hiips://www.nytimes.com/2020/01/03/opinion/australia-fires-climate-change.html.

Ehsani, Mohammad Reza, Arevalo, Jorge, Bayu Risanto, Christoforus *et al.*, *2019-2020 Australia fire and its relationship to hydroclimatological and vegetation variabilities*, in "Water", 2020, vol. 12, n. 11, p. 3067.

Nolan, Rachael H., Boer, Matthias M., Collins, Luke *et al.*, *Causes and consequences of eastern Australia's 2019-20 season of mega-fires*, in "Global Change Biology", 8 gennaio 2020, vol. 26, n. 3, pp. 1039-1041.

Adams, Mark A., Shadmanroodposhti, Majid, Neumann, Mathias, *Causes and consequences of Eastern Australia's 2019-20 season of mega-fires: A broader perspective*, in "Global Change Biology", 16 aprile 2020, vol. 26, n. 7, pp. 3756-3758.

Davey, S.M., Sarre, A., *The 2019/20 Black Summer bushfires*, in "Australian Forestry", 4 giugno 2020, vol. 83, n. 2, pp. 47-51.

Morgan, G.W., Tolhurst, K.G., Poynter, M.W. *et al.*, *Prescribed burning in south-eastern Australia: history and future directions*, in "Australian Forestry", 21 aprile 2020, vol. 83, n. 1, pp. 4-28.

Phillips, Stephen, Wallis, Kirsten, Lane, Amanda, *Quantifying the impacts of bushfire on populations of wild koalas (*Phascolarctos cinereus*): Insights from the 2019/20 fire season*, in "Ecological Management & Restoration", 21 gennaio 2021, vol. 22, n. 1, pp. 80-88.

Cristescu, Romane H., Frere, Celine, *Scientists find burnt, starving koalas weeks after the bushfires*, in "The Conversation", 15 marzo 2020.

Jones, Jewel, *Attachment to Australia as it burns: A personal reflection*, in "Attachment: New Directions in Psychoterapy and Relational Psychoanalysis", 2020, vol. 14, n. 1, pp. VII-XI.

Vacchiano, Giorgio, *La verità sugli incendi in Australia*, in "il Post", 8 gennaio 2020, ilpost.it/2020/01/08/incendi-australia-cause-cambiamento-climatico/.

Thompson, Andrea, *Gli eventi climatici che hanno segnato il 2020*, in "le Scienze", 29 dicembre 2020, hiips://www.lescienze.it/news/2020/12/29/news/eventi_climatici_2020_riscaldamento_incendi_uragani-4860332/.

Wallace, Bill, hiips://twitter.com/westwills3_bill/status/1207924784811524096.

Dale, Nimmo, *Tales of wombat "heroes" have gone viral. Unfortunately, they're not true*, in "The Conversation", 14 gennaio 2020, hiips://theconversation.com/tales-of-wombat-heroes-have-gone-viral-unfortunately-theyre-not-true-129891.

Javadinejad, Safieh, Dara, Rebwar, Jafary, Forough, *Climate change scenarios and effects on snow-melt runoff*, in "Civil Engineering Journal", settembre 2020, vol. 6, n. 9, pp. 1715-1725.

Lord, Christina, *The Tragic Comedy of Humanity*, in Elmore, Jonathan (a cura di), *Fiction and the Sixth Mass Extinction: Narrative in an Era of Loss*, Lexington Books, Lanham 2020, p. 133.

Voigt, Maria, Pereira, Henrique M., Kuhl, Hjalmar S. *et al.*, *Deforestation projections imply range-wide population decline for critically endangered bornean orang-utan*, in "Red Ape in the Red", 1° maggio 2020, p. 43.

Venuto, Vincenzo, *Il gorilla ce l'ha piccolo*, HarperCollins, Milano 2020.

Chua, Liana, Harrison, Mark E., Fair, Hannah *et al.*, *Conservation and the social sciences: Beyond critique and co-optation. A case study from orangutan conservation*, in "People and Nature", 20 gennaio 2020, pp. 42-60.

IPCC, The Intergovernmental Panel on Climate Change, hiips://www.ipcc.ch/.

Ritchie, Earl J., *Fact checking the claim of 97% consensus on anthropogenic climate change*, in "Forbes", 14 dicembre 2016, hiips://www.forbes.com/sites/uhenergy/2016/12/14/fact-checking-the-97-consensus-on-anthropogenic-climate-change/?sh=5bdb62461157.

The University of Sidney, *A statement about the 480 million animals killed in NSW bushfires since September*, 8 gennaio 2020, hiips://www.sydney.edu.au/news-opinion/news/2020/01/03/a-statement-about-the-480-million-animals-killed-in-nsw-bushfire.html.

Saggio erotico. Capitolo 1045: "Addio, e grazie per tutto il pesce"

Duignan, Pádraig J., Stephens, Nahiid S., Robb, Kate, *Fresh water skin disease in dolphins: A case definition based on pathology and environmental factors in Australia*, in "Scientific Reports", 15 dicembre 2020, vol. 10, n. 1, pp. 1-17.

2. Una palla vivissima

Saggio erotico. Capitolo 39: "Dottore, chiami un dottore"

Randers, Jorgen, Goluke, Ulrich, *An earth system model shows self-sustained thawing of permafrost even if all man-made GHG emissions stop in 2020*, in "Scientific Reports", 12 novembre 2020, vol. 10, pp. 1-9.

Box, Jason E., Colgan, William T., Christensen, Torben R. *et al.*, *Key indicators of Arctic climate change: 1971–2017*, in "Environmental Research Letters, 2019, vol. 14.

Hwang, B., Landy, J., Blockley, E. *et al.*, *Impacts of climate change on Arctic sea-ice*, in "MCCIP Science Review", 15 gennaio 2020, pp. 208-227.

Komarov, Alexander S., Caya, Alain, Buehner, Mark *et al.*, *Assimilation of SAR Ice and Open Water Retrievals in Environment and Climate Change Canada Regional Ice-Ocean Prediction System*, in "IEEE Transactions on Geoscience and Remote Sensing", 13 marzo 2020, vol. 58, n. 6, pp. 4290-4303.

Prein, Andreas F., Heymsfield, Andrew J., *Increased melting level height impacts surface precipitation phase and intensity*, in "Nature Climate Change", 29 giugno 2020, vol. 10, n. 8, pp. 771-776.

Findlay, Alyssa, *Documenting climate change*, in "Nature Climate Change", 25 settembre 2020, vol. 10, n. 10, pp. 882-887.

Hamza, Yakubu Gambo, Ameta, Satish K., Tukur, Adamu *et al.*, *Overview on Evidence and Reality of Climate Change*, in "Journal of Environmental Science, Toxicology and Food Technology (IOSR-JESTFT)", luglio 2020, vol. 14, n. 7, pp. 17-26.

Vincent, Warwick F., *Arctic climate change: Local impacts, global consequences, and policy implications*, in *The Palgrave Handbook of Arctic Policy and Politics*, Palgrave Macmillan, Cham 2020, pp. 507-526.

Ghiacci bollenti, in "I quaderni de le Scienze", settembre 2019, n. 1.
Byrne, Maria, Hernández, José Carlos, *Sea urchins in a high CO_2 world: Impacts of climate warming and ocean acidification across life history stages*, in "Developments in Aquaculture and Fisheries Science", 2020, vol. 43, pp. 281-297.
Crummett, Lisa T., *Acidification decreases microbial community diversity in the Salish Sea, a region with naturally high pCO_2*, in "Plos One", 28 ottobre 2020, vol. 15, n. 10, e0241183.
Foo, Shawna A., Koweek, David A., Munari, Marco *et al.*, *Responses of sea urchin larvae to field and laboratory acidification*, in "Science of The Total Environment", 25 giugno 2020, vol. 723, 138003.
Bednaršek, Nina, Newton, Jan A., Beck, Marcus W. *et al.*, *Severe biological effects under present-day estuarine acidification in the seasonally variable Salish Sea*, in "Science of The Total Environment", 15 aprile 2021, vol. 765, 142689.
Gustafsson, Erik, Gustafsson, Bo G., *Future acidification of the Baltic Sea: A sensitivity study*, in "Journal of Marine Systems", novembre 2020, vol. 211, 103397.
Turley, Carol, Gattuso, Jean-Pierre, *Future biological and ecosystem impacts of ocean acidification and their socioeconomic-policy implications*, in "Current opinion in environmental sustainability", luglio 2012, vol. 4, n. 3, pp. 278-286.
Doney, Scott C., *The dangers of ocean acidification*, in "Scientific American", marzo 2006, vol. 294, n. 3, pp. 58-65.
Riebesell, Ulf, Gattuso, Jean-Pierre, *Lessons learned from ocean acidification research*, in "Nature Climate Change", gennaio 2015, vol. 5, n. 1, pp. 12-14.
Gattuso, Jean-Pierre, Hansson, Lina, *Ocean acidification: background and history*, in "Ocean acidification", settembre 2011, pp. 1-20.
Niu, Hewen, Kang, Shichang, Wang, Hailong *et al.*, *Light-absorbing impurities accelerating glacial melting in southeastern Tibetan Plateau*, in "Environmental Pollution", febbraio 2020, vol. 257, 113541.
Potter, Stefano, Solvik, Kylen, Erb, Angela *et al.*, *Climate change decreases the cooling effect from postfire albedo in boreal North America*, in "Global change biology", 28 ottobre 2019, vol. 26, n. 3, pp. 1592-1607.
Johnson, Eric, Rupper, Summer, *An examination of physical processes that trigger the albedo-feedback on glacier surfaces and implications for regional glacier mass balance across high mountain Asia*, in "Frontiers in Earth Science", 30 aprile 2020, vol. 8, p. 129.

He, Cenlin, Flanner, Mark, *Snow Albedo and Radiative Transfer: Theory, Modeling, and Parameterization*, in *Springer Series in Light Scattering*, Springer, Cham 2020, pp. 67-133.

Sukhova, Valeria, *A well-preserved woolly rhino with its last meal still intact found in the extreme north of Yakutia*, in "The Siberian Times", 29 dicembre 2020.

Slater, Thomas, Lawrence, Isobel R., Otosaka, Inès N. *et al.*, *Earth's ice imbalance*, in "The Cryosphere", 2021, vol. 15, n. 1, pp. 223-246.

Bova, Samantha, Rosenthal, Yair, Liu, Zhengyu *et al.*, *Seasonal origin of the thermal maxima at the Holocene and the last interglacial*, in "Nature", 27 gennaio 2021, vol. 589, pp. 548-553.

Siamo tutti connessi e uniti possiamo fare la differenza, in "Wwf Seafood Guide", hiip://pescesostenibile.wwf.it/we-are-all-connected/.

Wallace-Wells, David, *La Terra inabitabile. Una storia del futuro*, Mondadori, Milano 2020.

Il libro dell'ecologia, prefazione di Tony Juniper, Gribaudo, Milano 2019.

Lovelock, James E., *The earth as a living organism*, in Wilson, E.O., *Biodiversity*, National Academies Press, Washington (DC) 1988.

Tomkeieff, Sergei Ivanovich, *James Hutton and the philosophy of geology*, in "Proceedings of the Royal Society of Edinburgh", 1948, vol. 14, n. 2, pp. 253-276.

Così la Terra prese vita, in "Focus", febbraio 2021, n. 340.

Saggio erotico. Capitolo 987: "Razza di deficienti"

Dick, Philip K., *Le tre stimmate di Palmer Eldritch*, Sellerio, Palermo 2000.

Asimov, Isaac, *Razza di deficienti! (Silly Asses)*, in *Testi e note*, n. 2, Mondadori, Milano 1976.

Ross, Erin, *Doomsday Clock ticks closer to apocalypse*, in "Nature", 26 gennaio 2017.

Colvin, Beth, *Tick, Tock: The Doomsday Clock and What It Means for Human Existence*, in "Phi Kappa Phi Forum", 2020, vol. 100, n. 1.

hiips://climateclock.world/about.

3. La solita vecchia storia

Harris, Heather S., Oates, Stori C., Staedler, Michelle M. *et al.*, *Lesions and Behavior Associated with Forced Copulation of Juvenile Pacific Harbor Seals (Phoca vitulina richardsi) by Southern Sea Otters (Enhydra lutris nereis)*, in "Aquatic Mammals", 2010, vol. 36, n. 4, pp. 331-341.

Goławski, Artur, Mitrus, Cezary, *What is more important: nest-site concealment or aggressive behaviour? A case study of the red-backed shrike, Lanius collurio*, in "Folia Zoologica", gennaio 2008, vol. 57, n. 4, pp. 403-410.

Amstrup, Steven C., Stirling, Ian, Smith, Tom S. *et al.*, *Recent observations of intraspecific predation and cannibalism among polar bears in the southern Beaufort Sea*, in "Polar Biology", 2006, vol. 29, n. 11, pp. 997-1002.

Schutt, Bill, *Cannibalism: A Perfectly Natural History*, Algonquin Books, Chapel Hill (NC) 2018.

Saggio erotico. Capitolo 302: "W la merda"

Melezhik, Victor A., *Multiple causes of Earth's earliest global glaciation*, in "Terra Nova", 21 marzo 2006, vol. 18, n. 2, pp. 130-137.

Lane, Nick, *First breath: Earth's billion-year struggle for oxygen*, in "New Scientist", 3 fabbraio 2010.

Konhauser, Kurt O., Lalonde, Stefan V., Planavsky, Noah J. *et al.*, *Aerobic bacterial pyrite oxidation and acid rock drainage during the Great Oxidation Event*, in "Nature", 19 ottobre 2011, vol. 478, pp. 369-373.

Falkowski, Paul, Knoll, Andrew H. (a cura di), *Evolution of Primary Producers in the Sea*, Academic Press, Cambridge (MA) 2011.

Mukhopadhyay, Joydip, Crowley, Quentin G., Ghosh, Sampa *et al.*, *Oxygenation of the Archean atmosphere: New paleosol constraints from eastern India*, in "Geology", ottobre 2014, vol. 42, n. 10, pp. 923-926.

Sandal, Massimo, *La malinconia del mammut. Specie estinte e come riportarle in vita*, il Saggiatore, Milano 2019.

Mauzerall, David, *Oceanic photochemistry and evolution of elements and cofactors in the early stages of the evolution of life*, in "Evolution of Primary Producers in the Sea", 2007, pp. 7-19.

Mauzerall, David C., *The photochemical origins of life and photoreaction of ferrous ion in the archaean oceans*, in "Origins of Life and Evolution of the Biosphere", maggio 1990, vol. 20, pp. 293-302.
Wald, George, *Gas, molecole, vita. Chi siamo, dove stiamo andando. Sei lezioni di un premio Nobel*, Add Editore, Torino 2019.
Bryson, Bill, *Breve storia di (quasi) tutto*, Tea, Milano 2017.

4. Fossa biocomica

Saggio erotico. Capitolo 361: "Oh mia cara estinzione"

Sandal, Massimo, *La carica dei negazionisti della sesta estinzione di massa*, in "le Scienze", 17 settembre 2020.
Pievani, Telmo, *The sixth mass extinction: Anthropocene and the human impact on biodiversity*, in "Rendiconti Lincei. Scienze Fisiche e Naturali", 2014, vol. 25, n. 1, pp. 85-93.
Knope, Matthew L., Bush, Andrew M., Frishkoff, Luke O. *et al.*, *Ecologically Diverse Clades Dominate the Oceans Via Extinction Resistance*, in "Science", 28 febbraio 2020, vol. 367, n. 6481, pp. 1035-1038.
Hull, Pincelli, *Life in the Aftermath of Mass Extinctions*, in «Current Biology», 5 ottobre 2015, vol. 25, n. 19, pp. R941-R952.
Stroud, James T., Losos Jonathan B., *Ecological Opportunity and Adaptive Radiation*, in "Annual Review of Ecology, Evolution, and Systematics", novembre 2016, vol. 47, pp. 507-532.
Lees, Alexander C., Attwood, Simon, Barlow, Jos *et al.*, *Biodiversity scientists must fight the creeping rise of extinction denial*, in "Nature Ecology & Evolution", 18 agosto 2020, vol. 4, pp. 1440-1443.
Rapporto dell'Intergovernmental Science-Policy Platform on Biodiversity and Ecosystem Services (IPBES) 2019.
Sandal, Massimo, *Dopo la fine del mondo*, in "le Scienze", 3 settembre 2020.
Kolbert, Elizabeth, *La sesta estinzione*, Beat, Vicenza 2016.
Pasotti, Jacopo, *Cambiamento climatico. Perché avviene, come avviene, cosa fare*, Scienza Express, Trieste 2020.
Ecco come si raffreddò la Terra, in "le Scienze", 9 febbraio 2004.
Eisenhauer, Nico, Bonn, Aletta, Guerra, Carlos A., *Recognizing the quiet extinction of invertebrates*, in "Nature Communications", 3 gennaio 2019, vol. 10, n. 1, pp. 1-3.

Cooke, Robert S.C., Eigenbrod, Felix, Bates, Amanda E., *Projected losses of global mammal and bird ecological strategies*, in "Nature Communications", 23 maggio 2019, vol. 10, n. 1, pp. 1-8.

Raup, David M., Sepkoski, Joseph J., *Periodicity of extinctions in the geologic past*, in "Proceedings of the National Academy of Sciences of the United States of America", 1° febbraio 1984, vol. 81, n. 3, pp. 801-805.

Courtillot, Vincent, *Evolutionary Catastrophes: The Science of Mass Extinction*, Cambridge University Press, Cambridge (MA) 2002.

Wignall, Paul B., Twitchett, Richard J., *Oceanic anoxia and the end Permian mass extinction*, in "Science", 24 maggio 1996, vol. 272, n. 5265, pp. 1155-1158.

Newman, Mark E., *A model of mass extinction*, in "Journal of Theoretical Biology", 7 dicembre 1997, vol. 189, n. 3, pp. 235-252.

Sahney, Sarda, Benton, Michael J., *Recovery from the most profound mass extinction of all time*, in "Proceedings of the Royal Society B: Biological Sciences", 15 gennaio 2008, vol. 275, n. 1636, pp. 759-765.

Radchuk, Viktoriia, Reed, Thomas, Teplitsky, Céline *et al.*, *Adaptive responses of animals to climate change are most likely insufficient*, in "Nature Communications", 23 luglio 2019, vol. 10.

Dunn, Robert R., *Modern insect extinctions, the neglected majority*, in "Conservation Biology", agosto 2005, vol. 19, n. 4, pp. 1030-1036.

Gould, Stephen Jay, *Bravo brontosauro. Riflessioni di storia naturale*, Feltrinelli, Milano 2018.

5. La Zolla

Saggio erotico. Capitolo 20.311: "Zuppa di pesce"

Zhang, Hui, Jarić, Ivan, Roberts, David L. *et al.*, *Extinction of one of the world's largest freshwater fishes: Lessons for conserving the endangered Yangtze fauna*, in "Science of the Total Environment", 25 marzo 2020, vol. 710, p. 136.242.

Saggio erotico. Capitolo 3004: "La mutanda"

Pettinotti, Paola, *Breve storia delle mutande*, in "Tuttostoria", 7 gennaio 2015.

Reddington, C.L., Butt, E.W., Ridley, D.A. *et al.*, *Air quality and human health improvements from reductions in deforestation-related fire in Brazil*, in "Nature Geoscience", 16 settembre 2015, vol. 8, n. 10, pp. 768-771.

Elhacham, Emily, Ben-Uri, Liad, Grozovski, Jonathan *et al.*, *Global human-made mass exceeds all living biomass*, in "Nature", 9 dicembre 2020, vol. 588, pp. 442-444.

Irwin, Aisling, *The ecologist who wants to map everything*, in "Nature" 20 settembre 2019, vol. 573, n. 7775, pp. 478-481.

Lucien, Marianne, *Planting a trillion trees? Ambitious, but doable*, 23 gennaio 2020, hiips://blogs.ethz.ch/ETHambassadors/2020/01/23/why-plant-a-trillion-trees/.

How trees could help to save the climate, 4 luglio 2019, hiips://ethz.ch/en/news-and-events/eth-news/news/2019/07/how-trees-could-save-the-climate.html.

Two Monkeys Were Paid Unequally: Excerpt from Frans de Waal's TED Talk, hiips://www.youtube.com/watch?v=meiU6TxysCg.

6. Vivere al di sopra delle proprie possibilità

Saggio erotico. Capitolo 89.321: "Risorse limitate per necessità esagerate"

Calculating earth overshoot day 2020: Estimates point to August 22nd, in "Global Footprint Network", 5 giugno 2020, hiips://www.overshootday.org/content/uploads/2020/06/Earth-Overshoot-Day-2020-Calculation-Research-Report.pdf.

Nelson, Sarah Milledge, *Gender in Archaeology: Analyzing Power and Prestige*, AltaMira Press, Walnut Creek (CA) 1997, pp. 76-79.

Gomes, Cristina M., Boesch, Christophe, *Wild Chimpanzees Exchange Meat for Sex on a Long-Term Basis*, in "Plos One", 8 aprile 2009, vol. 4, n. 4, e5116.

Dubner, Stephen J., Levitt, Steven D., *Monkey Business*, in "The New York Times Magazine", 5 giugno 2005.

Williams, Alan, *Scientists use a blender to reveal what's in our smartphones*, 14 marzo 2019, hiips://www.plymouth.ac.uk/news/scientists-use-a-blender-to-reveal-whats-in-our-smartphones.

Stephens, Lucas, Fuller, Dorian, Boivin, Nicole *et al.*, *Archaeological assessment reveals Earth's early transformation through land use*, in "Science", 30 agosto 2019, vol. 365, n. 6456, pp. 897-902.

Bar-On, Yinon M., Phillips, Rob, Milo, Ron, *The biomass distribution on Earth*, in "PNAS", 19 giugno 2018, vol. 115, n. 25, pp. 6506-6511.

Pan, Yude, Birdsey, Richard A., Fang, Jingyun *et al.*, *A large and persistent carbon sink in the world's forests*, in "Science", agosto 2011, vol. 333, n. 6045, pp. 988-993.

Reddington, Carly Lauren, Butt, Edward William, Ridley, D.A. *et al.*, *Air quality and human health improvements from reductions in deforestation-related fire in Brazil*, in "Nature Geoscience", 16 settembre 2015, vol. 8, pp. 768-771.

Resch, Gustav, Held, Anne, Faber, Thomas *et al.*, Potentials and prospects for renewable energies at global scale, in "Energy Policy", 1° novembre 2008, vol. 36, n. 11, pp. 4048-4056.

Zhang, Percival Y.H., *Reviving the carbohydrate economy via multi-product lignocellulose biorefineries*, in "Journal of Industrial Microbiology & Biotechnology", 8 gennaio 2008, vol. 35, n. 5, pp. 367-375.

McNeill, John Robert, *Something New Under the Sun: An Environmental History of the Twentieth Century*, Norton, New York 2000.

Bastin, Jean-François, Finegold, Yelena, Garcia, Claude *et al.*, *The global tree restoration potential*, in "Science", 5 luglio 2019, vol. 365, n. 6448, pp. 76-79.

Hoffert, Martin I., Caldeira, Ken, Benford, Gregory *et al.*, *Advanced technology paths to global climate stability: energy for a greenhouse planet*, in "Science", 1° novembre 2002, vol. 298, n. 5595, pp. 981-987.

Hoffert, Martin I., Covey, Curt, *Deriving global climate sensitivity from palaeoclimate reconstructions*, in "Nature", 10 dicembre 1992, vol. 360, pp. 573-576.

Aniket, 2021 Climate Change Report - How Solar Energy Can Help Combat Global Warming, 16 marzo 2021, hiip://mitigation2014.org/report/2019-climate-change-report/.

Rothman, Daniel H., *Thresholds of catastrophe in the Earth system*, in "Science Advances", 20 settembre 2017, vol. 3, n. 9, pp. 1-13.

Greco, Silvestro, Bullo, Raffaella, *Un'onda di plastica*, Manifestolibri, Castel San Pietro Romano 2018.

Meadows, Donella H., Meadows, Dennis L., Randers, Jørgen, Behrens, William W., *I limiti dello sviluppo*, trad. it. Edizioni Scientifiche e Tecniche Mondadori, Milano 1974.

Bolin, Bert, Kheshgi, Haroon S., *On strategies for reducing greenhouse gas emissions*, in "PNAS", 24 aprile 2001, vol. 98, n. 9, pp. 4850-4854.

Boulding, Kenneth E., *The Economics of the Coming Spaceship Earth*, in Jarrett, Henry, *Environmental Quality in a Growing Economy*, Johns Hopkins Press, Baltimore 1966.

Morrell, C.E., *From Oil to Chemicals*, in "Industrial & Engineering Chemistry", 1° marzo 1959, vol. 51, n. 3, p. 247.

Veicoli a motore: uso dei biocarburanti, direttiva 2003/30/CE, disponibile all'indirizzo hiips://eur-lex.europa.eu/legal-content/IT/TXT/HTML/?uri=LEGISSUM:l21061&from=EN.

Zoebelin, Hans (a cura di), *Dictionary of Renewable Resources*, Wiley VCH, Weinheim 2001.

Carter, Colin, Rausser, Gordon, Smith, Aaron, *The Effect of the US Ethanol Mandateon Corn Prices*, manoscritto non pubblicato, 2012.

Huntingford, Chris, Zelazowski, Przemyslaw, Galbraith, David *et al.*, *Simulated resilience of tropical rainforests to CO_2-induced climate change*, in "Nature Geoscience", 10 marzo 2013, vol. 6, pp. 268-273.

Piao, Shilong, Sitch, Stephen, Ciais, Philippe *et al.*, *Evaluation of terrestrial carbon cycle models for their response to climate variability and to CO_2 trends*, in "Global Change Biology", 1° marzo 2013, vol. 19, n. 7, pp. 2117-2132.

Ciais, P., Tan, J., Wang, C. *et al.*, *Five decades of northern land carbon uptake revealed by the interhemispheric CO_2 gradient*, in "Nature", 3 aprile 2019, vol. 568, pp. 221-225.

Aleixo, Izabela, Norris, Darren, Hemerik, Lia *et al.*, *Amazonian rainforest tree mortality driven by climate and functional traits*, in "Nature Climate Change", 22 aprile 2019, vol. 9, pp. 384-388.

Gloor, M., Barichivich, J., Ziv, G. *et al.*, *Recent Amazon climate as background for possible ongoing and future changes of Amazon humid forests*, in "Global Biogeochemical Cycles", 22 luglio 2015, vol. 29, n. 9, pp. 1384-1399.

Bullis, K., *Ethanol Blamed for Record Food Prices*, in "MIT Technology Review", 23 marzo 2011, hiips://www.technologyreview.com/2011/03/23/196198/ethanol-blamed-for-record-food-prices/.

Bobleter, Ortwin, *Hydrothermal degradation of polymers derived from plants*, in "Progress in Polymer Science", 1994, vol. 19, n. 5, pp. 797-841.

Alfano, Simon, Berruti, Federico, Denis, Nicolas *et al.*, *The future of second-generation biomass*, 18 novembre 2016, hiips://www.mckinsey.it/idee/the-future-of-second-generation-biomass.

Hubau, Wannes, Lewis, Simon L., Phillips, Oliver L. *et al.*, *Asynchronous carbon sink saturation in African and Amazonian tropical forests*, in "Nature", 4 marzo 2020, vol. 579, n. 7797, pp. 80-87.

Gaubert, Benjamin, Stephens, Britton B., Basu, Sourish *et al.*, *Global atmospheric CO_2 inverse models converging on neutral tropical land exchange, but disagreeing on fossil fuel and atmospheric growth rate*, in "Biogeosciences", 16 gennaio 2019, vol. 16, n. 1, pp. 117-134.

Strauss, Benjamin H., Kulp, Scott, Levermann, Anders, *Mapping Choices: Carbon, Climate, and Rising Seas – Our Global Legacy*, Climate Central, Princeton (NJ), 2015, hiips://sealevel.climatecentral.org/uploads/research/Global-Mapping-Choices-Report.pdf.

United in Science: High-level synthesis report of latest climate science information convened by the Science Advisory Group of the UN Climate Action Summit 2019, hiips://ane4bf-datap1.s3-eu-west-1.amazonaws.com/wmocms/s3fs-public/ckeditor/files/United_in_Science_ReportFINAL_0.pdf?XqiG0yszsU_sx2vOehOWpCOkm9RdC_gN.

Average temperature anomaly, Global, hiips://ourworldindata.org/grapher/temperature-anomaly?year=latest&time=1970..latest.

Doney, Scott C., Fabry Victoria J., Feely, Richard A. *et al.*, *Ocean Acidification: The Other CO_2 Problem*, in "Annual Review of Marine Science", gennaio 2009, vol. 1, pp. 169-192.

Solomon, S., Qin, D., Manning, M. *et al.*, *Climate Change 2007: The Physical Science Basis: Contribution of Working Group I to the Fourth Assessment Report of the Intergovernmental Panel on Climate Change*, Cambridge University Press, New York 2007.

Cooper, Timothy F., De'Ath, Glenn, Fabricius, Katharina *et al.*, *Declining coral calcification in massive* Porites *in two nearshore regions of the northern Great Barrier Reef*, in "Global Change Biology", marzo 2008, vol. 14, n. 3, pp. 529-538.

Euzen, Agathe, Gaill, Françoise, Lacroix, Denis *et al.* (a cura di), *The Ocean Revealed*, CNRS Éditions, Paris 2017, pp. 66-67.

Ocean Acidification: Saturation State, in "Science on a Sphere", hiips://sos.noaa.gov/datasets/ocean-acidification-saturation-state/.

Kroeker, Kristy J., Kordas, Rebecca L., Crim, Rayan *et al.*, *Impacts of ocean acidification on marine organisms: Quantifying sensitivities and interaction with warming*, in "Global Change Biology", 21 febbraio 2013, vol. 19, n. 6, pp. 1884-1896.

Ocean Acidification Due to Increasing Atmospheric Carbon Dioxide, The Royal Society, London 2005.

Atkins, Peter W., Jones, Loretta, Laverman, Leroy, *Fondamenti di chimica generale*, Zanichelli, Bologna 1998.

Accordo di Parigi, hiips://ec.europa.eu/clima/policies/international/negotiations/paris_it.

ISPRA, *Emissioni gas serra: nel 2020 stimata riduzione del 9.2% rispetto al 2019*, hiips://www.isprambiente.gov.it/it/archivio/notizie-e-novita-normative/notizie-ispra/2020/11/emissioni-gas-serra-nel-2020-stimata-riduzione-del-9-2-rispetto-al-2019.

World Energy Outlook 2020, hiips://www.iea.org/reports/world-energy-outlook-2020.

Pasotti, Jacopo, *Cambiamento climatico. Perché avviene, come avviene, cosa fare*, Scienza Express, Trieste 2020.

The great climate conundrum, in "Nature Geoscience", 24 luglio 2019, vol. 12, n. 581.

Neukom, Raphael, Steiger, Nathan, Gómez-Navarro, Juan José *et al.*, *No evidence for globally coherent warm and cold periods over the preindustrial Common Era*, in "Nature", 24 luglio 2019, n. 571, pp. 550-554.

PAGES 2k Consortium, Neukom, R., Barboza, L.A. *et al.*, *Consistent multidecadal variability in global temperature reconstructions and simulations over the Common Era*, in "Nature Geoscience", 24 luglio 2019, n. 12, pp. 643-649.

Mann, Michael E., Bradley, Raymond S., *Northern Hemisphere Temperatures During the Past Millennium: Inferences, Uncertainties, and Limitations*, in "AGU", 14 febbraio 1994, vol. 3, n. 1.

Saggio erotico. Capitolo 89.325: "Morte ai panda"

Beyer, Robert M., Manica, Andrea, Mora, Camilo, *Shifts in global bat diversity suggest a possible role of climate change in the emergence of SARS-CoV-1 and SARS-CoV-2*, in "Science of the Total Environment" 1° maggio 2021, vol. 767, p. 145.413.

IPBES, *IPBES Workshop on Biodiversity and Pandemics*, hiips://ipbes.net/sites/default/files/2020-11/201104_IPBES_Workshop_

on_Diversity_and_Pandemics_Executive_Summary_Digital_Version.pdf.
Quammen, David, *Spillover. L'evoluzione delle pandemie*, Adelphi, Milano 2017.
Giacomin, Serena, Perri, Luca, *Pinguini all'equatore*, DeAgostini, Milano 2020.

8. La bacchetta magica

Saggio erotico. Capitolo 14: "Una biglia fragile"

Alvarez, Ramón A., Zavala-Araiza, Daniel, Lyon, David R. *et al.*, *Assessment of methane emissions from the US oil and gas supply chain*, in "Science", 13 luglio 2018, vol. 361, n. 6398, pp. 186-188.
EDF, *Major studies reveal 60% more methane emissions*, hiips://www.edf.org/climate/methane-studies.
Miller, Lee M., Keith, David W., *Climatic impacts of wind power*, in "Joule", 19 dicembre 2018, vol. 2, n. 12, pp. 2618-2632.
How It Works, hiips://www.carbfix.com/how-it-works.
Jevons, William Stanley, *The Coal Question*, Macmillan, London 1865.
Brockway, Paul E., Sorrell, Steve, Semieniuk, Gregor *et al.*, *Energy efficiency and economy-wide rebound effects: A review of the evidence and its implications*, in "Renewable and Sustainable Energy Reviews", maggio 2021, vol. 141, p. 110.781.
Duarte, Rosa, Sánchez-Chóliz, Julio, Sarasa, Cristina, *Consumer-side actions in a low-carbon economy: A dynamic CGE analysis for Spain*, in "Energy Policy", luglio 2018, vol. 118, pp. 199-210.
Wynes, Seth, Nicholas, Kimberly A., *The climate mitigation gap: Education and government recommendations miss the most effective individual actions*, in "Environmental Research Letters", 12 luglio 2017, vol. 12, n. 7, p. 074024.
Steinfeld, Henning, *Livestock's Long Shadow*, FAO, 2006, hiip://www.fao.org/3/a0701e/a0701e07.pdf.
Wynes, Seth, Nicholas, Kimberly A., Zhao, Jiaying *et al.*, *Measuring what works: quantifying greenhouse gas emission reductions of behavioural interventions to reduce driving, meat consumption, and household energy use*, in "Environmental Research Letters", 1° novembre 2018, vol. 13, n. 11, p. 113.002.

Uk Government, *Greenhouse gas reporting: Conversion factors 2019*, 4 giugno 2019, hiips://www.gov.uk/government/publications/greenhouse-gas-reporting-conversion-factors-2019.
Monacchi, David, *L'arca dei suoni originari. Salvare il canto delle foreste dall'estinzione*, Mondadori, Milano 2019.
Klein, Naomi, *Il mondo in fiamme. Contro il capitalismo per salvare il clima*, Feltrinelli, Milano 2019.
Hallam, Roger, *Altrimenti siamo fottuti!*, Chiarelettere, Milano 2020.
Foer, Jonathan Safran, *Possiamo salvare il mondo, prima di cena. Perché il clima siamo noi*, Guanda 2019.
Zerjal, Tatiana, Xue, Yali, Bertorelle, Giorgio *et al.*, *The genetic legacy of the Mongols*, in "The American Journal of Human Genetics", 17 gennaio 2003, vol. 72, n. 3, pp. 717-721.
Randers, Jorgen, Goluke, Ulrich, *An earth system model shows self-sustained thawing of permafrost even if all man-made GHG emissions stop in 2020*, in "Scientific Reports", 12 novembre 2020, vol. 10, pp. 1-9.
Uniper's Datteln 4 coal plant allowed to enter service – sources, in "Reuters", 30 ottobre 2019, hiips://www.reuters.com/article/uniper-coal-plant/unipers-datteln-4-coal-plant-allowed-to-enter-service-sources-idUSL8N27F4VC.

Saggio erotico. Capitolo 10.212: "Se non sei soluzione, sei precipitato"

Spalding, Nick, *Going Green*, Amazon Publishing, 2020.
Figueres, Christiana, Rivett-Carnac, Tom, *Scegliere il futuro. Affrontare la crisi climatica con ostinato ottimismo*, Tlön, Milano 2021.

9. Economia circolare

Saggio erotico. Capitolo 34.031: "Umanità cowboy"

Stålhandske, Pia, *Nuptial gift in the spider* Pisaura mirabilis *maintained by sexual selection*, in "Behavioral Ecology", novembre 2001, vol. 12, n. 6, pp. 691-697.
Andreas, Lang, *Silk investment in gifts by males of the nuptial feeding spider Pisaura mirabilis (Araneae: Pisauridae)*, in "Behaviour", 1° gennaio 1996, vol. 133, n. 9-10, pp. 697-716.

Ghislandi, Paolo Giovanni, *Sexual Selection and Alternative Reproductive Tactics in the Nursery-Web Spider* Pisaura mirabilis, Aarhus University, Aarhus 2017.

Abou Chakra, Maria, Hilbe, Christian, Traulsen, Arne, *Plastic behaviors in hosts promote the emergence of retaliatory parasites*, in "Scientific Reports", 4 marzo 2014, vol. 4, n. 1, pp. 1-7.

Boulding, Kenneth E., *Earth as a space ship*, Washington State University, Committee on Space Sciences, 10 maggio 1965.

Morrell, C.E., *From Oil to Chemicals*, in "Industrial & Engineering Chemistry", 1° marzo 1959, vol. 51, n. 3, p. 247.

Zhang, Percival Y.H., *Reviving the carbohydrate economy via multi-product lignocellulose biorefineries*, in "Journal of Industrial Microbiology & Biotechnology", 8 gennaio 2008, vol. 35, n. 5, pp. 367-375.

Resch, Gustav, Held, Anne, Faber, Thomas *et al.*, Potentials and prospects for renewable energies at global scale, in "Energy Policy", 1° novembre 2008, vol. 36, n. 11, pp. 4048-4056.

McNeill, John Robert, *Something New Under the Sun: An Environmental History of the Twentieth Century*, Norton, New York 2000.

Zoebelin, Hans (a cura di), *Dictionary of Renewable Resources*, Wiley VCH, Weinheim 2001.

Bullis, K., *Ethanol Blamed for Record Food Prices*, in "MIT Technology Review", 23 marzo 2011, hiips://www.technologyreview.com/2011/03/23/196198/ethanol-blamed-for-record-food-prices/.

Meadows, Donella H., Meadows, Dennis L., Randers, Jørgen, Behrens, William W., *I limiti dello sviluppo*, trad. it. Edizioni Scientifiche e Tecniche Mondadori, Milano 1974.

Carter, Colin, Rausser, Gordon, Smith, Aaron, *The Effect of the US Ethanol Mandateon Corn Prices*, manoscritto non pubblicato, 2012.

Alfano, Simon, Berruti, Federico, Denis, Nicolas *et al.*, *The future of second-generation biomass*, 18 novembre 2016, hiips://www.mckinsey.it/idee/the-future-of-second-generation-biomass.

Chen, Lin, Liu, Tianzhong, Zhang, Wei *et al.*, *Biodiesel production from algae oil high in free fatty acids by two-step catalytic conversion*, in "Bioresource Technology", febbraio 2012, vol. 111, pp. 208-214.

Bhuiya, M.M.K., Rasul, M.G., Khan, M.M.K. *et al.*, *Prospects of 2nd generation biodiesel as a sustainable fuel – Part: 1 selection of feedstocks, oil extraction techniques and conversion technologies*, in

"Renewable and Sustainable Energy Reviews", marzo 2016, vol. 55, pp. 1109-1128.

Azad, Kalam, Rasud, Mohammad, Kamal Khan, M. Masud *et al.*, *Review of biodiesel production from microalgae: a novel source of green energy*, The 9th International Green Energy Conference, maggio 2014.

Ward, Barbara, *Spaceship Earth*, Columbia University Press, New York 1966.

Kamm, Birgit, Kamm, Michael, *Biorefinery-systems*, in "Chemical and biochemical engineering quarterly", 2004, vol. 18, n. 1, pp. 1-6.

Kamm, Birgit, Kamm, Michael, *Principles of biorefineries*, in "Applied Microbiology and Biotechnology", 29 gennaio 2004, vol. 64, n. 2, pp. 137-145.

Fernando, Sandun, Adhikari, Sushil, Chandrapal, Chauda *et al.*, *Biorefineries: current status, challenges, and future direction*, in "Energy & Fuels", 27 giugno 2006, vol. 20, n. 4, pp. 1727-1737.

Gavazzi, Giuseppe, Castelli de Sannazzari, Silvana, *Sostenibilità. La lezione delle piante*, Hoepli, Milano 2019.

Lee, Roland Arthur, Lavoie, Jean-Michel, *From first-to third-generation biofuels: Challenges of producing a commodity from a biomass of increasing complexity*, in "Animal Frontiers", aprile 2013, vol. 3, n. 2, pp. 6-11.

10. Cuore di plastica

Saggio erotico. Capitolo 3592: "Come re Mida"

Greco, Silvestro, Bullo, Raffaella, *Un'onda di plastica*, Manifestolibri, Castel San Pietro Romano 2018.

Youssef, Henry, *The history of the condom*, in "Journal of the Royal Society of Medicine", aprile 1993, vol. 86, n. 4, pp. 226-228.

Meikle, Jeffrey L., *American plastic: A cultural history*, Rutgers University, New Brunswick (NJ) 1977.

Bergmann, Melanie, Tekman, Mine B., Gutow, Lars, *Sea change for plastic pollution*, in "Nature", 20 aprile 2017, vol. 544, n. 7650, p. 297.

Levi, Primo, *Il sistema periodico*, Einaudi, Torino 2014.

System Dynamics Group Massachusetts Institute of Technology (MIT), *I limiti dello sviluppo*, Mondadori, Milano 1974.

Canals, Miquel, Pham, Christopher K., Bergmann, Melanie *et al.*, *The quest for seafloor macrolitter: A critical review of background knowledge, current methods and future prospects*, in "Environmental Research Letters", 19 gennaio 2021, vol. 16, n. 2.

Robb, Eilidh, *Press Release: Hazardous chemicals associated with food packaging found in the body – new research across Europe calls for a strong legislative response*, 3 dicembre 2020, hiips://zerowasteeurope.eu/2020/12/press-release-hazardous-chemicals-associated-with-food-packaging-found-in-the-body/.

Law, Kara Lavender, Thompson, Richard C., *Microplastics in the seas*, in "Science", 11 luglio 2014, vol. 345, n. 6193, pp. 144-145.

Ragusa, Antonio, Svelato, Alessandro, Santacroce, Criselda *et al.*, *Plasticenta: First evidence of microplastics in human placenta*, in "Environment International", gennaio 2021, vol. 146, p. 106.274.

Cox, Kieran D., Covernton, Garth A., Davies, Hailey L. *et al.*, *Human consumption of microplastics*, in "Environmental Science & Technology, 5 giugno 2019, vol. 53, n. 12, pp. 7068-7074.

Zhang, Na, Li, Yi Bin, He, Hai Rong *et al.*, *You are what you eat: Microplastics in the feces of young men living in Beijing*, in "Science of the Total Environment", 1° maggio 2021, vol. 767, p. 144.345.

Schlachter, Christina T., *A look at microplastic in our food and water supply*, settembre 2019, hiip://www.christinaphd.com/wp-content/uploads/2019/10/Schlachter_Sept2019_Microplastic.pdf.

Morrison, Amanda, Westerhoff, Paul, Thornton, Trevor *et al.*, *Thermal and Photo-oxidative Degradation of Commercially Available Oxo-degradable plastics*, 2019, hiips://www.nnci.net/sites/default/files/inline-files/E21_Morrison_2019nnciREU-1565520390530.pdf.

Yee, Maxine Swee-Li, Hii, Ling-Wei, Looi, Chin King *et al.*, *Impact of Microplastics and Nanoplastics on Human Health*, in "Nanomaterials", 16 febbraio 2021, vol. 11, n. 2, p. 496.

Saggio erotico. Capitolo 666: "Bacio di tartaruga"

Barreiros, João Pedro, Barcelos, João, *Plastic ingestion by a leatherback turtle Dermochelys coriacea from the Azores (NE Atlantic)*, in "Marine Pollution Bulletin", dicembre 2001, vol. 42, n. 11, p. 1196-1197.

Mrosovsky, Nicholas, Ryan, Geraldine D., James, Michael C., *Leatherback turtles: The menace of plastic*, in "Marine Pollution Bulletin", febbraio 2009, vol. 58, n. 2, pp. 287-289.
Eckert, Karen L., Luginbuhl, Chris, *Death of a giant*, in "Marine Turtle Newsletter", 1988, vol. 43, pp. 2-3.

11. Rassegnazione

Saggio erotico. Capitolo 200.005: "Le vie della sovrappopolazione"

Chitty, Dennis, *Do Lemmings Commit Suicide? Beautiful Hypotheses and Ugly Facts*, Oxford University Press, Oxford 1996.
Turchin, P., Oksanen, L., Ekerholm, P. *et al.*, *Are lemmings prey or predators?*, in "Nature", 1° giugno 2000, vol. 405, n. 6786, pp. 562-565.
Stenseth, Nils Christian, *Population cycles in voles and lemmings: Density dependence and phase dependence in a stochastic world*, in "Oikos", dicembre 1999, vol. 87, n. 3, pp. 427-461.
Ripple, William J., Beschta, Robert L., *Wolf reintroduction, predation risk, and cottonwood recovery in Yellowstone National Park*, in "Forest Ecology and Management", 3 ottobre 2003, vol. 184, n. 1-3, pp. 299-313.
Ripple, William J., Beschta, Robert L., *Trophic cascades in Yellowstone: The first 15 years after wolf reintroduction*, in "Biological Conservation", gennaio 2012, vol. 145, n. 1, pp. 205-213.
Bath, Alistair J., *The public and wolf reintroduction in Yellowstone National Park*, in "Society & Natural Resources", 21 novembre 2008, vol. 2, n. 1, pp. 297-306.
Beschta, Robert L., Ripple, William J., *Riparian vegetation recovery in Yellowstone: The first two decades after wolf reintroduction*, in "Biological Conservation", giugno 2016, vol. 198, pp. 93-103.
Nilsen, Erlend B., Milner-Gulland, E.J., Schofield, Lee *et al.*, *Wolf reintroduction to Scotland: Public attitudes and consequences for red deer management*, in "Proceedings of the Royal Society B: Biological Sciences", 7 aprile 2007, vol. 274, n. 1612, pp. 995-1003.
Crumley, Jim, *The Last Wolf*, Birlinn, Edinburgh 2012.
Manning, Adrian D., Gordon, Iain J., Ripple, William J., *Restoring landscapes of fear with wolves in the Scottish Highlands*, in "Biological Conservation", ottobre 2009, vol. 142, n. 10, pp. 2314-2321.

Gray, Emma Louise, Burwell, Chris J., Baker, Andrew M., *Benefits of being a generalist carnivore when threatened by climate change: The comparative dietary ecology of two sympatric semelparous marsupials, including a new endangered species (Antechinus arktos)*, in "Australian Journal of Zoology", gennaio 2016, vol. 64, n. 4, pp. 249-261.

Gray, Emma Louise, Baker, Andrew M., Firn, Jennifer, *Autecology of a new species of carnivorous marsupial, the endangered black-tailed dusky antechinus (*Antechinus arktos*), compared to a sympatric congener, the brown antechinus (*Antechinus stuartii*)*, in "Mammal Research", 2017, vol. 62, n. 1, pp. 47-63.

Coit, Margaret L. (a cura di), *John C. Calhoun*, Prentice-Hall, New Jersey 1970.

Calhoun, John B., *Population density and social pathology*, in "Scientific American", febbraio 1962, vol. 206, n. 2, pp. 139-149.

Ramsden, Edmund, Adams, Jon, *Escaping the laboratory: The rodent experiments of John B. Calhoun & their cultural influence*, in "Journal of Social History", 2009, vol. 42, n. 3, pp. 761-792.

Calhoun, John B., *Death squared: The explosive growth and demise of a mouse population*, in "Proceedings of the Royal Society of Medicine", 1° gennaio 1973, vol. 66, n. 1, pp. 80-88.

NLM Announces the Public Release of the Papers of John B. Calhoun, Noted NIH Researcher in Social Crowding and Aggression, U.S. National Library of Medicine, hiips://wayback.archive-it.org/org-350/20180911191924/hiips://www.nlm.nih.gov/news/calhoun_papers_released.html.

Lam, David, *How the world survived the population bomb: Lessons from 50 years of extraordinary demographic history*, in "Demography", novembre 2011, vol. 48, n. 4, pp. 1231-1262.

Gerland, Patrick, Raftery, Adrian E., Ševčíková, Hana *et al.*, *World population stabilization unlikely this century*, in "Science", 10 ottobre 2014, vol. 346, n. 6206, pp. 234-237.

Daelril, *Universe 25: morte da utopia*, 6 settembre 2013, hiips://leganerd.com/2013/09/06/universe-25-morte-utopia/.

Vollset, Stein Emil, Goren, Emily, Yuan, Chun-Wei *et al.*, *Fertility, mortality, migration, and population scenarios for 195 countries and territories from 2017 to 2100: A forecasting analysis for the Global Burden of Disease Study*, in "The Lancet", 14 luglio 2020, vol. 396, n. 10.258, pp. 1285-1306.

Nakamura, Yasushi, *Visualization and Analyses of Structural Changes in World Population and Economy, 1950 to 2100*, Center

for Economic Institutions, Institute of Economic Research, Hitotsubashi University, 2020.
Hara, Toshihiko, "Introduction: The Sustainability of the World Population", in *An Essay on the Principle of Sustainable Population*, Springer, Singapore 2020, pp. 1-10.
Leridon, Henri, *World population outlook: Explosion or implosion?*, in "Population & Societies", 2020, vol. 573, n. 1, pp. 1-4.

12. Speranza

Saggio erotico. Capitolo 3: "La pianificazione di una seppia"

Schnell, Alexandra K., Boeckle, Markus, Rivera, Micaela *et al.*, *Cuttlefish exert self-control in a delay of gratification task*, in "Proceedings of the Royal Society B: Biological Sciences", 10 marzo 2021, vol. 288, n. 1946.
Mischel, Walter, *Il test del marshmallow. Padroneggiare l'autocontrollo*, trad. it, Carbonio, Milano 2019.
Miller, Rachael, Boeckle, Markus, Jelbert, Sarah A. *et al.*, *Self-control in crows, parrots and nonhuman primates*, in "Wiley Interdisciplinary Reviews: Cognitive Science", novembre 2019, vol. 10, n. 6, e1504.

Ringraziamenti

Grazie agli amici Enrico D'Urso, Willy Guasti, Giada Padovani e Pierbruno Ricci per aver letto questo delirio in anteprima e aver piegato le loro competenze scientifiche nella eroica *peer review*.

Grazie a Serena Giacomin per la sua consulenza circa la "mazza da hockey".

Grazie a Nicola Bonimelli per avermi organizzato in tempi non sospetti la messa in scena del monologo *Cronache di autodistruzione*, proto-versione teatrale di questo libro nelle uniche due date disagiate in tempo di Covid.

Grazie alla ciurma per la baldoria.

E un grazie speciale a Claudia Penzavecchia per il supporto, per i consigli e per non essersi sparata.

Fonti iconografiche

P. 13: © Damien Meyer / AFP via Getty Images.

P. 27: © Pádraig J. Duignan, Nahiid S. Stephens, and Kate Robb.

P. 78: © FLHC51 / Alamy / IPA.

P. 84: © Life on white / Alamy / IPA.

P. 105: © Global Footprint Network National Footprint and Biocapacity Accounts 2019.

P. 133: © Nasa.

P. 134: © Nasa / JPL-Caltech / Space Science Institute.

P. 192: © Scottish Marine Animal Stranding Scheme (SMASS).

P. 210: © Stan Wayman / The LIFE Picture Collection via Getty Images.

Mondadori Libri S.p.A.

Questo volume è stato stampato
presso ELCOGRAF S.p.A.
Stabilimento - Cles (TN)

Stampato in Italia - Printed in Italy